跨度长篇小说文库
Kuadu Novel Series

跨度长篇小说文库
Kuadu Novel Series

长篇小说

婚姻大事

秋文 ◎ 著

中国文史出版社

第 一 章

宋大宝生不逢时，他娘怀上他时，正赶上 20 世纪 60 年代初那三年自然灾害。眼看老婆不行了，憨厚的宋老牛再也不肯老实了，舍命从生产队的耕牛嘴里抢得巴掌大的豆饼，半夜里偷偷溜回了家。也幸得这巴掌大的豆饼，才救了她一命，不，是救了两条命。等到生活形势稍微好转，宋大宝呱呱落地。一看是带把子的，全家人欢喜得不得了。可以断定，这是宋家这些年来唯一值得高兴的事。他可是宋家后代唯一的男丁，宋家香火能够延续了。宋老牛的娘明明知道自己活不了几天了，可是看着自己孙子红红的小脸，干瘪枯萎的脸上整天乐呵呵的，似老树开着花。宋老牛呢，为了犒赏老婆，厚着脸皮去找队长王二狗借一个鸡蛋。王二狗说你宋老牛从我裤裆穿过，我就借你。宋老牛二话没说，趴在地上从王二狗胯下爬过。

该给儿子起名字了，在宋老牛看来，起名字可不是闹着玩的。小的方面说，它关系到儿子的一生；从大的方面说，它可是关系到整个家族的命运。叫什么呢？宋老牛搜肠刮肚，可是想了三天三夜也没有想出在他看来是正儿八经的词语。到了第四天早晨，宋老牛双手抱着头正在苦思冥想，此时，自己的老娘抱着孙子一口一声"我的心肝宝贝蛋蛋儿"地叫着，宋老牛灵机一动，给儿子取名大宝吧，小名蛋蛋。

宋大宝出生的地方王洼生产队，距离东边的桥镇十二里，距离西南的张街十二里，距离西北的李集十二里，王洼庄正好位于等边

1

三角形的中心。村里的算命瞎子睁大了没有眼珠的眼睛，掰着手指，又掷了大角儿，嘴里念念有词，很长时间后十分肯定地说："我们这个地方是块风水宝地，不久将要出一位人才。"所指不言而喻。宋老牛听了那个高兴啊，认为祖宗显灵了，于是半夜里偷偷跑到祖坟上磕了三个响头，然后坐在祖宗的坟边号啕大哭了起来。这些年来，宋家所遭受的苦难随着他的眼泪流淌着，流淌着。

算命瞎子说得没错，王洼这个地方天蓝云白，路曲水清。久居城里的人难得来到这里，指着水塘边的几棵歪脖子树说："嗯，很美，好像在什么画里见过。"

有人说，愈偏僻的地方民风愈淳朴，语气中带着羡慕。说这话的人一定是局外人，里面的人是丝毫感受不到的，要不有诗云："不识庐山真面目，只缘身在此山中。"宋家人就是如此。王洼是王家人的天下，宋家只几户，人少势单，平时没少被王家的人欺负。宋大宝来到世上责任重大，不仅担负起养儿防老的责任，还要完成振兴宋氏家族的重大使命。

俺没有考证过，小孩吃奶算不算文化。到了1966年的秋天，宋大宝三岁时，他不吃娘的奶水了（其实娘没有奶水）。从此以后，家里的细粮、荤食也不劳驾其他人了，由大宝一个人包了。隔三岔五，宋老牛夫妻还要在饭锅里蒸个鸡蛋，滴上两滴油。看着大宝香喷喷地吃着，他的两个姐姐宋大群、宋二群把唾沫和着稀饭往肚子里咽。可这些"待遇"和人身上的肉是不成正比的，这就好比家里栽的小葡萄树苗，小孩儿为了能及早吃到大而甜的葡萄，平日里不停地向小树苗喷射自己的尿，结果是苗儿还是不长。宋大宝就和那小葡萄苗差不多，身材消瘦，脸色蜡黄，只是脑袋大，眼儿大。宋老牛夫妻俩看着心里那个急啊，老婆私下对宋老牛嘀咕了几十回，说自己不该这么早就给儿子断了奶，队长王二狗的大儿子王黑蛋吃奶不是一直吃到十一岁吗。

大宝到了八岁，该上学了。宋老牛认为，大群、二群不该再念书了，女孩子早晚是别人家的人，念书当然是为别人家念的，念什么书？趁早下来挣工分，要不到青黄不接的时候，全家人只有喝西北风了。大群没有说话，可是二群死活不干，还说凭什么让弟弟念书，不让她念。第二天早晨拿起书包准备去上学，被宋老牛发现，一把夺下书包扔在地上。

"大大（对父亲的称谓），我要上学，我要上学！"二群哀求道。

"不行！"宋老牛断然回答。

"娘，我要上学，我要上学！"

"二群，娘也想让你上学，可是，不行啊，你们都去上学，家里没人挣工分，口粮就不够吃，娘本来就没本事，又加上我这个不争气的腿（她的一条腿残疾）。"

"呜呜呜，我不管，我不管，反正我要上学，我要上学。"二群号叫着，泪如泉涌。旁边的大群也随即哭了起来。大宝见两个姐姐哭，也跟着哭。宋老牛夫妻终于忍不住也哭了起来。那天早晨，全家人抱头痛哭在一起。

中午的时候，村里小学的张校长来了，问大群、二群怎么没去上学。宋老牛回答说大宝也要上学了，三个孩子都上学肯定上不起。张校长说大群不念书也就罢了，因为成绩不太好，但是，二群不念书就可惜了，她的学习成绩一直是全校第一，将来肯定能成才，如果缴不上学费，他愿意帮她缴……可是无论张校长口水说了几大水瓢，宋老牛就是不松口，只是低着头吧嗒吧嗒地抽着烟袋。张校长无奈，叹了口气，默默地走了。

傍晚，大宝饿了，于是来到厨房，只见那口大铁锅里空空如也，这才知道二姐没烧饭，于是四处寻找她，要责问为什么还不做饭。可是寻了大半个村子也不见二姐的人影。宋老牛给生产队放牛回来，大宝告状说了此事。宋老牛说等二群回来就剥了她的皮。可是，一直等到月亮一树高，依然不见二群回来。全家人这才慌了，二群这丫头性子烈火，该不会……

"你看见我家二群没有?"村子里,宋老牛见人就问。可是大家都摇头说没看见,然后问怎么了。宋老牛连忙说没什么,没什么。

到了半夜,宋老牛夫妻、大群拖着疲惫的脚步回到家。

宋老牛预感情况不妙,摸出烟袋在煤油灯上点着,然后蹲在地上,吧嗒吧嗒地抽着烟袋。

"娘、大,如果二姐回来了,就让她去上学吧,我可以不上。"大宝说。

宋老牛依然不吭声,还是吧嗒吧嗒地抽着烟袋。

"傻儿子,这怎么行?就是砸锅卖铁,家里也要供你上学的。"娘说。

"可是二姐她怎么办?"

"不管她!"娘、大大异口同声地说。

"娘,二姐到底上哪里去了?怎么还不回来?"

"谁知道这个死丫头死到哪里去了!"

可是二群并没有死,天快亮的时候,她回来了。一到家倒头就睡,睡了一天一夜。其间,谁也不敢去打扰她。第三天二群早晨起床,冲到宋老牛夫妻面前,郑重地说:"娘、大,我决定不念书了,就让大宝念吧。"

"姐,你念吧,我在家干活。"大宝豪气冲天地说。

"切!"二姐嗤笑,"你怎么能不念书呢?你是家里唯一的宝啊。"二群说着,鼻子里喷出一丝冷笑,再一寒脸,一板一眼地说,"小蛋蛋,我要告诉你,你念书也行,但是,如果你的学习成绩不如我,到时候我把昨晚没有做的做给你看。"说着从腰里掏出一把剪子,啪嗒一声放在桌子上。大家这才明白,原来二群昨晚真的企图自杀,至于最后为什么没有做,谁也不明白,谁也不愿意问。

就这样,宋大宝顶了他大姐、二姐的"班",来到离家二里路远的双门小学念书了。

"东方红,太阳升,中国出了……"初秋的早晨,村东的广播准

4

时响起。此时，村子里，炊烟袅袅升起，盘旋在村子上空，村子里到处弥漫着红薯稀饭的味道。农人或负担或牵牛或携锄走出村外。太阳一树高的时候，一伙年龄参差不齐的小孩，背着大大小小花花绿绿的书包，迎着早上七八点的太阳，沿着曲曲折折的乡间小路，浩浩荡荡向学校进军。按照惯例，宋大宝行进在黑孩、二蛋、小五子、三毛等人的后面，他是解放军黑孩团长、二蛋连长的警卫员，有时替他们拿拿书包，提提鞋子，可好景不长，大宝给他们当警卫员的机会都没有了。

一日，不知是为了什么，大宝家的大黄狗"大黄"和二蛋家的"黑虎"咬起架来。在一切的畜生中，狗的忠诚是出了名的，有道是"子不嫌母丑，狗不嫌家穷"，就是对狗的忠诚的褒奖。平日里，宋老牛家没少受二蛋父亲王二狗的气，比如干活工分少给啦，粮食少分啦。宋老牛没办法，谁叫人家是生产队长——我们王洼庄最高的行政长官。这大黄狗看在眼里，记在心里，这次要替主人家好好出出气，于是打架拼命地出力，只几个回合便把黑虎扑倒在地。黑虎四蹄朝天，龇牙咧嘴，吐着舌头，呻吟着求饶。常话说：打狗还要看主人的面子，狗咬狗也要分主人的。王二狗瞧见，用眼神瞄了一下二蛋，不愧是父子，二人心心相印，二蛋抄起铁锹奋力拍下，大黄嚎叫着，瘸着腿，夹着尾巴逃走了。大宝看着心疼问："你为什么打我家的狗？"二蛋嚷道："你家狗为什么咬我家的狗？"二人就这么先有蛋还是先有鸡地争辩着。二蛋黑、高、壮，声音不知比大宝要高出多少，并配以张牙舞爪向前靠近着。大宝看得满眼都是恐惧，声音渐小……最后憋憋屈屈回到家，一个人关在屋里，摸着手里的那把黄泥手枪，冲着门外嚷道："我要当解放军的军长、司令，把你们一个一个都抓起来枪毙了。"

第二天大黄还没回来，看来真正成丧家之犬了。大宝急得满地滚，浑身都是灰儿、草儿。可宋老牛只是一味地坐在那里唉声叹气着，丝毫不敢有所作为——就是借几个胆给他也不敢去找王二狗理论。从此，黑虎见了大黄就扑上来，所谓的狗仗人势就是如此吧。大宝也就失去了警卫员的差事，以后上学，只同几个女孩子一起了。

也许是二姐的狠话起了作用，也许大宝本身就是聪明，以后每学期，大宝都带着"红小兵""三好学生"之类的奖状回来。而二蛋呢，一次次期末考试，一次次抱了个大大的"鸭蛋"回家。气得王二狗指着宋老牛的鼻子大骂，说就你这三棍子打不出一个响屁的熊样怎么造出了那么个儿子。旁边一个人插嘴道，听说老婆是外地的生下来的孩子就聪明。

原来，宋老牛的老婆金桂花是从四川逃荒来安徽的。黄昏时分，无处安身，蹲在三岔路口哭泣。路过的人有想把她领回家的，可是一看她是个瘸子又放弃了。那天，宋老牛放牛归来，却鬼使神差地绕了二里路经过三岔路口，看到金桂花后，毫不犹豫地把她领回到家里。金桂花吃了两碗稀饭，嘴一抹，说："宋大哥，我跟你过日子吧。"

就这样，宋老牛白捡了一个老婆。宋老牛本来就老实，用本地的方言来形容，就是老实得跌跤，又加上老婆是外地的，还是个瘸子，更加让人瞧不起了。平时，他宋老牛和他的瘸腿外地老婆就是秋天树上最软的柿子，谁想捏就捏几下。可是，王洼庄的人万万没有想到，这个瘸腿老婆生出的孩子不但漂亮，而且聪明。人们纷纷猜测原因，猜来猜去，实在猜不出来，最后村子里最聪明的王三瘸子说，大概女人是外地人的原因。

"明天我也去找个南蛮子北侉子。"王二狗说着拍拍屁股走了。

当晚，二狗老婆坚决不给二狗上床，说："你去找南蛮子北侉子呀，老娘是本地货，你上老娘的床干吗？哼，不是我兄弟，你这个癞蛤蟆能当上生产队长？给生产队长提鞋子倒尿壶你都不配。二蛋怎么了？不就是考试得了个零分吗？再怎么，他也是你的种，你倒是嫌弃起来了？"

王二狗怀疑是宋老牛告的密，第二天找到他，一顿劈头劈脸臭骂，还借故扣了他一天的工分。

宋老牛被骂得满脸堆笑，追着王二狗的屁股说："队长，你消消气，还是二蛋好，我家小蛋蛋怎么能和你家二蛋比呢？"

话是这么说，第二年，大宝以语文九十五分，算术一百分的成绩来到离家十二里远的张街中学念书了。而二蛋呢，光是小学就读了八年。第九年，眼看升学无望，只好回家了。王二狗把这一切都归咎于宋大宝，原因是几年前的那场升学考试，宋大宝没有给二蛋抄袭，以后，对宋家的欺压更是变本加厉了。可是有一样，他看大群的眼神越来越诡异。俗话说女大十八变，越变越好看。现在的宋大群已经如农历十三四的月亮，风景越来越好。一根乌黑的大辫子一直拖到屁股尖，随着走动，辫梢的红头绳在鼓鼓的屁股上颠簸着，如跳跃着的火焰。胸脯呢，高高凸起似那里埋着两个地雷，说不定哪天有人触碰到就会爆炸。王二狗就有这个想法，而且这个想法与日俱增。

看宋大群眼神诡异的不光是王二狗，还有他的大儿子王黑蛋，只不过王二狗只是偷偷摸摸地看，而王黑蛋是肆无忌惮地看。王黑蛋外貌最大的特点就是黑，最最资深的非洲人见了恐怕都自愧不如。王洼庄的人私下称之锅底黑，也有称他为黑旋风的，原因是他极不讲理，早几年，学了几招三脚猫功夫，便觉得老子天下第一，于是四处寻衅滋事，打架斗殴，最近的一次是把张街中学体育老师的腿打断了。

王黑蛋注意到宋大群也就是最近的事。秋天的中午，宋大群在摘棉花，一弯腰，褂子领口敞开了，露出丰满而圆润的两大团肉球。王黑蛋见了，地雷变成原子弹了，威力如此巨大，只让王黑蛋的心嗵嗵地剧烈跳动着，全身血液往脑门子处涌，正准备伸手去摸一下，恰在这时，大群娘远远地喊叫大群，说中午回家做胡萝卜干饭。王黑蛋这才住手，但从此以后，那两个肉球就留在了王黑蛋的心田里，而且生了根，发了芽，且不断地生长着。

宋大宝来到张街上学后，才知道世界上还有如此美好的地方，就像刘姥姥初进大观园一般，大宝对一切都感到新奇，比如学校的大瓦房和木桌子，比如烧饼、油条、包子，都是自己以前很少见的。大宝对此很是向往，进而表现出对王洼庄的不屑，向宋老牛提议自己要住校，要以校为家。

学校不是家，在大宝看来就是天堂。每天上午的课间操期间和晚自习后，大家一窝蜂地跑到学校大门口，用饭票换烧饼吃。烧饼里放了糖精，甜丝丝的，大宝百吃不厌，但他舍不得饭票，每次只用二两饭票换一个烧饼。同班一个叫杨武的同学，一口气能吃掉十个烧饼，那就是二斤米啊。而那时候，二斤米对一个家庭来说是一个什么概念，幸亏当时农村已经实行了联产承包责任制。

在学校的老师中，大宝对英语老师项老师最为敬仰。项老师具有江南女子的特点，长得小巧玲珑，皮肤白皙，脸上总是洋溢着笑，不时地旋起两个浅浅的小酒窝。一次，几个同学背后议论老师，一个同学问大宝最喜欢谁。大宝毫不犹豫地说喜欢项老师。那位同学问为什么。大宝回答说讲不出来，反正就是喜欢。多少年后，大宝终于找到原因，那就是项老师年轻漂亮，举止温文尔雅，学识渊博，除此之外，还有一种莫名的感情，这种感情是一个乳臭未干的毛头小伙子对一个女性的喜欢，对母性的一种依恋。成年以后的大宝不得不承认，自己的初恋就是项老师。项老师是上海知青，家中有收音机。春天的傍晚，项老师一个人坐在门口，听着收音机里的英语。大宝躲在远处偷窥，注意地听，可是一句也听不懂。

大宝太喜欢项老师了，这种喜欢化作动力，因而他的英语成绩相当好。项老师呢，对大宝也是十分照顾，鼓励他好好学习，将来做个对社会有用之人。初夏的一天晚上，项老师把大宝叫到宿舍，也就是在那一晚，大宝第一次见到了咖啡，也第一次喝到了咖啡。说实话，咖啡味道不怎么样，还有点苦，但因为是项老师给的，所以大宝还是觉得非同一般。在大宝眼里，项老师的一切都是好的。

周末回家把此事告诉了娘。娘说那肯定是好东西，也肯定很贵。周一早晨，娘让大宝给项老师带了二十个鸡蛋。项老师见了坚决不要。大宝没有办法，只好丢下鸡蛋跑了。

周日上午，大宝正在帮助父亲拉车运粪，突然，村子里的二铁头跑了过来，说："你家来人了。"大宝问："来的什么人？"二铁头说："是个女的，非常漂亮，七仙女似的！"话音刚落，项老师推着自行车已经到了近前，用温柔的、甜甜的声音叫道："宋大宝。"

宋大宝做梦也没有想到项老师会来，愣愣地站在那里望着项老师漂亮的脸蛋。宋老牛呢，比大宝好不到哪去，也是站在那里，一声不出。倒是项老师先开口招呼说："大伯，运肥料呀。"

宋老牛这才反应过来，机械地答道："是的，是的，项老师，家里坐。"

大宝二话不说，向家里冲去。他知道项老师爱干净，可是自己的家猪窝一般脏，项老师看了肯定会嫌弃，他要告诉娘，让她打扫一下。

项老师进到家来，把手里的礼物放在桌子上。娘看着那些大包小包，一个劲地说："老师，您来还带什么东西？哎呀，这可如何是好，这可如何是好。"项老师脸上一如既往地带着微笑，说："来看您二老，这是应该的。"大宝赶忙把刚擦过的凳子搬到项老师面前，又用新洗过的茶杯给她倒了水。

一切出乎宋大宝的意料，项老师一点也不嫌弃宋家。吃饭的时候，居然还接了娘给她夹的菜，大宝知道项老师最忌讳这一点。

吃过饭，项老师就和大群、二群打成一片，二群的房间里不时传来笑声。三个女人一台戏，不知道她们唱的哪一出。娘感叹道："大宝，你们老师真好啊！"

下午，项老师要帮宋家去田地里栽种西瓜。娘坚决不让。项老师说："大娘，不知道怎么的，我来这里就像到了自己家一样。"这句话，大宝一辈子都记得。

项老师的到来在村子里引起了不小轰动。一来项老师太漂亮了，大家躲着远远地偷看，嘴里啧啧出声。二铁头感叹道："娶了这样的女人当老婆，让我少活十年也心甘情愿。"二来，宋家什么时候来过这样的客人？这无疑给宋家增添了底气，宋老牛不由得想起算命瞎子的话，当晚又跑到祖坟上烧了香，磕了头。大群、二群呢，也受了项老师的恩惠。大群身上的那件披风，二群头上戴着的丝巾都是项老师送的。宋家人就不明白了，自己家和项老师非亲非故，她怎么送这么贵重的礼物？难道真的把宋家当成自己的家了？大群的嘴永远是炮仗，说该不会项老师看上我们家大宝了吧。

"我长大就娶项老师这样的女人当老婆。"大宝冲动地说。

宋老牛听了呵呵笑，说："你有那本事吗?"

"你们不要瞎说，项老师是我们家的大恩人，对恩人不能这样作践。"娘一脸严肃地说。

大宝从此更加喜欢项老师了，可是项老师在学校教职员工中好像并不受人待见。因为她不和别人礼尚往来。这还不算，有人还认为她爱斤斤计较。一次，项老师去食堂打饭，嘀咕说三两饭给得太少了，不够吃。第二天中午，项老师像往常一样来食堂打饭，哪知道食堂的秃头李师傅拿出一杆秤，大声嚷嚷着说要为项老师称饭。这种举动在我们当地人看来就是最大的侮辱——和打脸没有什么区别。很多人在旁边看着笑话，大宝恨不得用手里的大瓷缸把李秃头的秃头砸个稀巴烂。就在第二年的春天，项老师要回上海了。临走之时，项老师再三嘱咐大宝一定要努力学习，并送给他一本《英汉大词典》，另外还把那个带着天线的收音机送给了他。那天，望着项老师远去的背影，大宝哭了，跟死了亲娘似的。

大宝认为项老师的走与李秃子有关，在一个风高云浓的夜晚，把李秃子家的玻璃砸了。可是后来，大宝听说和李秃子并没有关系，是乡里陈书记的儿子看上了项老师，可项老师坚决不同意。

周六下午，太阳懒洋洋地挂在西天，天地间黄晕晕的一片。俗话说，人黄有病，天黄有雨。果然不错，傍晚时分，北风起，乌云涌。

宋大宝走在回家的路上。四周是一望无际的麦田，碧绿的麦苗被风一吹，形成麦浪。近前，黄灿灿的油菜花随风簌簌落下，大宝感觉自己就是那些花。他还在为失去项老师而伤心难过。

上海是什么地方？一定比张街大，一定比张街繁华。"我一定要好好学习，将来到上海找项老师。"大宝对着路旁一棵小树苗发狠地说。

一回到家就感觉到不对劲。因为天还没有完全黑透，可家人已经全部回来了，而且都坐在堂屋一声不吭。父亲宋老牛吧嗒吧嗒地吸着烟袋，娘不时地唉声叹气，大姐宋大群坐在那里低着头，脸上好像还挂着泪痕。

"回来了。"二姐宋二群打招呼说。

"二姐，怎么了？发生什么事了？"大宝问，心里惴惴不安着。

宋二群刚要开口，可是宋老牛犀利地白了她一眼，宋二群只好咽了一口唾沫，把到嘴边的话咽到肚子里去了。

"到底怎么了？"大宝追问。

"蛋蛋，无论家里发生了什么事都与你无关，你只要把书念好就行了。"宋老牛郑重地说，然后敲着烟袋锅子冲着老婆吩咐道："去做饭。"

大宝知道家里肯定发生什么大事了，一边吃着中午剩下的锅巴，一边想。一抬头，看到二姐宋二群正在喂猪，于是走了过去。

"二姐，家里怎么了？"

"大大不让告诉你。"

"为什么？"

"因为，因为……这不是什么好事。"

"从大大的话音里我已经听出来了，二姐，我可告诉你，你弟弟是家里的男的，快告诉我。"

"听你这话还算有骨气，那我就告诉你吧。"宋二群四周瞧了瞧，然后小声地说，"大姐被黑蛋糟蹋了。"

"什么？"

"大姐被黑蛋糟蹋了。"

大宝没有再作声，站在那里，脸色煞白，浑身颤抖着。半天，转身，向家里走去，后面传来二群的声音："你这个宋家男人，怎么屁也不放一个？"

大宝回到家，父亲默默地在伺候着家里的那条老水牛；母亲在厨房做饭，风箱呼哧呼哧地响，似娘在哭泣；大姐房间的门紧闭着，大宝不放心地走了过去，打开门，只见大姐睡在床上，身体用棉被裹了个严严实实。

大宝出来，走进厨房，趁着娘不注意，把菜刀揣在怀里，然后向王黑蛋家走去，经过王铁头家门口，王铁头正蹲在门口吃饭，问大宝去干什么。

"杀人。"大宝回答。

"杀人？就你？杀个蚂蚁现在天色已晚还找不到呢。"

如此轻蔑的语言，大宝已经 N 次听到。是啊，宋老牛家什么时候硬气过？永远都是低头弯腰过日子。家里稻田的水被人家偷放了，养的鸡鸭被人家偷杀了，这样的事如果放在别人家，那家的女主人会拿着菜刀和砧板坐在村口，砍一刀骂一句，砍两刀骂两句，直至千刀万剐，可是谁见过宋老牛家放过一个屁？

"今天我就杀回人给你们看看。"大宝心里道，走到王黑蛋家门口，持刀在手。

古语云：做了亏心事，害怕鬼上门。可是王黑蛋做了亏心事，就如没做一样。此时的他正蹲在厨房门口的石凳上大口吃着饭。心里呢，正想着中午的一幕。

自从那天看到了大群胸脯的大肉球后，王黑蛋便整天留意着大群，希望能寻找到下手的机会。今天中午吃过饭，看到只有宋大群一个人在家，于是悄悄溜了进来。

"大群。"王黑蛋说道。

大群正在家煮猪食，见是村里的黑煞星，心里厌恶，但表面还是装着热情，招呼道："黑蛋哥，你来了。"

"是啊，是啊，我来啦，我来啦，呵呵。"

"有事吗？"

"有事，有事，当然有事。"

"什么事？"

"我想，我想……"黑蛋盯着大群的胸脯看。

大群注意到黑蛋的眼神，用手挡住胸脯，红着脸问："你想什么？"

"我想摸摸你。"

"啊，你，你……"大群已知不妙，欲夺路而走，却被黑蛋挡住了去路。

"给我摸摸嘛。"黑蛋说着靠近。

啪一声，大群给了他一个响亮的耳光。可是，好像打在石板上。黑蛋上前一步，一把搂住大群。

"畜生，松开，要不，我喊了！"大群奋力挣扎着，无奈哪里挣脱得了？

"你喊啊，你喊啊，我才不怕呢。"王黑蛋说着，一把抱起大群，出了厨房，来到卧室，丢在床上，然后压住她，开始撕她的上衣。

"黑蛋，不要，不要啊。"大群哀求着。

此时，向黑蛋哀求，无异于羔羊向饿狼哀求。大群的上衣已经被撕开，露出那梦寐以求的肉球。黑蛋伸开魔掌揉搓着。

"呜呜……呜呜……"大群挣扎着，哭泣着。

稍微满足后，黑蛋这个畜生开始解大群的裤子。

"娘啊，娘啊！"大群歇斯底里地大喊——危难时刻，孩子都这么喊。其实，大群知道娘现在正在田里干农活，喊她也听不见，只不过这是溺水之人企图抓住最后的救命稻草罢了。

大群光溜溜的身子完全呈现在眼前，黑蛋三下五除二地脱了自己的裤子，再猛扑上去。突然身后传来喊叫："你这个畜生！你这个畜生！"咚咚，黑蛋的头上被木棍重重击了几下。

如果换了别人，那几下肯定会被打晕。可是黑蛋皮糙肉厚，只不过感觉有点痛罢了。是谁在坏自己的好事？扭头一看，原来是大群的娘。

"你这个畜生！你这个畜生！"

黑蛋一把夺过大群娘手里的木棍，扔在一旁，穿上衣服，看着床上瑟瑟发抖的大群，说道："她是我的！"然后扬长而去。

"娘！"大群扑在娘怀里，号啕大哭起来。

今天，幸亏娘回来得及时，要不，后果不堪设想。大群就不明白了，自己喊娘，娘怎么就及时赶到了呢？

俗话说花艳招惹蜂蝶，宋家有两朵鲜艳的花——大群、二群。这不由得让宋老牛夫妻担忧起来，因为宋家地位低下，保不住那些有非分之想的人干出非分之事来。对于二群，宋老牛夫妇倒是放心些，这丫头性格像个男孩子，一般人不敢招惹她，但是大群可就不一样了，她老实巴交，没有心机，遇到事时只会喊娘，所以平时宋老牛夫妇特别留意那些靠近大群的人。那天娘看见棉花地里只有大群和黑煞星王黑蛋，心中的警灯亮起，故意喊女儿让她中午煮萝卜干饭。正是这一喊，才让女儿躲过一劫。中午吃饭时，娘把大群叫到一边，问那时她和黑蛋在棉花地里干什么。大群说没干什么，只是闲聊。

"你少和那个黑煞星来往，听到没有？"娘厉声说。

正是娘的提醒，大群心存戒备，平时总是躲着黑蛋，这才使得黑蛋一直没有寻找到下手的机会。可是男人对女人的贼心是：越得不到越想得到。黑蛋做梦都想着大群胸脯的肉球。每当看到大群，心里猫抓似的，眼睛也越来越放肆。

14

这一点娘看在眼里，牢记在心里，一声不响地把女儿看得更紧了。今天中午，娘临出门时就觉得心里烦躁不安，右眼老是跳个不停。老话说：左眼跳——财，右眼跳——灾。娘开始担忧起来，望了一眼天空的毒太阳，祈求宋家平安无事。一会儿，邻居王铁头的娘打宋家的田地经过，娘和她打招呼后，问看见大群没有，喂猪怎么需要这么长时间。王铁头的娘说她临出村子时看见王黑蛋向你家走去。娘一愣，随即放下手里的农活，一瘸一拐地向家里奔去，果然看到王黑蛋那个畜生正要糟蹋自己的女儿。

娘的胆子小在王洼庄那是出了名的，拿王铁头娘的话说：只有芝麻粒那么大。可是此时不知道哪来的勇气，抄起墙边的木棍，抡起，照着黑蛋的脑袋狠狠拍下，这才有上面的场景。

此时，一碗饭吃完，黑蛋并没有站起，他还沉浸在对大群那光鲜亮丽肉体的回忆里……

"王黑蛋，你这个畜生。"大宝喊着飞奔过来，抢起菜刀，照着黑蛋的头砍下。

王黑蛋怎么也没有料想到宋家的人敢来报复，可是他毕竟练过几年功夫，本能地用手里的碗向上一迎，当的一声，挡住了大宝的菜刀，再一跃，跳出一丈来远，这才看清原来是宋大宝。

"王黑蛋，老子和你拼了。"大宝大骂着，抢起菜刀，再向前冲去。

大宝手里虽然有菜刀，可是黑蛋根本不把他放在眼里。等到大宝靠近，一个马步蹲下，紧接着一个前冲拳，后手拳随即跟进，再一个飞腿，咚咚咚，大宝仰脸躺在地上。王黑蛋一个前冲，上来骑住大宝，大骂道："敢偷袭老子？"说着抢起拳头。

大宝大叫着，挣扎着，无奈有劲使不出。

拳头雨点般落在大宝身上，疼痛难忍却又毫无办法。黑蛋黑塔似的身躯压在身上，大宝的呼吸越来越困难。

"你娘的×，敢偷袭老子？"黑蛋大骂着，咚一拳，砸在大宝鼻

15

子上，嗡一声，大宝脑子里似有千万只蜜蜂在闹腾，眼睛里满是星星。

"娘、大、二姐。"大宝呼喊着。

"喊你祖宗也没用，看老子今天不打死你。"黑蛋说着再次抡起拳头。

当的一声响，黑蛋的头被重重击了一下，身体摇晃着，摇晃着。

打黑蛋的不是别人，而是宋二群。刚才，看着弟弟进了厨房，二群知道他要干什么了，虽然知道弟弟肯定不是黑蛋对手，可是她并没有阻拦。在她看来，宋家在王洼庄受到的欺辱太多了，多得如天上的星星，数也数不清，该适时爆发一下了，所以看到弟弟今天这样，宋二群心里还有那么一些高兴——弟弟不是窝囊废，这些年的好东西没有白吃。话是这么说，但毕竟害怕弟弟吃大亏，所以回家拿了一根铁棒，悄悄跟在了后面。现在，看到弟弟躺在地上，一声不响地奔过来，双手抡起铁棒，使出吃奶的劲拍下。黑蛋虽然皮糙肉厚，但是，皮肉到底抵不过铁棒，他被打得晕头转向。

"怎么了？怎么了？"屋子里奔出王二狗的老婆。

二狗老婆这么一喊，王二狗、二蛋等王家人也出来了，看着地上的菜刀和二群手里的铁棍很是纳闷，问怎么了。

"他拿菜刀砍我。"黑蛋一手捂着头，一手指着大宝，来了个恶人先告状。

这句话激怒了王二狗，他跳了起来，号叫着："敢追到我王二狗家门上来打人？欺负我王家没人啊？二蛋，抄家伙，给我打，照死里打！"

二蛋拿起墙边的铁叉准备动手，被他娘拦住。她知道此事没有这么简单，宋家的人怎么敢追到王家打人？这里面肯定有蹊跷。

"到底怎么了？"二狗老婆再次问。

"问你家黑蛋，这个猪狗不如的畜生，他对我大姐……"后面的二群没有说出来，因为此时，王家的动静惊动了村子里的人，他们赶来伸头往院子里看，有两个人还进了院子。二群知道，此事不能张扬出去，黑蛋臭名远扬，说了出去，只不过让他黑上加黑，反正他也是无所谓，但是自己的大姐以后怎么在村子里待下去？

虽然二群没有说白了，但是王家人也明白了。虽然他们平时飞扬跋扈，但是理在桌面上，他们还是比较顾忌的，所以一个个不再吭声。特别是王二狗，从二群的话里推测出儿子可能对大群动手了，心里五味杂陈。对付大群，王二狗父子俩所采取的方法截然不同。黑蛋来硬的，可是王二狗采取的是甜言蜜语外加小恩小惠——这是老奸巨猾的男人对女人采用的通常方法，并且往往能够得手。王二狗也是屡试不爽，村里人私下议论，怎么王三瘸子的儿子王家旺和王黑蛋、王二蛋兄弟俩长得那么像，如一个模子刻出来的？最近，王二狗眼看要得手了，可是经过黑蛋这么一闹，肯定会前功尽弃，这样地想，白了儿子一眼，扭头进了屋不再出来。

"二群、大宝，有什么事明天我和你们家的大人说，你们先回去。"二狗老婆说。

"走，回家。"二群过来拉了一下大宝说。

"王黑蛋，老子和你没完。"大宝一边走，一边说。

"老子怕呢？下次看老子不废了你。"

当大宝进了家里，宋老牛夫妇吓傻了，只见他浑身是血，已经成了血人。

"怎么了？怎么了？"娘喊叫着奔过来拉住大宝。

本在吃饭的宋老牛哆嗦着站起来，再哆嗦着坐下，哆嗦地摸到烟袋，哆嗦着拿起火柴，可是半天都没划着。

"小祖宗啊，你这是到底怎么了？呜呜……"娘摸着大宝的脸，眼泪簌簌落下。

二群一声不响地端来一盆水，让大宝洗洗。待到洗完，大家把大宝的身子彻底检查了一遍，发现并没有什么重伤，原来那些血都是从鼻子处流出的，大家这才松了一口气。

"二群，你弟弟怎么了？和谁打架了？"宋老牛坐在那里，吧嗒吧嗒地抽着烟袋问。实际上，他已经猜得八九不离十了。

"黑蛋。"

"你也去了？"

"嗯，也去了。"

"谁让你们去的？"

"我们自己去的。"二群大声回答道，"我们不像你，人家要打你的脸，你把脸伸过去，让人家选择左脸还是右脸，人家要在你头上拉屎，你……"

"小祖宗，不要再说了。"娘哀求道，"呜呜……"

"哭，你就知道哭。"二群吼道。

"二姐，不该这样说娘。"大宝插嘴道。

"你们知道你们的大大窝囊，我宋老牛确实也窝囊，就如你们说的，人家要打我的脸，我把脸伸过去，让人家选择左脸还是右脸，可是，你们知道吗？我不这么着，有什么办法吗？和他们拼了，可是我拼死了，你们怎么办？1962年闹饥荒，村里像你们这个岁数的孩子饿死不少吧，可是你们几个都把命保住了。为什么？就是他们看我老实，让我负责照看生产队的牛，我每天从牛嘴里抠出那么一丁点粮食。"

屋子里沉寂下来，大家以前只知道大大窝囊，胆小怕事，没想到他一肚子的苦衷，也这么有心计。

噗一声，宋老牛吐了一口油烟，继续说："我宋老牛今生没有别的本事，我只指望把你们顺利地拉扯大，特别是蛋蛋，就是天塌下来也不要你管，好好念你的书，俗话说君子报仇十年不晚，有本事长大后混出个人样来，人家自然不会再看不起我们宋家，到时候让人家羡慕，让人家眼红，让他们来讨好你，巴求你。现在不是逞强的时候，因为你们还羽翼未丰。"

"可是，大大，今天黑蛋对大姐那样，我们就这么忍了？"二

18

群问。

宋老牛不再说话，吧嗒吧嗒地埋头抽着烟袋，半天，抬起头，说道："她娘，尽快给大群说个人家吧，越早越好。"

晚上，大宝睡在床上，浑身疼痛不已。现在，他有点后怕，那时候如果不是二姐及时赶到，今天可就糟了，说不定黑蛋真的会把自己打死。想到这儿，后脊梁直冒冷汗，想解小便，可是一动，身上更加痛，只好躺在那里一动不动。

初夏的夜是如此不安分，青蛙为了勾引异性而卖力地鼓噪着，几个小虫为了争夺异性而大打出手，宋大宝呢，就如落败的狗在独自舔伤。

夜深了，一切归于寂静。哼哼……大宝睡梦中不时发出呻吟声。

听着这呻吟声，娘说："如果我大宝有个什么三长两短，我也不活了。"

宋老牛没有说话，一滴眼泪滚落到枕上。

第二天，王二狗老婆到底没有来宋家，宋家呢，本着大事化小，小事化了，丑事不可外扬的原则，也闷在心里。王洼庄人不知道发生了什么，但是，他们看到宋家姐弟敢找王黑蛋拼命，心里不由得佩服。这样，对宋老牛家的看法也有所改变。看来，反抗有时候也是一种选择。

这场风波就这么过去了，以后，王二狗不再对大群甜言蜜语，黑蛋呢，只要见到只有大群一个人的时候就跑过来，说："你是我的。你的那个我揉过，你的那个我看过了，以后哪个男的胆敢靠近你，看我不打断他的腿。"

通过这件事，使得大宝懂得，现在读书是唯一可以改变家族命运的途径，于是更加努力地学习，无论什么时候，他都是第一个起床，跑到教师宿舍的走廊上，就着那里昏暗的路灯读书。

在学校中，老师最为喜欢的是两种学生，即头和尾巴。前者是成绩特别好的学生，老师的脸是要靠他们去贴金的，就如庙里的菩萨，金身大多是富人捐钱塑造；后者是那些特别伤心可怜的学生，老师是长者，当然要护着，就如唐僧护着猪八戒一样，不让他受孙悟空的欺负。大宝兼顾以上两个特点，虽然项老师走了，可是依然得到其他老师的喜欢，在这样的环境中，大宝不但底气增长了不少，而且个子如春笋般长高了许多。拿说大鼓书的话讲，那是天庭饱满，地阁方圆。学校里不乏几个多情的女生，她们以能靠近大宝说上几句话而引以为豪。

大宝所在班级第一美女名叫余艳艳，她的爸爸是村干部（以前叫大队），故而穿戴和别人不一样，被几个早熟的男生捧为校花。余艳艳平时对大宝特别好，肯借给大宝橡皮、圆规等东西。一次，在食堂，大宝忘了带饭票，正要回寝室去拿，余艳艳默不作声地递过来一斤饭票。像很多女生一样，余艳艳的理科成绩不太好，于是经常过来向大宝请教。大宝呢，非常乐意帮助她，除了回报她的好以外，还喜欢闻她身上的雪花膏的味道。

快到升学考试了，大宝更加刻苦地学习。中午，正在埋头做习题，余艳艳过来，递给大宝一根冰棍，说："你吃吧，我不喜欢吃。"

大宝没有注意到全班同学异样的眼光，伸手接过来便吃，可就是这么一吃，居然闹出绯闻来，还给大宝带来一系列的麻烦。

张街在大宝眼里可谓繁华，可是在水田县算是最偏僻的街道，故而外面的春风还没吹到这里。学校里，男女之间隔着楚河汉界，谁要是和女生多说上几句话，不一会儿全校的人都会知道。于是，大宝和余艳艳好上了的消息不胫而走。

下午放学，班主任杨老师把大宝叫到办公室，问这问那的。大宝如实汇报。杨老师嗯嗯地点着头，最后交代说："大宝，你千万不能分心，要把全部的精力都放在学习上，你家的情况我是知道一些的，要不吃馒头蒸（争）口气。"

班主任为什么说这些话？还单独把他叫去，明明可以在周一班会上说的。对此，大宝百思不得其解。晚上，正在上晚自习，一个绰号叫瘦猴的同学过来说："宋大宝，外面有人找你。"

大宝跟着瘦猴来到教室外，外面漆黑一片。大宝问："人呢？"瘦猴指了指厕所。

大宝向厕所走来，初夏，厕所也如万物一般生机勃勃，离老远就能闻其味。大宝心想：找人也选个好地方，怎么选这么个腌臜晦气的地方？

刚拐进厕所，突然冒出几个黑影，不由分说上来就拳脚相加。大宝被打蒙了，站在那里连反抗的意识都没有。

一伙人打够了扬长而去，大宝刚想逃离，突然一个黑影又折了回来，说道："今天只不过给你一次小小的警告，下次再敢碰艳艳，看我怎么修理你。"

大宝回到教室，同学们也没有注意到他有什么异样，只是问谁找他。大宝回答说不认识，坐下，拿起书，可是字字好像都不认识，脑子里还荡漾着那个黑影的话。

听声音，那个黑影好像是二班的姚在意，此人学习成绩不好，但是人缘非常好，原因是他爸是个包工头，舍得给他钱，故而能够经常带着一帮同学吃喝玩乐，初一时便成了张街中学混混的头目，想打谁就打谁。

大宝担心害怕之余陷入沉思，听姚在意话里的意思，好像他喜欢余艳艳，可是自己并没有碰她呀，更谈不上夺他所爱。大宝就不明白了，平时没看到余艳艳和姚在意之间有什么异常来往，他们俩怎么就那个了？N 年后大宝才知道，虽然那时候男女同学之间界限分明，表面上看不出有什么来往，但暗地里却是春潮涌动，那一届同学成功结合在一起的有三对，还有一对山盟海誓的痴情男女，因为家庭的竭力反对而没有走到一起，但后来，男的结婚又离婚，女的一直等他到三十好几岁。大宝归纳这是因为当时农村孩子读书迟，到了初中快毕业时，也就是大小伙子、大姑娘了。俗话说，哪里老天不下雨？哪个姑娘不怀春？他们彼此有好感，也是自然的事。

大宝现在才明白班主任杨老师叫他去的用意，可是自己是清白的啊。不知道姚在意和杨老师怎么会有这样的想法？大宝感觉到自己比窦娥还要冤，可是又没有办法。

感情这玩意儿就是奇怪，本来大宝对余艳艳一点感觉都没有，在他眼里，她和其他的女同学没什么两样，可是经过姚在意这么一闹腾，大宝反而注意起余艳艳来。她身材修长，皮肤白皙，这在当时的农村可谓少见。看看周围的姑娘，脸蛋儿或黑黝黝，或黄灿灿，或红彤彤，只有不干农活的女子脸蛋儿才白嫩嫩的透着红晕，似春天里的桃花，书本里说人面桃花可能就是这样。除此之外，余艳艳的头发好像烫过，刘海弯弯似瀑布，辫梢儿蓬松似马尾，这样的发型似曾在哪里见过，哦，想起来了，项老师以前也是这样的。

余艳艳肯定模仿了项老师。大宝心想。

以后里，姚在意只要看到宋大宝，眼睛里就冒出刀子一般的寒光，这使得大宝非常害怕，整天惴惴不安，再也不敢接近余艳艳。余艳艳好像知道了什么，很长时间没有过来找大宝请教数理化了。

傍晚时分，夕阳西下，杜鹃饮血。宋大宝拿着书本走在学校附近的野外，麦子已经沉甸甸，宛如怀胎七八个月的妇女，油菜已经结了角儿，只有顶部还开着细嫩的花朵，尚有几只勤劳的蜜蜂徜徉其中。大宝望着那些蜜蜂，想自己的父母此时恐怕也还在田地里干农活呢。他打开书本，一张纸飘然滑落，捡起一看，原来是一封信。

信是余艳艳写的，告诉大宝说那事她已经知道了，交代大宝不要害怕，因为姚在意的父亲非常惧怕她的爸爸，让他朝东走他不敢朝西走，言外之意就是要大宝继续和她交往。

大宝有点高兴，有点得意，因为他感受到了余艳艳的多情、温柔、体贴，而她可是张街中学最漂亮的女生啊。

"没想到她家这么有实力的，姚在意家居然都怕。"大宝自豪地想，这些天来的担忧恐惧跑了个精光。

暮色越来越浓，大宝的心也混沌起来，他就不明白了，余艳艳什么时候把信（我们叫小纸条）塞进他书里的，简直做到了神不知、鬼不觉。

西天最后一抹霞光即将退去，大宝开始往回走，今天的背书计划被手里的这封信彻底打乱了。

回到学校，大宝犹豫了，因为他不知道怎么处理怀里的那个小纸条。刚才在田野外，他还把那个小纸条当宝贝，可是现在回到了学校，他有一种危机感，因为穷人家的孩子简直没有可以存放私密物的地方，同学们彼此之间几乎没有什么秘密可言，万一这个小纸条被别人发现，后果不堪设想。最后，大宝决定立即处理掉那个小纸条，于是躲进厕所，把小纸条撕碎，丢进粪池里，出来，看到余艳艳也正好从厕所里出来，心头一颤，随即一阵甜蜜涌来。

回到教室，大宝心里还突突着，坐下，望着前面余艳艳的马尾辫，心里痒痒的，似那千万青丝不停地在轻拂自己的心扉。

余艳艳好像感觉到大宝在注视她，微微地低着头，脸上泛起的红晕一直延伸到脖子后面，眼睛眯缝着似在微笑。

"咦，她在笑什么？"大宝正在想，突然，余艳艳侧身弯腰，似乎在寻找什么东西，那好看的柳叶眼向这里瞥了一下，二人目光相遇，撞击在一起，吓得大宝赶忙埋下了头，假装一本正经地在看书。

"橡皮借我用一下。"余艳艳过来说。

本来，寂静的教室如平静的池塘，余艳艳的声音犹如一粒石子扔进了池塘里，让那些好奇的鱼儿都向这里张望过来。特别是瘦猴——姚在意的跟屁虫，意味深长地望着这里。大宝脑子里一片空白，坐在那里一动未动，余艳艳只好自己拿着橡皮走了。

此事又引起大宝的担忧，害怕姚在意再次找他的麻烦。第二天中午放学后，大宝拿着瓷缸向食堂走去，远远地看到姚在意向自己走来，后面跟着瘦猴等人。大宝的心忐忑得如在坑洼不平的路面上飞奔的自行车——颠簸得流离失所。

大宝想溜走，可是觉得那样太没有骨气，余艳艳看见了肯定会瞧不起，于是硬着头皮迎了上去。可是每靠近一步，心就紧一下，等到距离姚在意只有三四步远的时候，大宝分明看到姚在意已经眯起刀子般的眼睛，握紧了斗大的拳头。

"今天肯定要挨打了。"大宝想，心突突地跳着，如加了油门的拖拉机，双腿如灌了铅似的，一步也不想往前走。

"宋大宝，你给我站住。"

大宝的心一哆嗦，乖乖地站在那里一动不动。

"你娘的×。"姚在意大骂着，如狼似虎地奔过来，伸手揪住大宝的衣领。

大宝依然站在那里一动不动，一句话也不说。在姚在意这个混混面前，他就是一只沉默的羔羊。

姚在意挥起了拳头。

大宝闭上双眼，可是半天也没感到拳头落下，怎么回事？正要睁开眼，突然一个声音："你们在干什么？"

余艳艳。大宝心里一震，立即睁开双眼，可不是余艳艳。她手里拿着饭盒站在不远处望着这里，看样子是跟在大宝后面去食堂。

"你们在干什么？"余艳艳走近问，柳叶眼紧盯着姚在意的手。

"我们……我们没干什么，呵呵。"姚在意呵笑着松开手，顺势搂住大宝的脖子，"我们正要和宋大宝一起去食堂打饭。"

"我怎么刚才看见你要打宋大宝？"

"我打他？怎么可能呢？呵呵。"

"那就好。"余艳艳说，可是依然站在那里。姚在意只好放开大宝。

"宋大宝，还不赶快去食堂？马上就没饭了。"余艳艳催促道。

大宝赶紧向食堂跑去，慌不择路，一个趔趄，几乎摔倒，后面传来："姚在意，你以后不要再找宋大宝的麻烦，找他的麻烦就是找我余艳艳的麻烦，听到了吗？"

大宝端着饭回到了教室，平时，就着家里带来的咸菜，吃上八两饭还嫌不够，可是今天却没有一点食欲。可能是刚才惊吓的，太凶险了。要不是余艳艳及时赶到，姚在意肯定会把自己打个半死。他的心狠手辣那是出了名的。想到这些，大宝浑身起了一层鸡皮疙瘩。

此时，余艳艳坐在座位上吃着饭，不时朝这里张望，满眼里都是关切。

最近，余艳艳觉得大宝在躲着自己，知道这是因为宋大宝慑于姚在意的淫威，不由得生气。一方面气姚在意，觉得他太霸道，简直是南霸天。自己不是早就拒绝他了吗？干吗还老是纠缠着不放？自己和宋大宝好与他有狗屁关系，还横加干涉？另一方面，她气宋大宝，哀其不幸，怒其不争。他怎么就那么怕姚在意？一点男子汉大丈夫的勇气都没有。要不是他长得帅，学习成绩好，自己才懒得理他呢，哼！

余艳艳喜欢宋大宝在姐妹中那是公开的秘密，余艳艳有什么事也不瞒着她们，于是把自己的心事告诉了她们。同桌方小侠说，喜欢一个人就要竭力维护他，宋大宝也许不知道余姐你家的势力，可以告诉他，让他不要怕姚在意，还自告奋勇地担当了信使——中午时分，趁着班里没有人，把余艳艳的小纸条塞进大宝的书本里。这才有了小纸条的故事。

余艳艳按照好友的主意去做了，心里忐忑着，如法庭上等着宣判的囚徒。昨晚，厕所路上遇到宋大宝，分明感到他十分在意地望了她一眼。小纸条他看到了？没看到？余艳艳心里那个纠结啊，纠结着回到教室，不知怎么了，总是感觉后面有一双眼睛在注视着自己，宋大宝？她不是十分确定，借着寻找东西，侧身弯腰一看，可不是宋大宝。

余艳艳心中那个甜美啊，如吃了蜜糖似的。用时下的流行歌曲来形容此时余艳艳的情感：宋大宝，你要问我爱你有多深，月亮代表我的心。余艳艳不知道，此时外面漆黑一团，连个月亮的影子都

25

没有。

　　恋爱让人发疯，让人着魔，一股莫名的冲动涌上余艳艳的心头，莫名地过来，莫名地说："宋大宝，把你的橡皮借我用一下。"其实，余艳艳哪里缺少什么橡皮？她的铅笔盒里有大大小小好几块呢。

　　后来，余艳艳知道又给宋大宝惹祸了。她料定姚在意肯定会知道此事，也料定他肯定会找大宝的麻烦，一股女侠的豪气从天而降，于是下定决心，不怕牺牲，一定要保护好宋大宝，让他不再受姚在意的欺负，于是第二天一直悄悄地尾随着大宝。

　　大宝和余艳艳的事在张街中学闹得沸沸扬扬。大宝四面树敌，原来喜欢余艳艳的不止姚在意一个人，还有张街街道上几个小混混，他们都放出话来，要修理宋大宝。宋大宝感到四面楚歌，从来不敢跨出学校的大门，晚上更是万分小心，只要听闻有人过来，马上警惕起来，现在的大宝简直到了风声鹤唳、草木皆兵的地步。这些事让大宝分心不少，学习成绩自然有所下降，周三晚上，下自习后，班主任杨老师把他叫到寝室，狠狠训斥了一番。

　　"我没有和余艳艳谈恋爱。"大宝斩钉截铁地说，心里却道："就是我谈了恋爱，与你有屁事啊？"杨老师好像听到了大宝这句心里的话，抡起巴掌，啪一声，给了他一记耳光。大宝疼痛难忍，捂着脸歪着头斜瞪着杨老师，猛地冲出门外。后面传来："你给我回来。"可是大宝头也不回，一阵旋风似的跑了。唉，这多事的、叛逆的青春。

　　大宝跑着，猛地一抬头，才知道来到操场上。四周黑咕隆咚的，没有一个人影。脸上还隐隐作痛，可是心里却更加痛，记得这是自己读书以来，第一次被老师打，其中的滋味真是一言难尽啊。

　　"杨铁头（杨老师的绰号），你太心狠了。"大宝心里埋怨道，脑海里浮现出项老师的影子，如果是项老师，她一定不会打自己。

　　"项老师，我真想你啊。你到底在哪里啊？"大宝在心里呐喊道。

　　天空星河璀璨，星星们眨着白眼沉默着，田野里的虫蛙倒是积极响应，可是却让大宝更加烦躁。

夜深了，大宝在操场上来回地走着，宛如一只流浪的狗。

第二天下午，正在上课，班里的同学突然不安分起来。怎么回事？原来教室外面站着一个老头，穿着宽大的棉袄，腰间系着麻绳，嘴里含着烟袋，伸着头向班里张望。

"大伯，你找谁？"语文老师孙正文问。

"我找，我找我家蛋蛋。"

班里顿时爆发大笑。

"蛋蛋是谁？"孙老师问。

大宝红着脸站起来，再一声不响地走了出去。

"谁让你来的？"大宝低声咆哮道。

"你们杨老师带口信让我来的。"

这下大宝明白了，肯定是因为昨天的事。

像农村所有的父亲一样，宋老牛首先给杨老师赔不是，然后让大宝赔不是。杨老师的气这才消了，然后给宋家父子分析问题来，再三强调现在是关键时期。宋老牛这才知道儿子不好好学习，居然谈起恋爱来了。他剜了儿子一眼，吧嗒着嘴，半天，说道："给老师表个态吧。"

大宝心里虽然极不情愿，但还是保证说一定好好学习，至于和余艳艳的事，大宝只字未提，因为鬼才只知道那是不是谈恋爱。

父亲临走的时候告诉大宝，要他星期天回家一趟，家里有事。大宝正要问什么事，可是父亲已经走远了。望着父亲过时的穿着、佝偻的后背、蹒跚的脚步，大宝觉得今天丢人丢大发了。

父亲一走，同学们都围了过来嚷嚷着喊蛋蛋。恼羞成怒的大宝追着打，可是一点作用也不起，大家依然起哄喊着蛋蛋，这其中包括余艳艳。

"蛋蛋，蛋蛋。"余艳艳一本正经地喊，同桌方小侠对着她的耳朵一阵嘀咕，余艳艳羞赧地低下头去，脸上挂起了红色瀑布。哈哈，方小侠捂着肚子爆笑起来。

从此以后，非正式场合，同学们再也不叫他宋大宝，而是叫他宋蛋蛋了。第三天，大宝收到余艳艳一张小纸条，上面写着："宋蛋蛋，你的父亲真老实。"大宝认为这是在贬低父亲，气得没有回复她。

星期天家里到底有什么事？该不会又是麻烦事吧？大宝担心着。星期六下午回到家里，才知道原来是好事。原来，邻居王铁头的娘给大姐介绍了一个对象，名叫甄才学，家住离这里十五里地的甄家庄。约好明天去男方家看看，我们这里叫相门头。宋老牛认为作为家里唯一的儿子——大宝应该去看看，可是大宝坚决不干，因为这样的事一般都是妇女参与。

第二天上午，大宝最终还是去了，因为娘再三央求。她这么做是有原因的，相门头，男方家是要给礼物的。一般是每人一块手帕、一块香皂。娘舍不得那一份给了外人。

傍晚，一家人坐在一起商议这门亲事。娘觉得男方家条件还不错，三间大瓦房，除此之外，甄才学还是个手艺人——木匠——有活手钱可以挣。宋老牛分析说木匠一般性格都很好，性格好才能慢工出细活，出好活，火暴性格是做不来的。二群说好是好，就是甄才学个子矮了点。娘白了二群一眼，又向大群挤了挤眼，努了努嘴，说跟人过日子，又不是跟个子过日子，要那么高的个子干什么，只要人好，能够安安稳稳过日子就行。

"大姐，你觉得那个甄才学怎么样？"二群问。

大群没有回答，只是害羞地低下头，嘴边挂着笑，拨弄着辫梢。

"哈，大姐，你同意啦！"二群嚷道，"哈哈，我就知道。"

大群的头更低了，脸更红了，半天，好像想起什么，抬起头，转向一直没有说话的弟弟，问道："蛋蛋，你觉得那个男的怎么样？"

大家一齐望着大宝。

"只要大姐没意见，我就没意见。"大宝表态。

这样，全家一致通过这门亲事了。

宋家很久没有这样的喜事了，今天真是难得啊。娘脸上洋溢着的笑撑开了深深的皱纹，望了望外面说该去做饭了，宋老牛吩咐二群去把那只老公鸡逮住杀了，趁大宝在家。

二群撇了一下嘴，对着大宝说："你才是我们家的宝，你不在家，我们连鸡毛都吃不到，今天沾你的光了。走，和我一起抓鸡去。"

残阳西下，天空如半个西瓜——红橙黄蓝绿排列着。全家人围坐在小方桌边，吃着红烧老公鸡贴死面馍馍，只吃得满嘴流油。突然，外面传来响雷般的声音："宋老牛、宋大群，你们给老子出来。"

王黑蛋，黑煞星。

宋大宝站起欲去看个究竟，被父亲一把拽住，外面传来："我告诉你们，宋大群是我的。没有我的同意，看哪个王八羔子敢娶她？宋大群，给我出来，我们俩的事你忘了？哈，你忘了，老子没忘，老子不是把你抱上床了吗？"

宋家一片死寂。宋老牛丢下碗筷，拿起烟袋，低着头吧嗒吧嗒地抽着。娘抹了一下眼睛，唉声叹气着，大群捂着脸躲进自己房间去了。

"哎，怎么不说话？难道你们老宋家都死翘翘了？"

大宝铁青着脸望了二群一眼，二群点了一下头，大宝随即拿起擀面杖，二群抄起铁叉，正要往外冲，被娘拦住了。

"娘，和他拼了。"大宝嚷道。

"对，拼了。"二群附和。

"娘求求你们了，不要去招惹那个浑球儿。你们不是他的对手，到头来吃亏的还是我们家。"娘说着捋了一下满头白发，一瘸一拐地出了门，一看，不由得大吃一惊，只见黑蛋赤裸着上身，腰间缠着铁链，双手叉腰堵住院门，于是说："黑蛋，有什么事家里说去。"

"哈，终于有个活的出来说话了。"

"黑蛋，都是左邻右舍的，整天抬头不见低头见，你不能这样说话。"

"对，对，你是我未来的丈母娘，看我这张臭嘴，看我这张臭嘴。丈母娘，对不起了。"黑蛋说着啪啪地打着自己嘴巴。

"我不是你的丈母娘，大群她已经有婆家了。"

"大群有男人了？我怎么不知道。"黑蛋瞪着牛蛋大的眼明知故问。

"今天去相的门头。"

"好！好！"黑蛋把巴掌拍得啪啪响，"什么时候办事？到时候老子来喝喜酒，连他娘的丧酒一起喝。"

"你，你……"

"黑蛋，你再在这里闹，我要去告诉你家大人了。"宋老牛从屋子里出来说。

"去呀，你去呀，老子才不怕呢。"

宋老牛欲往院门外走，被黑蛋伸手挡住。

"宋老牛，老子没有闲工夫和你磨嘴皮子，今个儿我把话撂在这，宋大群是我的，要不，哼哼，别怪我手下无情。"

"你想怎么样？"

"老子会让你宋老牛断子绝孙。"黑蛋说着哗啦抽出腰间的铁链，呜的一声向旁边的小树苗打去，啪，小树苗拦腰断裂。

"你、你怎么这么欺负我们家？"

"我做了你的女婿就没有人敢欺负你了。"黑蛋说着，黑塔般的身躯慢慢挪出院门，不一会儿，王铁头家院子里传来响雷般的叫骂声，只把他家祖宗十八代都骂了，意思是嫌他们多事，不该给大群介绍婆家。

趁着这工夫，宋老牛赶紧去了王黑蛋家，可是不一会儿便回来了，进屋后，蹲下，靠在门上，低着头，吧嗒吧嗒地吸着烟袋。

"他大，怎么样？二狗他怎么说？"娘问。

"他家，你还不知道？一窝大大小小的狼。"

"唉！"娘长长地叹了口气，眼泪又不觉地流了下来，掀起腰间的围裙擦了一下，"这到底怎么办啊？呜呜……"

夜深了，夜静了，虫蛙开始鸣唱了，细闻，其中夹杂着幽幽的呜咽声，这是大群躲在被窝里在呜咽。呜呜……这哭泣声是夜的儿子，随着夜的加深而生长着，扩散着。

第二天，日头已经一树高了，宋老牛放牛回来，才发现大宝没有去上学，不由得大吃一惊，忙问怎么了。

"我不读书了，读书一点用也没有。"

"你、你……"宋老牛手指点着儿子，一时不知道说什么。

"小祖宗，你想干什么？"娘闻讯赶来问。

"娘、大，我要去少林寺学功夫。"

"学功夫干什么？和那个畜生干？"

"对，我要他永远不敢欺负我们家。"

"不行，他是畜生，你也把你自己当畜生了？"

"我就是要去。"大宝号叫着，一扭头进了屋，砰一声关上门。

"这可怎么办哟？"娘说，一屁股瘫坐在板凳上。

"蛋蛋，我告诉你，天塌下来有我和你娘顶着，没有你的事，念你的书去。"宋老牛对着门说，可是半天，屋子里一点声音都没有。

大宝本来是全家人的希望，可是现在希望没了，宋老牛再也受不了了，唉的一声蹲在地上，呜呜抱头大哭起来。所谓男儿有泪不轻弹，只是未到伤心时。他宋老牛什么时候哭过？屡次被人家欺凌，他没哭；1965年，他娘去世的时候也没哭；可是现在他哭了，哭得那么伤心，黄豆大的眼泪雨点般落下，不一会儿，地上湿了一大片。

娘见了，过来拉着丈夫劝道："他大，不哭，不哭，呜呜……呜呜……"

本来，昨天晚上，夫妻二人躺在床上商量对策。黑蛋要让宋家断子绝孙的话还在屋子里盘旋，在耳边萦绕，在心头飘荡。商量来商量去，最后，宋老牛说："大群那门亲事还是暂时缓一缓吧，大宝的命要紧，那个畜生能干出来的。"娘没有说话，她永远听丈夫的。

这事就这么定了，没想到一波未平一波又起，大宝这里又闹上了。这苦难的岁月把宋老牛夫妻二人摧残得不成样子。

"宋大宝，你给我开门。"二群不知道什么时候回来了，冲着房门喊道。

屋子里依然鸦雀无声。

砰一声，二群一脚踹开门冲了进去，"我让你不念书，我让你不念书。"啪啪两个耳光。

如果在平时，不要说扇大宝耳光，就是二群动大宝一根手指头，宋老牛也不允许，可是今天他没有出面阻止，虽然那啪啪的声音好像打在他的心头上。

大宝被打得很痛，但是坐在那里一动不动，眼泪汪汪地看着二姐。

"大宝，你还记得我说过的话吗？如果你念书不如我，我就用这个结果了自己。"二群说着掏出一把剪刀来扬着，再啪的一声放在桌子上，然后指着剪刀说，"这个，我随身带着随时用，我宋二群说话算数。"

"二姐，呜呜……"

"哭，你就知道哭？你个没用的窝囊废，不好好念书，还谈恋爱，呜呜……"啪啪，二群一边打，一边哭。

呜呜……全家人哭在一起。

外面下雨了，扯天扯地垂落，呼啦啦响，好像在向人们倾诉宋家的不幸。

夜幕降临了，雨雾笼罩住王洼这个小村庄，她在雨中静默着，静默着，静默了一天又一天，静默了一年又一年。

这场雨来得快，去得也快，第二天早上八点多，雨停了。

"二姐，我去念书。"大宝说着站了起来，掀开被子，里面现出一堆碎纸。原来昨天晚上，大宝已经破釜沉舟，自绝了后路——把自己的书本毁了。

"吃了饭再走吧。"娘对着正在收拾东西的儿子说。

大宝没有吱声，现在他脑子里一片空白，只是机械地在往袋子里装米。

"吃，吃！他娘，去把昨晚剩的老公鸡热了，再怎么的，人也要活下去。"宋老牛咬牙切齿地说。

这句看似平常的话，大宝永远铭记在心，是啊，再怎么的，也要活下去。这也许是这片古老的土地上，那些历经苦难的人世世代代得以生存延续的原因。

刚下了雨，地上很湿，又要背着米袋。宋老牛心疼儿子，要送他。二群说："还是我来吧。"说着背起米袋头里走了。

雨后的田野分外清新，湿润的空气中混杂着泥土的味道和花草的芳香。路边田地里，茂密的玉米青葱翠绿，泛着光亮，五彩斑斓的野花铺满小径。

世界如此美好，可是大宝却一点也不觉得。此时，他的脚步沉重，心绪更是沉重。

"蛋蛋，念书去啊。"正在放牛的二傻娘打招呼说，眼睛里满是怜悯、关怀与同情。大宝注意到了，心里很是感激。看来宋家在王洼并没有那么糟糕，所谓人人心中都有一杆秤，他们能够称出善与恶来的。过了一道坎，大宝追上前面的二群，问道："二姐，谁告诉你我在学校里谈恋爱了，大大？"

二群没有说话，只是背着米袋呼哧呼哧地走着。

"告诉你，我真的没有谈恋爱。"

"那个余艳艳是怎么一回事？"

余艳艳？二姐怎么知道的？看来不是大大告诉她的。大宝心想，是谁呢？肯定是三丫，她和大宝一个年级，并且和二姐关系特别好。

"我们只是普通的同学关系。"

"普通关系？告诉我，你夜里睡觉的时候，心里想着她吗？"

"偶尔会想到，但大部分不会。"

二群哦了一声不再说话。

"谈恋爱就是夜里想着她吗？"大宝问。

"这个我哪知道？按说是这样的。"二群回答，脸上现出绯红，头也低下去。

大宝没有注意到二姐的异常，说道："二姐，你放心，我一定好好学习，一定为我们家争气，不让人家瞧不起我们家、欺辱我们家。"

"嗯，你实在应该争气了，我们家遭受的苦难太多了，全家人都指靠着你扬眉吐气呢。"

"将来我有本事了，绝不放过黑蛋那个王八蛋。"

"唉，那还有一段时间，可是眼下呢？你没看到娘，她的眼睛都要哭瞎了。"

是啊，眼下怎么办？想到这儿，大宝低下头，不再吭声。

"不过，蛋蛋，我要告诉你，你只管念你的书，马上就要预考了，现在是最为关键的时期，至于大姐的事，不要你操心，所谓船到桥头自然直，天无绝人之路，一切都会过去的。"

"嗯。"大宝答应着，深深地点了一下头。所谓穷人家的孩子早当家，苦难让宋大宝懂事了不少。

第 二 章

虽然离开了家，但是，大宝整日担心着家里，至于和余艳艳，大宝兑现了自己的诺言，平时很少和她说话，也不再给她写小纸条了，一心一意地努力学习。余艳艳受到了冷遇，可是热情非但不减反而有上涨的趋势，经常让她的好姐妹递来小纸条。姚在意呢，鼻子都气歪了。他就不明白了，自己那么努力地追求，简直到了死乞白赖的地步，可是到头来依然落了个孤雁单飞。即使这样，这只孤雁还是孜孜不倦地追求着。感情的事就是这么奇怪，好像余艳艳就是他姚在意的克星，而宋大宝就是她余艳艳的克星。

预考结束了，大宝取得了全校第三名的成绩。看着成绩单，大宝心里酸酸的——自己可一直是全校第一名的。但余艳艳却很是高兴，好像她自己得了第三名似的，虽然她的成绩排在全校三十名开外。女孩，漂亮的女孩，陷入情感中的漂亮女孩，傻而可爱。

下午，同学们大多回家去了，大宝还坐在班里生着闷气。这次，孙大头取得了第一，这也是那个家伙第一次超越了他宋大宝。大宝心里当然不服，可是又没有办法，事实就摆在这里。

难道真的如大家所说，和余艳艳交往影响了学习成绩？看来以后决不能和她有任何瓜葛了。大宝心里这样决断着。真是说曹操，曹操到，余艳艳鱼冒泡似的伸了一下头，又立即缩了回去。

咦，她还在？怎么没有回家？大宝心里疑惑着，刚才对余艳艳的不满忘了个精光。

沙沙，一阵脚步声，大宝头都没抬便知是余艳艳。可不就是她？那修长的身影回到自己座位上，翻着课桌，好像在寻找什么东西。

班里，空气中弥漫着一种浪漫的、温馨的、急促、紧张的气氛。大宝局促不安起来，佯装收拾东西，突然，眼前一道亮光飘过，一张叠成蝴蝶状的小纸条飞了过来，落在脚下。

大宝坐在那里一动未动，待确定没人看到时，才弯腰拾起，攥在手里，心嗵嗵地跳着，宛如做了贼似的。

沙沙，脚步声再起，余艳艳走了，他的心也跟着她去了。

大宝四下看了看，确定班里只有他一个人后，才打开了小纸条。余艳艳告诉大宝，她家有一个亲戚在张岗庄，今晚就去张岗走亲戚，明天上午去找大宝玩。

晴天一个霹雳，大宝傻坐在那里。天啊！她家有亲戚在张岗。而张岗距离王洼只不过二里来路，中间只隔着一个村庄。

此时，大宝心中只有一个念头，那就是余艳艳家的亲戚在张岗，那么自己家的事她不都知道了？一种屈辱、自卑感顿时涌起，再弥漫开来，笼罩住全身。

自己怎么生在这样的家庭？大宝无数次这样问，他不明白这一点，就如他小时候不明白，为什么王二狗家可以每天吃干饭，而自己家只能喝稀饭。

夕阳残照，彩霞满天，柳絮飞扬，杨花漫舞。远处水田里，老农唱着古老的歌谣在驱赶着老牛耕地；近处，牧童赶着牛羊正归来。好一幅乡间暮景图。

大宝走在回家的路上，周围的景色对于他来说毫无吸引力，有人说，再好的风景看惯了也就不再成为风景了，更何况还是一个心情糟糕透了的人。

他不知道家里等待他的将是什么，也不知道余艳艳得知他家的境况后会怎么想。

"明天上午按时去和她约会吗？"大宝想。

"去。"一个大宝说。

"不能去。"另一个大宝否定说。

去还是不去？正在拿不定主意的时候，突然后面一个声音："喂，蛋蛋，嘻嘻……"

大宝回头一看，天啊，余艳艳！她冲着他笑，旁边的三丫等女同学也跟着笑。

大宝没有停下脚步，实际上，他忘了。

"哎，走那么快干吗？等等我们。"余艳艳喊道。

大宝只好站住，余艳艳等人赶了上来。

"你家真远啊。"余艳艳没话找话。

"十二里路。"大宝如实回答，脸已经憋得通红。

"蛋蛋，今晚到你家吃饭吧。"余艳艳半认真半开玩笑地说。

大宝没有回答，此时，他的脑子凝固住了，宛如一块整体的岩石。好在三丫替她解了围，说："余艳艳，你今晚到我家去吃吧。"

以后里，大宝再也没有感到时间的慢、路途的远。不一会儿，就到了张岗，余艳艳要离去，三丫她们几个女同学竭力挽留。大宝站在那里，心里巴望着余艳艳不要答应三丫她们。因为他实在不想让她看到自己家那三间破茅草房，更不想让她听闻有关自己家的一些事。

余艳艳好像禁不住三丫等人的劝，犹豫地站在路口，看了大宝一眼，似乎在等他的一句话。但大宝就是抱着葫芦不开瓢。最后，余艳艳意味深长地说明天上午去找你们玩吧，然后走进了张岗村庄。望着她离去的背影，大宝终于松了一口气。

"蛋蛋，你一点也不热情，人家余艳艳刚才要到你家吃饭，看你吓得一句话都不敢说，小抠。"几个女同学群雀似的喳喳叫着。

"余艳艳才不会怪他的。"三丫说，"蛋蛋长得这么好看，成绩又那么好。"

几个女同学一起笑。大宝自知不是她们几个女同学的对手，装着聋了，哑了。

同学陆续散去，最后只剩下三丫和大宝。三丫望了一眼大宝，笑嘻嘻地问："蛋蛋，余艳艳喜欢你吧？"

"你怎么知道的？"

"你们的事，谁不知道？"

"我们真的没有什么？"大宝瞪大眼说，好像比真的还真。

"就是有什么，也没什么，嘻嘻。"

接下来，三丫说学校里某某女生喜欢某某男生，某某男生喜欢某某女生等等。大宝听了如在听天方夜谭，没想到小小的一个张街中学，平时看似一方波澜不惊的池塘，原来是浩瀚的太平洋——里面暗流汹涌。

大宝好像想起什么，问三丫是不是把自己和余艳艳的事告诉了二群。

"我告诉她了，怎么的？"

"告诉她干什么？再说，我们真的没有什么。"

"骗谁啊？哼！"三丫说着一扭头走了，突然又转回头，远远地喊道，"哎，我知道了，你以后肯定会考上中专，吃上商品粮，看不上余艳艳，是吧？哼，陈世美。"

考上中专，吃上商品粮，大宝没有这么奢侈地想过。所谓人穷志短，马瘦毛长，现在，摆在大宝面前的是赶紧回家看看。

离村庄越近，大宝的心就越沉重，这几乎成了他的条件反射了。一进到村子里，到处充斥着腐烂的稻草混合着猪牛鸡鸭粪便的味道，大宝厌恶这个味道就如厌恶王洼这个村庄名字一样。

回到家里，家人已经插秧回来了，看样子都很累。大宝的回来带给了他们一些喜悦，特别是娘，看到儿子，脸上深深的皱纹松弛了许多，一声不吭地拿了几个鸡蛋去了厨房。

从大家的脸上并没有看出什么异样来，这让大宝本来忐忑的心稍稍平静了些，挑起水桶去村外水井担水，远远地看见黑蛋扛着铁锹从野外回来。大宝见到他，脑袋发麻发炸，躲又躲不开，只好硬着头皮往前走。

"小舅子回来啦，见了姐夫怎么不打一声招呼呀？"黑蛋阴阳怪气地说，扭着磨盘大的屁股走了。

看着那离去的黑影，大宝觉得比吃了一只绿头大苍蝇还要恶心，心里骂道："×你娘的，但愿你今晚睡死再也起不来。"黑蛋似乎听到大宝在诅咒他，回过头来恶狠狠地瞪了大宝一眼，那恶毒的眼光让大宝不寒而栗。

担水回来，大宝把二群拉到一边，询问家里的情况。二群告诉大宝，那天黑蛋闹过后，王铁头的娘再也不敢提及这门亲事了。甄才学倒是来过一次，但被黑蛋堵住，一阵暴打，门牙都被打掉一颗，现在，这门亲事只好就这么搁着了。

"狗×的黑蛋。"大宝咬牙切齿地骂道，"二姐，无论如何，大姐都不能嫁给黑蛋那个王八蛋。"

"那是，但就怕大大、娘经受不住。那天，黑蛋不是说要我们家断子绝孙吗？人家是抓住咱家的命脉了。"

大宝知道二群话里有话，低头不吭声了。

娘真是心疼儿子，晚上烧了几个好菜。大宝狼吞虎咽地吃着，突然想起什么，于是说："娘、大，这次预考我得了第三名。"

宋老牛听了，老松树皮似的脸上荡过一道光亮；娘忘记了吃饭，半天，捋了一下稻草似的枯白头发，又揉了一下眼睛。大宝知道她在抹眼泪。

"你以前不都是第一吗？怎么这次才第三？"二群斜睨着大宝问。

"我，我，有一道数学题没做好。"大宝红着脸说。

"是吗？怎么没做好？平时心思都放哪儿去了。"二群用筷子指点着大宝的鼻子，"说，放哪里去了？"

"得了第三名就很不错了。"大群说。

"不要为他说话。小小年纪，就……我看你就不要吃了，吃什么吃!"二群说着一把夺过大宝的碗,咚一声,重重地放在桌子上,还不解气,又夺过大宝手里的筷子,扔出门外,把家里的那条大黄狗吓了一跳。

大宝罪犯似的坐在那里。

宋老牛夫妻愣住了。本来,儿子得了第三名,他们俩感到简直是天大的好事,娘刚才可不就是喜极而泣。可是,现在……

"说啊,怎么不说啊?"二群继续吼着。

大宝还是低头不语,但眼泪簌簌落下。

宋老牛感到那不是儿子在流眼泪,那分明是自己的心在流血,大吼一声:"二群。"

"我怎么了我?我这是在替你教训你这个不争气的儿子。你们不是把全部的宝都押在你这个宝贝儿子身上吗?他现在是逆水行舟——不进则退,你们还在偏袒他。"

宋老牛不再吭声,现在,他有点怕这个二女儿,家里的事多半也是她做主。他默默拿起烟袋,默默地抽。

"二群,我知道你心中有气,那时候不让你念书,那不是没有办法吗?如果有哪怕一丁点办法,也不会让你和大群下来。"娘抹着眼泪说。

"我心中有气?哈哈,我心中有什么气?谁让我是个女儿身呢?女儿算什么?到时候就是泼出去的水。"二群说着,眼眶里闪着晶莹的泪水。大群看她这样,眼泪也扑簌簌地落下。

家里好不容易才有的聚会就这样不欢而散。

晚上,宋老牛的气管炎又犯了,咳嗽不止。听着父亲的咳嗽声和娘给父亲的捶背声,大宝难以入眠。二姐的话又在耳边响起,假如她还念着书,成绩一定比自己好,真是可惜她了,也太对不起她了。

夜深了,皎洁的月光从窗口洒了进来,在屋内制造出一小片风景来——朦胧而简单。望着那片风景,大宝思绪翻滚。是啊,全家

40

把宝都押在自己身上了，如果自己再不好好学习，宋家就会永远没有出头之日，就会永远让人家看不起，就会永远被黑蛋那个王八蛋欺辱。宋大宝啊宋大宝，你不能再三心二意了，你该舍命往前冲，冲，冲！学习，学习，再学习！

半夜时分，大宝迷迷糊糊地正要睡去，突然，大姐慌慌张张地跑了进来，告诉他说窗外好像有人。大宝拿起铁叉跑了出去，只见一个黑影，走近才知道原来是二姐，手里拿着一根铁棍。

"人呢?"大宝问。

"刚走。"

"是谁?"

"还会是谁，黑蛋那个王八蛋。"

"我们追去，和他拼了。"

"回来吧。"父亲的声音，他不知道什么时候站在身后。

回到家里，大家都不吭声。

"唉，什么时候是个头啊。"娘仰天长叹道。

第二天早晨，太阳照样升起，貌似还是昨天的太阳。宋家人暂时忘却了昨晚的烦恼，按时起床，各干各的事去了。

野外，大宝一边骑在牛背上放着牛，一边背着英语单词。今天家里的这条老水牛不知道怎么了，老是偷吃田地里的麦子，气得大宝用手里的荆条狠抽了它几下。人家形容牛脾气，意思说很倔强，今天，这条老水牛的牛脾气上来了，大宝越是抽打它，它越是偷吃。大宝气不打一处来，啪啪又抽了几下，老牛撒开蹄子奔跑起来，吓得大宝紧紧伏在牛背上，屁股蛋被颠簸得生疼。老牛拐了一道弯，大宝被掀翻下来，跌倒在水田里，浑身都是泥巴。回到家来，只见那本英语书上溅满了泥点，不由得心疼。二群见了，说秀才就是秀才，放牛都不行，怪不得书上说百无一用是书生呢。大宝认为她的气还没有消，只好闷头不吭声。大群进来告诉大宝，说三丫找他，要大宝去她家一趟。

去三丫家要经过黑蛋家，大宝极不愿意，绕了大半个圈子来到三丫家，进门一看，愣住了，余艳艳居然在。见到大宝，余艳艳低头垂眉地一笑，露出珍珠粒一般的皓齿。

　　"蛋蛋，你同学来了也不打一声招呼，愣在那里干啥？"三丫嗔怪道。

　　大宝这才反应过来，脸一红，看着自己的脚尖，说道："来了？"

　　"来了。"余艳艳大方地应道，望着大宝湿漉漉的头发，"哎，你早上就洗澡了？"

　　三丫斜睨着大宝，撇着嘴说："他呀，一个月洗一次澡就不错喽。"

　　"嘻嘻。"余艳艳爆发出一阵银铃般的笑，震得屋檐下一对小麻雀夫妻喳喳飞走了。

　　大宝的脸更红了，好似人家坐月子吃的喜蛋。

　　早饭是在三丫家吃的，饭菜很丰盛。三丫的娘李菊花很是热情，特别对大宝，不断催他夹菜，好像他是客人而余艳艳不是。大宝也不客气，大口地吃着，只吃得满嘴喷香。三丫问余艳艳，没有预考上有什么打算。余艳艳望了大宝一眼，回答说想再复习一年。旁边的李菊花说："我家三丫不复习了，回家修地球，等两年找个合适的人嫁了。"说着望了一眼大宝，眼神很是异样。

　　"家里来人了？"门外一个声音，接着人影一闪，二群走了进来。

　　大宝知道不妙，饭菜顿时索然无味。

　　三丫一番介绍后，二群翻着白眼，冷冷地问："你就是余艳艳？"

　　"哎，是的。"余艳艳热情高涨地回答，"你就是宋大宝的二姐？我早就听说过你啦，二姐。"

　　"别和我套近乎，我不是你的二姐。"二群回答道，脸寒得能结冰。

　　"二群，快坐，快坐。"李菊花表现出少有的热情，"来，吃一点。"

"我吃过了，余艳艳，你出来一下，我有话对你说。"二群说着一扭头出去了，身后旋起一阵冷风。

余艳艳热脸贴了个冷屁股，脸上红、黄、蓝、绿、紫交错着，如一幅色彩斑斓的水彩画。她什么时候遭受过这样的待遇？在家她就是个公主，在同学中，她就是只凤凰。她犹豫了一下，还是站起来出去了。望着余艳艳的背影，大宝预感到将有事发生。

"蛋蛋，你将来有什么打算？"李菊花问。

"我……我没有什么打算，就是念书。"

"嗯，嗯，将来考上学校了，有了出息，可不能忘了我们。"李菊花说，意味深长地望了一眼大宝，又偷偷瞧了一下自己的女儿。

"我不一定能考上。"

"考不上没关系，考上了更好。"李菊花说着夹起一块大肥肉放在大宝碗里。

大宝就不明白了，李菊花怎么突然对自己这么好，以前她可不是这样的。望着碗里的那块大肥肉，他倒不敢吃了，夹起给了三丫。

碗筷已经收拾完了，可是二群和余艳艳还没有回来。她们在谈什么？大宝很想去看看，可是又怕二姐。突然想起什么，于是问："三丫，是你对二姐说余艳艳来了？"

三丫点了点头。

"对她说这些干什么？"大宝呵斥道。

"二群是我的好朋友，好朋友不该瞒着什么。"三丫义薄云天地说，"哦，想起来了，你和余艳艳……"

"大宝和那个余艳艳怎么了？"李菊花好奇地问。

"他和她……"

话还没说完，余艳艳一阵风地冲了进来，对着三丫说："我家里有急事，我要回去了。"说着拿起书包就走，置后面三丫和李菊花呼啸般的喊叫于不顾。

那一天，余艳艳一路走，一路哭，只哭了十几里路，只哭得天昏地暗，只哭得肝欲碎、寸肠断。

余艳艳走了，大宝也不想再待下去了，虽然李菊花再三挽留。

回到家，大宝明知道去找二群就是往刺窝里钻，往枪口上撞，但还是忍不住找到了她，怯怯地问："二姐，你和余艳艳说了些什么？"

"蛋蛋，那个余艳艳来王洼是找你的吧？"

大宝摇了摇头。

"还说谎，当我是傻子呀？"咚一声，二群一拳头砸在大宝肩膀上，"小蛋蛋，我昨晚上和你说什么了？你忘得倒快，居然还把人带回来了，你个不争气的东西。"

大宝心虚，不敢还击，只好采取三十六计走为上计的策略，只是一边满屋子跑，一边辩解说："余艳艳是来找三丫的，与我真的一点关系都没有。"

"我让你还嘴硬，我让你还嘴硬。"二群举着扫帚追着打。大群好像听闻了什么，在旁边嚷道："你这个不争气的东西，给我狠狠打。"

娘心疼着儿子，急忙赶过来劝阻，可是又追不上，只是跟在二群屁股后面白跑，一边跑，一边喊："不要打了，不要打了。"哪里管用？

"家里有人吗？宋老牛在家吗？"院门外一个声音。

家里顿时安静了下来，宛如树上正在开会的群雀听闻了动静。

娘不顾气喘吁吁，走了出来，一看，原来是村子里的王三瘸子。三瘸子一瘸一拐地走了进来。

"蛋蛋他娘，你家在干什么，怎么闹这么大动静？"

"是孩子们在闹着玩。"

三瘸子四处望了望，问："宋老牛呢？"

"去犁田还没回来，他三叔，有事吗？"

"有事，有事，还是好事，天大的好事，唉，你们老宋家真是走

44

了日天大运了，好事居然都自己找上门来喽。"三瘸子说着哈哈大笑不止，露出满嘴的大黄牙，"就是老牛他不在家，哎，他不在家，我就和你说吧。"三瘸子说着望了大宝他们一眼。大宝、大群、二群知趣地走开了。

三瘸子叫王加利，真是人如其名，王洼庄只要有好事一准有他。除了三瘸子这个绰号外，他还有一个绰号叫铁公鸡，整天吃东家喝西家，但是，别人休想喝他家的一碗水。正是因为这样，常常被人取笑，可是他一点也不在乎。

铁公鸡上门引起了大宝的戒备，想想现在离吃午饭还早，心里放心不少，拿着扁担和绳索去田地里了。

中午时分，大宝回家来，只见父亲蹲在门边，眼皮耷拉着吧嗒吧嗒地抽着烟袋。厨房里飘过来阵阵饭菜香，于是循香进到厨房，只见娘坐在灶下，呼哧呼哧地拉着风箱。

"娘，今天怎么烧这么多菜？"

"三瘸子中午来吃饭。"

"他来吃饭？他来吃什么饭？不给他吃。"

"唉，不给吃不行啊，有事求着人家呢。"

"什么事？"

"不要对小孩子说。"外面传来父亲的呵斥声。

娘不再作声，低头呼哧呼哧地拉着风箱，火焰映照在她那满是愁苦的脸上。大宝知道家里又出事了。

什么事呢？大宝百思不得其解。来到大姐的房间想问问她，只见大姐靠在床上，眼睛红红的，似两个熟透的桃子。大宝见了，心缩成一小块鹅卵石。

"大姐。"大宝叫着走过去，坐在她身边。

"大宝，我死也不嫁给他，呜呜……"大群哭着倒在床上，再扯起被子盖住头。

"大姐，怎么了？不嫁给谁？"

45

大群没有回答，只是身体不停地抽搐着。

"说啊，到底是谁？"大宝大叫道。

"黑蛋。"

这下，大宝彻底明白了。

和大宝猜想的一样，王加利早上来宋家是说媒拉纤的——为王黑蛋。

原来，黑蛋和宋家闹得满城风雨，王二狗夫妻心里明白，虽然王洼庄的人没有当他们的面说什么，但是，私下不知道骂了多少次，恐怕祖宗都被骂得在地下睡不安。恰巧二狗老婆回娘家，被当村书记的哥哥一顿训斥，回家后，晚上在丈夫耳边吹起了枕边风，说大群还不错，大胸脯大屁股的，人也算勤快，不如就米下锅，找个媒人出来把大群说给黑蛋做老婆算了，省得人家戳脊梁骨。

儿子夺己所爱，王二狗是哑巴吃黄连——有苦说不出。这说不出的话化作一股气顶在胸口，可以气壮地说不同意，理由是宋大群长得不好看。

老婆斜睨着二狗，好像不认识似的，半天才说："看不上人家？我怎么觉得有的人见到大群就如老猫见到了鱼？下次，看我不拿刀把那只馋猫的眼珠子挖了。"说着手掌化作刀，在丈夫眼前晃悠着。

二狗心里大惊，想自己平时做得很隐秘呀，她怎么察觉到了？女人简直比狗都灵敏啊。于是糊涂蛋似的说和他宋老牛那样的人家结为亲家简直辱没祖宗。老婆鼻子里喷着冷气说："哼，你倒是想找公社书记和你做亲家，那你去找呀。"二狗今日理亏，只好同意老婆的建议。可是找谁来充当这个媒人呢？自然想到了三瘸子，因为他好哄，二两猫尿就能把他搞定。商量好了后，第二天夫妻二人就开始行动起来，这才有了今日的一出戏。

大宝来到父亲身边，宋老牛还在闷头抽烟，见到儿子，眼皮抬了一下，又松弛下去。

"大，你是怎么回复三瘸子的？"

"这事用不着你管，念好你的书，少让我和你娘操心就得了。"

"千万不能答应他们。"

"小孩子家懂什么？"宋老牛说着，然后又低下头。

大宝知道父亲不会听自己的，于是扭头出了门来到厨房，问："娘，你们是怎么和三瘸子说的？"

"我和你大没有说什么。"

"我不同意大姐嫁给那个浑蛋。"

"傻孩子，难道我们就想同意？可就怕……唉。"

"怕什么？"

"我和你大不是担心你吗？那天那个畜生不是放话出来要我们家断子绝孙。"

"我不怕。"

"你不怕，可是我和你大怕，万一你有个三长两短，我和你大也活不成了。唉，我们家这是怎么了，上辈子做了什么缺德事了，要我们今生永远不得安宁。"娘说着，掀起围裙角擦拭着眼泪。

"老牛，老牛，我来啦。"外面传来三瘸子的声音。

"哎，哎。"宋老牛答应着迎了出去。

大宝噔噔冲到三瘸子面前，指着他的鼻子质问："三瘸子，你来我家干什么？"

"我找你大有事。"

"告诉你，我们家的事不要你管，回去。"大宝指着院门说。

啪！宋老牛抬手就给儿子一个耳光："有你小孩子说话的份儿吗？滚一边去。"然后赔着笑脸说："他三叔，小孩子家不懂事，他说的话你不要介意。"

"我和小孩子计较什么。"三瘸子说着似乎闻到了酒肉香，嘴里一阵潮湿，咕咚一声咽了一口口水，径直向堂屋走去。

"我家的饭菜不给你吃。"大宝嚷道，头扭着，脸红着，眼瞪着，俨然一只斗鸡模样。

宋老牛看着儿子脸上的五爪龙，后悔刚才使劲过大，心里心疼着儿子，嘴上却恶狠狠地说："还说？看我不打死你。"

"老牛，老牛，算了，算了，我三瘸子是不会和小孩子一般见识的。来，我们吃饭喝酒去。"三瘸子说着，过来拉着宋老牛的胳膊走进堂屋。

大宝愣站在那里半天，猛地跑开了。

刚才娘在一边看到儿子被打耳光，宛如鞭子在抽打自己的心，现在看到儿子跑了，欲追过去，可又担心没有人端菜。她站在那里，前看看，后望望，听到丈夫在喊："他娘，上菜。"只好回到厨房。

大宝跑着跑着，一会儿，家里的那三间破茅草房就远远地被甩在后面了。

"狗×的王二狗，狗×的王黑蛋，狗×的三瘸子。"大宝一边跑一边骂，反复这样骂了 N 次后，猛一抬头，不由得大吃一惊，怎么跑到这个地方了。

这个地方叫二道湾，是两条河流的交汇处，平时少有人来，又因为前年这里淹死过一个小孩子，有人说是水鬼拖进水里的，因而更增添了恐怖的色彩。

哗啦啦，哗啦啦，一阵风吹来，河湾两人来高的高粱发出声响，汹涌而澎湃，大宝心里发怵，想离开，可是想到刚才的一幕，于是硬着头皮坐了下来。

记得这是父亲第一次打自己，还是那么狠、那么疼，大宝抚摸着脸，还是火辣辣的。他就不明白了，父亲怎么这么胆小怕事？难道真的要把大姐嫁给黑蛋那个王八蛋？黑蛋放狠话说要宋家断子绝孙，他真的敢那么做？还有，三瘸子明显是和王二狗、王黑蛋穿一条裤子的，可是为什么还要给他吃、给他喝？酒肉就是给猪吃，给狗吃，也不能给他三瘸子吃啊。

沙沙，旁边的高粱地传来一阵声响，大宝不由得警觉起来，竖起耳朵以听，不是风吹的，似乎是什么东西在动。

沙沙声再起，大宝全身的汗毛都竖立了起来，什么东西？

"呜呜……"一阵凄厉的呜咽。

"鬼啊！"大宝心里呐喊着，慌忙站起来，准备逃跑。

"胆小鬼！"高粱地里传来声音。

三丫，大宝心里惊喜道，于是喊："三丫，是你吗？"

"嘻嘻。"一阵银铃般的笑声，接着从高粱地里走出三丫，满身满头都是汗，脸红彤彤的，如熟透的柿子。

"怎么样？吓着了吧。"三丫得意地说。

"吓死人了。你大中午的在这里干什么？"

三丫没有回答，只是白了大宝一眼，抖动了一下手里的高粱叶子，撇着嘴说道："摘一点高粱叶子回家喂牛吃你会不知道？也不怪，公子是念书的命，奴家是干活的料。"

大宝明显地被这如刀似箭的话刺着了，嗯地呻吟一声，重新坐下。

"我倒要问问你，大中午的跑这里干什么来了？"三丫说着走过来，坐在大宝身边。

"我……我……"大宝一时不知道如何回答为好，红着脸低下头去。

"嘻嘻……"三丫笑着，伸手掐了一根草茎含在嘴里，仰脸躺在地上，"和家里闹矛盾了吧？瞧你那出息。"

她怎么知道的？大宝心想，不由得望了三丫一眼，赶忙移开目光，心嗵嗵地跳，似有一窝小兔子在闹腾，呼吸也急促起来。原来，三丫穿的是的确良衬衫，被汗水一泡，像透明的塑料皮似的紧贴在身上，胸前两个含苞待放的花蕾能够看得一清二楚。

三丫也注意到了，伸胳膊挡住胸口，望着天空中飘过来的一朵白云，似在想着无尽的心事，半天才问："也不知道余艳艳现在怎么样了？"

"不知道。"

"那天二姐和她说了什么?"

"不知道。"

"你真的喜欢余艳艳?"

"不知道。"

"这不知道那不知道的,你知道什么?"

"我知道我一定要好好读书。"大宝咬牙切齿地说。

哦了一声,三丫不再说话,眼睛盯着那朵白云,白云慢悠悠地、慢悠悠地飘远了,最后消失在蓝蓝的天际。

咕噜噜、咕噜噜,肚子在不停地抗议着,大宝安慰地揉了一下肚子,说:"我要回去了。"然后站起来,拍了拍屁股。

"嗯。"三丫答应着,可是躺在那里并没有动。

大宝走了,三丫的心也跟着去了,望着大宝英俊的身影,久久地,久久地。女孩儿的心思就是多,可是又有谁知晓呢。

三丫今天太不寻常了。而这一切都因为昨晚偷听了父母的一番对话。

在王洼庄的妇女中,三丫的娘李菊花可谓算得上一个能人。平时,谁也不得罪,也不背后嚼舌。见人三分笑,不笑不说话。谁家要是有事了,总是热心地前去帮忙。故而赢得王洼庄男女老幼的喜欢,村子里的王歪嘴曾经这样评价道:我们王洼庄所有媳妇中,李菊花算得上是最贤惠的了。外人评价如此之高,可在家就不一样了,在家李菊花就是女皇,说的话就是圣旨。

李菊花注意大宝不是一天两天了,其原因是十几年前听了算命瞎子的那一番话,又加上这些年来总是听三丫说大宝学习成绩如何如何好,老师同学们是如何如何喜欢他,可以说李菊花耳朵里简直都听出老茧子了,心里的小算盘也开始啪啪地响了起来。

三丫预考落榜回家来,距离嫁人也就不远了,这不由得让李菊花夫妻操心起来。晚上,夫妻二人躺在床上商量着此事。

"我看宋老牛家大宝不错。"李菊花终于把憋了多年的心里话吐了出来。

"大宝这孩子确实不错，可是他那个家实在不成个样子，三丫嫁过去是要遭罪的。"丈夫王得贵不无担心地说。

"他那个家是窝囊点，可是俗话说三十年河东三十年河西，大宝念书那么努力，以后肯定会有出息，到那时候就不一样了，你现在看不上人家，到时候人家还不一定看上你呢。"

"可是三丫比大宝大三岁呢。"

"俗话说女大三抱金砖。"

"哦，那你说这事该怎么做？"

"这事宜早不宜迟，先托人出来，把这门亲事定下来，免得以后大宝考上了学校，那时候就不好张嘴了。"

"也不知道三丫的意思，她要是不同意呢？"

"三丫肯定同意，女儿是从我肚子里出来的，我是知道她的。"李菊花自豪地说，"就怕到时候大宝考上了学校反悔。"

"他家的人那么忠实，肯定不会。"

"我想也是，明天我就去找铁柱他娘。"

夫妻二人就这么敲定了此事，不料他们的谈话都被在门外倒水的三丫偷听到了。

夜深了，万籁俱寂，三丫躺在床上辗转反侧。银色的月光从窗口倾泻进来，在周遭的黑暗中挖出一条隧道，给人以无限的希望。

以前，因为和二群的关系，三丫把大宝当作自己的弟弟一样看待，可是现在就不同了，他将来就是自己的男人，天啊！以前没有太注意大宝，现在，三丫躺在床上，在无尽的黑暗中搜索着大宝的模样，他的脸、他的眼、他的嘴唇……嗯，他是挺英俊的，记得村子里的傻丫不是说过吗？大宝是王洼庄最最漂亮的男人。想到这儿，三丫心海里漂过一片绿叶，在滔天巨浪中翻滚着。

咦，余艳艳不是喜欢他吗？她明天还会来呢。三丫心里的警灯不由得亮了起来，现在，她把好朋友余艳艳当作自己的情敌了。嗯，明天就去告诉二群，大宝是最怕她的了。

三丫做梦都没有想到这一招起到了意想不到的效果。当时，看到余艳艳离去那痛苦的表情，心里满意极了，简直是三伏天下暴雨——酣畅而淋漓。哼，活该，谁让你想打我男人的歪主意。余艳艳，我要告诉你，大宝是我的。

更让三丫没有想到的是今天中午在这个人迹罕至的二道湾能遇到大宝，这简直是上天的安排。现在，三丫躺在那里回忆着刚才的一幕，记得大宝刚才看了一下自己的胸脯，于是坐了起来审视着自己的胸脯。不大，但也不算小，不知道他喜欢不喜欢，记得刚才他看过之后脸色好像很红很红。想到这儿，她羞赧地挤压了一下胸脯，再循着大宝离去的方向望去，可是已经不见了他的踪影。

大宝迟迟没有回家吃饭可把娘急坏了，让大群去找，可是大群睡在床上一动不动，死去一般；让二群去寻，被二群一阵呵斥不算，还威胁说要去把三瘸子撵走。娘只好站在自家门口四处张望，心里只祈求说："大宝，我的儿啊，你快回来吧，娘都急死了。"

屋子里传来三瘸子打雷般的声音，意思不外乎就是和王二狗这样的人家结为亲家一点都没错，简直是打着灯笼都难找。

"老牛，我看这事就这么定了。相门头就免了，过几天就定亲，秋后就把事情办了。"三瘸子满打满包地说，好像是他在嫁闺女。

可是宋老牛没有回应，只是一味地低着头吧嗒吧嗒抽着烟袋。

"他三叔，你容我们和孩子商量商量。"娘进来说。

三瘸子红彤彤的眼睛扫了大宝娘一下，眼角黄豆大的眼屎颤巍巍的，啪一声，拍了一下桌子，说道："这事还商量什么？我看就这么定了。"说完端起酒杯，吱一声喝了一口。

"三瘸子，你家二孬子娘叫你呢。"二群进来一脸认真地说。

"哦，哦。"三瘸子答应着站起来，一个趔趄几乎摔倒，扶着桌子站稳，再摇摇晃晃地走了出去。

"呸，狗腿子。"二群冲着三瘸子离去的背影吐了一口唾沫，心里说道："不骗你，还会赖在这里不动？"转回头来，问，"大，你真的要把大姐嫁给黑蛋那个畜生？"

"我死也不嫁给他。"大群冲了出来，丢下这么一句话，然后又冲回到自己屋子里，扑倒在床上。

"容不得你们。"宋老牛咆哮着，"不答应，我们家有安稳日子过？他王二狗是畜生，他王黑蛋也是畜生，他全家都是畜生，专门欺负我宋老牛，欺负我一辈子不算，还要欺负我的下一代，老天啊，你也睁开眼看看吧。呜呜……呜呜……"宋老牛趴在桌子上放声大哭起来，哭得那么伤心，身体起伏着，颤抖着。

"他大，不哭，不哭。"娘过来安慰说，可是自己也忍不住，呜呜地哭了起来。

"呜呜，呜呜……"里屋，大群跟着哭。

二群倒是没有哭，她脸色煞白地站在那里，半天，猛地一转身冲了出去，刚出了院门，几乎和大宝撞个满怀。

"你死哪里去了？"二群瞪着大宝说。

大宝没有回答，径直向院里走，被二群一把拉住，告诉他家里都闹开锅了，大宝问怎么了。于是二群把家里刚才发生的一幕告诉了他。

"无论如何都不能让大姐嫁给王黑蛋那个王八蛋。"大宝嚷道。

"对，嫁给了他，就等于进了狼窝，一辈子就完了。"

"二姐，你说怎么办？"

"我……"二群左右看了看，对着大宝的耳朵一阵叽咕。

"就这么干。"大宝果断地说，"二姐，我支持你。"

"这事就交给我了，但这可不是什么小事，千万不能对任何人说，如果说了，我就抽了你筋，扒了你的皮。"二群发狠地说。

大宝点了点头，正要往家里走，突然好像想起了什么，于是问："大姐知道你的这个主意吗？"

"还没告诉她呢，我这不是先征求一下你的意见吗？喂，你去把大姐叫过来。"

大宝进到家，娘见了立即停止了哭泣，赶忙去给他盛饭，大宝趁机溜进大姐房间里，告诉她说外面有人找……

晚上，一家人坐在一起吃饭，宋老牛夫妇依然满脸愁容，可是大群却平静了许多，本来绝食的她居然喝了两碗稀饭。大宝知道二群已经对她说了那件事。

今天是农历十六，银盆似的月亮挂在树梢，整个世界朦胧中透着清澈，委婉中透出朗润。这样的景色适合谈情说爱，于是野外热闹非凡，夏虫们为了博取美人的芳心而各显其能，它们鼓足了劲唱着歌、跳着舞，有两只小虫为争夺情人而大打出手。

打谷场上，石碾吱吱呀呀地唱着单调的歌谣，这是宋家趁着月色在打麦子。

大宝拿着袋子来到打谷场上，让他大吃一惊的是李菊花、三丫、铁柱娘正在帮忙。真是稀罕，宋家什么时候享受过这样的待遇？娘明显接受不了这样的待遇，重章叠句地说："哎呀，你们歇歇，你们歇歇，不要累着了，不要累着了。"

三丫见大宝来了，仰仗着夜色的掩护，盯着大宝看了半天。

大宝开始装麦子，三丫赶忙过来帮他，不知怎么了，三丫觉得自己有使不完的劲。

娘走了过来，说道："蛋蛋……"望了三丫一眼，改口道，"大宝，明天就要上学了，你回去看书吧。"

"对，对，学习要紧，学习要紧。"李菊花附和说。

"让你回去你就回去，磨蹭什么？"二群催促道。

大宝只好丢下口袋往回走，三丫见了有点不舍，又有点高兴——他要学习了。

大宝走着，他就不明白了，李菊花、三丫、铁柱娘今晚怎么会来帮忙，以前没有过呀，难道月亮今晚从西边出来的？大宝望了望天空，月亮明明悬挂在东边半空中。

不管怎么样，反正是好事。大宝这样想，走进家里，点上煤油灯，开始学习。

蚊子如麻，大宝啪啪地打着身体，实在受不了了，去厨房拎来两只装满水的大水桶，把双腿放了进去，既凉快又防止了蚊虫的叮咬，心里一阵畅快，很快进入到数学题海之中了。

最后二十来天的学习紧张而充实，只不过大宝偶尔还会想到余艳艳，可是她再也没有露面。一天晚上，下了晚自习过后，大宝请同学姚大嘴吃了一块烧饼，然后含蓄地向他打听余艳艳的讯息。

姚大嘴好像看出了大宝的心思，说作为同一个村庄的他当然知道，但是一块烧饼肯定不行，得用这个数。姚大嘴说着伸出一巴掌。大宝说："你这是在敲竹杠，我和余艳艳又没有什么特殊关系。"说着抬脚欲走，被姚大嘴一把拉住，说："再买两块烧饼就告诉你。"大宝狠狠心又给大嘴买了两块烧饼。姚大嘴风卷残云地吃了，然后抹了抹嘴，说余艳艳去了南方，好像姚在意也去了。大宝听了心里针刺似的痛，痛过之后也就忘了。看来，同学之间的懵懂喜欢就如朝露，湿润是短暂而肤浅的，太阳一出来就不见了。

真正让大宝放心不下的是家里，不知道二群的计谋实施得怎么样了。至于后果，大宝无数次想过。一方面，它可能会给自己家带来臭名声，这样，宋家就会雪上加霜，就会更让人家戳脊梁骨，就会更让人瞧不起；另一方面，黑蛋那个黑煞星肯定不会善罢甘休。他会怎么样？真的如他所说对自己下毒手？

不怕。大宝这样想，为了大姐一辈子的幸福，为了不向黑蛋那个王八蛋低头，所有的付出都是值得的。话是这么说，可是心里还是有那么一点恐惧，为了赶跑这恐惧，他采取了黑夜里吹口哨的办法——用书里的一些口号来激励自己。比如黑暗是短暂的，光明即将来临！一切反动派都是纸老虎等等。

距离中考还有一周时间，中午吃过饭，大宝一个人来到学校小溪边背政治试题。姚大嘴跑过来说有人找，两个女的。

肯定是大姐、二姐。大宝心想，来到大门口，居然是大姐和三丫。她们俩怎么在一起？印象中她们之间的关系并不是太好，可以说很差，有段时间彼此还不说话。可是现在看上去二人好像很亲昵似的。唉，女人之间的外交啊，永远让人不懂。

三丫见大宝来了，悄悄绕到他身后，这样就可以仔细端详他了。咦，他好像瘦了。不由得一阵心疼。嗯，头发都这么长了，也不去理一下。

大群把手里的米袋递给大宝，然后又给了他两块钱，说是菜金。大宝问家里的情况，大群说娘身体最近不太好，其他的都还好，说着的时候脸色绯红。大宝知道二姐的计谋进展得较为顺利，于是放心了不少。

"姐，我还有一点钱，这两块钱拿回去给娘治病吧。"大宝抖着手里的钱说。

"临来时，娘再三交代了，说家里的事你不要操心，一心一意地读书吧。"

"嗯。"大宝深深地点了点头，正要拎起米袋走，不料身后传来声音："大宝。"

"嗯？"大宝答应着转过身。

"给，这个。"三丫说着递过来一个大瓶子，"这是我给你做的小干鱼烧黄豆，听说吃鱼能补脑。"

大宝并没有伸手去接，他还有点犹豫，他就不明白了，三丫这个外人怎么对他这么好。

"拿着。"三丫说着把瓶子硬往大宝手里塞。大宝害怕同学看见，那多难为情啊。也只好接着了。

来之前，三丫准备了一肚子的话，可是现在那些话跑了个无影无踪。大群急着要走，她也只好跟着走了。距离大宝越远，三丫越后悔，要不是大群在面前，她肯定要扇自己几个耳光。

大宝望着二人离去的身影，寻思着现在都已过中午了，也不知道她们吃饭了没有，来也不早点，干吗来得这么晚。正在出神地望，突然发现大姐、三丫身后鬼鬼祟祟地跟着一个男人。大宝不由得警觉起来，担心是街道上的流氓尾随，于是认真地观察起来，咦，好熟悉的身影，好像在哪里见过。谁呢？噢，想起来了，是他，甄才学。

大宝恍然大悟，大姐之所以来得这么晚，肯定是去和甄才学接头了，怪不得刚才看大姐好像很高兴很兴奋的样子。她刚才说的"都还好"原来是这么一回事啊。想到这儿，大宝由衷地佩服起二姐来。她泼辣，有胆识，粗中有细，做事果断利落，从不拖泥带水，就像一个有勇有谋的男子汉。实际上，王洼庄的人也是把她当作假小子看待的，只是她年龄还小，还没有引起他们的重视。大宝断定，就凭二姐的本事，要不了几年，王洼庄的人肯定会对宋家刮目相看的。

"二姐，真有你的。"大宝心里夸赞道，本来沉重的心轻松了万分，犹如千斤巨石从心头卸下一般。可是另外一个担心又随即涌上了心头。

"干吗带着三丫啊，假如外人知道了那件事，怎么得了。"大宝心里怪罪道，打开瓶盖，夹起干鱼大口吃了起来。他倒是忘了这鱼是怎么来的。

"你在吃什么？给我一点。"姚大嘴不知道什么时候冒了出来，话到手到，一把将瓶子抢了过去，狼吞虎咽地吃了起来，其他同学见了一哄而上，那一大瓶干鱼烧黄豆没到十分钟就被抢了个一干二净。三丫倒是没有看见，看见会心疼死的。

"宋蛋蛋，王三丫怎么给你送干鱼啊？"姚大嘴吧唧着嘴问。

是啊，她怎么给自己送干鱼呢？大宝连自己都不明白。但不管怎么说，她送的干鱼真是好吃。除此之外，今天还有另外的收获，那就是那些家伙今天吃了自己的干鱼，嘴就会短了，以后向他们借学习资料看谁还不借。

这事就这么过去了，没想到三天后的中午，三丫居然又送干鱼来了。而且，这一次只有她一个人。

"三丫姐，你怎么老是给我送干鱼吃呀？"大宝终于忍不住问。

"家里吃不完，就给你送来喽。哎，我告诉你，这些鱼是我亲自抓的，也是我亲自烧的，好吃吗？"

"好吃，好吃。"

简单的两句话四个字，可是三丫听了，高兴得要晕厥过去。羞赧地低下头，温柔地说道："那就好。"

也许是接受了上次的教训，这次，三丫的嘴一刻都没有停下来。她告诉大宝说他家的麦子已经收割完了，水稻也已经快要栽插完毕了，家里的老母猪生了十二头猪崽……

大宝站在那里一味地听着，这些对他来说无足轻重，目前最为关心的还是大姐的那件事，可是又不好问。

"最近比较辛苦吧？一定要注意自己的身体，千万不要感冒生病了，马上就要中考……"三丫的嘴机关枪似的扫射着，突然意识到什么，说道，"书呆子，进去学习吧，时间太金贵，我不能耽误。"说完，恋恋不舍地走了。

望着三丫离去的背影，又看了看手里的干鱼瓶子，大宝就不明白了，三丫怎么像娘似的关心自己起来了。真是奇怪。可是他并没有深入地想，因为当前的心思完全扑在学习之上了。

后天就要中考了，学校放假一天，大宝归心似箭。回到家里，像饥饿的小羊似的喊道："娘，娘。"

娘在厨房里答应着，大宝一头钻进厨房，询问大姐的事。娘告诉大宝说宋家已经答应了大群和黑蛋的婚事。

大宝大惊，吼道："都是大大的主意吧？"

"儿啊，你千万要理解你大大，他有一肚子的苦水，他之所以这么做，都是为了你，为了这个家。"

大宝再也听不下去，转身冲出厨房，来到正在喂猪的二群身旁，问："娘、大已经答应王黑蛋那个王八蛋了？"

二群没有说话，而是看着西天越来越浓的暮色，脸上越来越凝重，半天，似对大宝说，又似自言自语："他王黑蛋要娶大姐？休想。除非三伏天下雪，三九天打雷。"

"除非我死。"大姐不知道什么时候冒了出来说。

"大姐，你不用死，一切都按照我吩咐的去做就行了，看他王二狗、王黑蛋能怎的？我宋二群要让他们竹篮打水一场空。"

"对，千万不能让他们得逞。"大宝恶狠狠地说，接着问，"二姐，你都安排好？"

"一切我都想好了，但一些事现在还不能确定，除非到了万不得已，这步棋不能走。"

"什么棋？"大宝问。

"暂时还不能告诉你。"

大宝不再问，对于二姐，他一百个放心，转过身来，问道："大姐，那天是甄才学吗？"

大群的脸瞬间变成了一块大红布，低下头去，嗯了一声。

"人家现在三天两头在一起呢。"二群打趣地说。

"这么远，十好几里路呢，怎么……"大宝不解地问。

"远吗？再远，有了爱情，就不远，这就是爱情的力量呗。"

大群的脸更红，骂道："死丫头，敢取笑我。"扬着手追过来。

二群一边跑，一边嘻嘻地笑着说："也不知道你和那个未来的姐夫在一起都说了些什么，干了些什么。"这下，大群追得更紧了。二人围绕着猪圈跑着，大宝见状也忍不住笑。一时间，欢快的笑声充满了宋家的院落，在这个苦难的岁月里，显得极其稀少、极其珍贵。

"你们在笑什么呢？"三丫踏着最后一抹霞光而来，问。

可能是人逢喜事精神爽吧，大群过来热情地打招呼说："三丫，你来啦。"可让人意想不到的是，二群见到三丫，冷淡得实在不应该，这和以前形成了鲜明的对比。

三丫似乎觉察到了，走到二群身边，讨好地说："二群，我帮你喂猪吧。"

"不稀罕。"二群看都不看她一眼，回答道。再指着圈舍里的母猪说："这头母猪又要发情了，小猪还没长大呢。"

三丫听她话里有话，只好转身过去和大群说话。

"三丫，这个给你。"大宝说着把取来的空瓶子递了过去。

"瓶子，哪儿来的瓶子？"二群问。

大宝如实回答，二群听完，剜了弟弟一眼，再白了三丫一下，抽身离开了，身后旋起的冷风只让三丫的心哆嗦不止，看了大宝一眼，嘴嚅动了一下，到底没说出来，拿着瓶子走了，可是又有点不舍，趁着暮色，回头看了大宝好几眼。情人眼里出西施，这是男人看女人，不知道此时三丫看大宝是什么感觉。

大宝的回家让娘兴奋起来，一口气做了几个好菜。看儿子津津有味地吃着，高兴万分。又见儿子满头的乱发、蜡黄的脸色，心疼得接二连三地叹气。又看到大群、二群只顾自己吃着，心里怪她们不懂事，没有给大宝留多少。念书多费心脑啊。

晚上吃过饭，大宝在看书，宋老牛默默走了过来，默默坐在旁边，吧嗒吧嗒地抽着烟袋。他喜欢这样看着儿子读书。可是大宝就不一样了，他讨厌父亲这样，但只白了他一眼，没有说出口。

汗水一滴一滴地挂在儿子脸上，宋老牛默默地拿起芭蕉扇，默默地给儿子扇着。可是，他每扇一下，大宝的厌恶感就增一点，最后，实在忍不住了，吼道："大，不要这样，我学不下去。"

"哦，哦。"宋老牛做错事似的答应道，小心翼翼地站起来欲离开，看儿子去倒水擦汗，咽喉处吞咽了几下，终于鼓起勇气开口问："大宝，你大姐经常往外跑，都是去干什么呀？你知道吗？"

大宝心里一惊，父亲怎么平白无故地问起这个？难道他听闻到什么了吗？无论如何都不能承认，于是大声地回答道："我哪知道她去干什么？你管她出去干什么？她自有自己的事。"

60

"哦，哦。"宋老牛答应着，眼睛狡黠地一睁，再像平常那样松塌下去。大宝见了，心里的警笛厉声呼啸起来，父亲肯定知道了些什么，要坏事。

大宝再也学习不下去了，待父亲走远，立即跑到大姐、二姐房间，告诉了她们。大群听了，如受到惊吓的小鹿，脸色煞白地蜷缩在床上，浑身哆嗦着，半天才问："怎么办？怎么办啊？"说着的时候，眼泪都要流下来了。

"不要怕。"二群安慰说，"一切有我呢。"接着，向大宝询问刚才的情况，大宝详细地叙述了一遍。

"大，我是知道他的，如果他知道了那件事，早就出面阻止了，我们俩早就没有好果子吃了，还等到现在？"二群分析着。

大群听了，平静了许多，眼眶里那呼之欲出的眼泪也就自然地缩了回去。

"大姐，以后你要小心了，出去和甄才学见面，千万不要让他们知道。"二群吩咐道。

"嗯，嗯。"大群鸡吃米似的点着头答应着。

"大宝，后天就要考试了，回去学习吧，这几天就是天塌下来也不要你问。"二群交代。

大宝只好听从二姐的话，回来继续学习，可是头疼得厉害，加上天气闷热，蚊虫太多，一点也学不进去，于是打开书包，拿出一封信来。

这是今天下午才收到的信，是项老师来的。信中，项老师告诉大宝，外面正发生着天翻地覆的变化，知识就是力量，要大宝一定要好好学习，将来有一番作为。另外，项老师还给大宝寄来一张相片。相片中项老师时髦了许多，也漂亮了许多，在大宝看来，丝毫不亚于电影明星。

大宝明显受到了鼓励，坐下，慢慢进入到题海之中，头疼不见了，闷热不见了，蚊虫亦不见了。

"当当……"家里的那个时钟敲了十二下，大宝停止了学习，揉了一下眼睛，松开手，只见眼前的桌子上出现一大碗荷包蛋，回头一望，只见娘瘦弱的身躯站在身后，笑眯眯地看着自己。

　　"儿啊，吃吧，吃过好睡觉。"娘指着荷包蛋说。

　　大宝吃着，眼角痒痒的。娘一辈子受苦受难，死守这个家，尽心尽责。她什么时候想到过自己？永远都是先想到丈夫、孩子。

　　碗里还剩下三个荷包蛋，大宝把碗递到娘面前，说："娘，你吃吧。"

　　"儿吃，娘不吃。"

　　"娘，你吃嘛，你吃嘛。"

　　"娘不吃，儿吃，吃过好考试。"

　　"娘，我都吃过几个了，实在吃不掉了。"大宝说着把碗筷往娘的手里塞。

　　娘深知儿子的心意，默默地接过碗来，夹起荷包蛋大口吃了起来，眼里噙着热泪，心里叹道："儿子长大了。"

第 三 章

　　中考结束，大宝回到家里。此时的他宛如宣判前囚犯的心理——既盼望着那一刻早日到来，可又害怕那一天的到来。

　　距离中考成绩下来还有二十来天呢。趁着这段时间，大宝帮助父亲卖西瓜。

　　热天吃西瓜很爽，可是卖西瓜就不同了。天不亮，父子二人就推着独轮车出发，太阳一树高的时候，二人到了张街。宋老牛虽然自己热得不行，可是心里还盼望着天气再热些，那样，西瓜就能卖个好价钱，还能卖得快。这使得大宝想起老杜的那句诗："可怜身上衣正单，心忧炭贱愿天寒。"

　　卖西瓜的大宝最怕遇到同学，可是怕什么就来什么，好几次都遇到姚大嘴、猴子他们。大宝要给他们西瓜吃，可是他们都没要。

　　遇到姚大嘴，这使得大宝更加害怕，因为使他想到了余艳艳，假如遇到她，怎么得了？那会多难为情啊！无数个晚上，大宝都想着怎么应对那尴尬的场面，躲起来？主动和她说话？她会怎么样？大宝望着满天的星星，寻找着答案。

　　可是最终没有遇到余艳艳，这让他既高兴，但又有点失望。

　　这段时间，三丫好像吃了兴奋剂，不断往宋家跑。对于三丫，二群越来越冷淡，与她形成鲜明对比的是大群，对三丫越来越好，比如，她昨天说三丫给她买了一个发卡，今天又说三丫帮她锄草。宋老牛和娘呢，他们二人始终保持着不冷不热的态度。一天，娘问大宝对三丫的看法。大宝回答说她人很好，很热情。娘哦了一声，不再说话。

娘很矛盾是有原因的。大约二十天前的一天中午，铁柱娘过来，东拉西扯一番后，突然问："大宝娘，你觉得三丫那个姑娘怎么样。"

"好。"

"好在哪里？"

"又漂亮又懂事又能干。"

"哈哈，大宝娘，你真有眼光。啧啧，三丫这丫头，真是打着灯笼都难找的好姑娘，在我王洼庄看看谁能比得上她？哎，大宝娘，我把三丫介绍给你当儿媳妇吧。"

娘惊呆了，她怎么也没有料到铁柱娘会这么说，一时不知如何回答。

"怎么样啊？"铁柱娘追问道。

"好倒是好，可我们家的大宝年龄还小，再说人家能看得上我们这穷家破庙的？"

"大宝还小吗？都十好几岁了，我这么大的时候都有小孩啦，至于人家看上看不上的事，就不用你操心了。"

娘这才明白，铁柱娘是说媒来了，而且很可能就是李菊花派来的。一时间又惊又喜，没有想到王洼庄还有不嫌弃自己家，还要把闺女嫁过来的，我的亲娘哟，这不是天上掉馅饼吗？

晚上，娘炫耀地把此事告诉了丈夫，还唠叨说不知道李菊花看上自己家的什么了。宋老牛一直眯缝的眼突然睁开，说："看上什么？还不是看大宝书读得好，她李菊花可不是一般的人，人家吃过的盐比你吃过的米都多，走过的桥比你走过的路都长，这样的人心思长，目光远。"

娘恍然大悟，这才感觉到原来是自己家吃亏了，说那就算了。宋老牛沉默了半天，说如果大宝考不上学校，这门亲事还真的不错，可是万一大宝考上了呢？

经宋老牛这么一说，娘又有些犹豫了，问怎么回复铁柱娘，人家正等着回话呢，铁柱娘再三说过了这个村，就没有这个店了，听她的意思，好像最近一段时间，说亲的人简直把李菊花家的门槛都踢破了。

"唉，还是等等再说吧。"宋老牛最后决断道。

第二天，娘回复铁柱娘，说等到大宝考试后再说吧。铁柱娘只好如实传话，李菊花听了心里虽然不太高兴，但也没有办法，现在毕竟是凰求凤，而不是凤求凰。可是三丫呢，自从那天偷听了父母的话以后，就断定宋大宝是她的男人，而且随着时间的推移，这种感觉越来越坚定，往宋家跑得越来越频繁，看大宝的眼神也越来越痴迷。而这一切都没有逃过宋二群的火眼金睛。

在宋二群的眼里，三丫和自己的弟弟简直不在同一级别、同一层次上。大宝长得帅，更重要的是学习成绩好，将来肯定能考上学校，吃上商品粮，端上铁饭碗。而三丫呢，年龄大，个子矮，皮肤黑，说话做事疯疯癫癫的，还初中生呢，一点修养都没有。说真的，那天二群见到余艳艳，还真的有点喜欢她，她太漂亮了。可是想到宋家的未来，还是硬起心肠来劝说余艳艳放弃大宝。她把这些年宋家在王洼庄所受到的欺凌，包括大姐和黑蛋的事，尽数向余艳艳说了，也说到了大宝的责任，分析了他考不上学校的后果。直说得余艳艳一把鼻涕一把眼泪地答应不再和大宝来往。

"哼，余艳艳我都不答应，还会答应你三丫这样的?"无数次，二群看到三丫，心里这样说。

而这一切，大宝这个直接当事人还蒙在鼓里呢。此时，他唯一希望的是看住家里的那两亩西瓜。王洼庄种西瓜的人家不多，物以稀为贵，特别在这个酷热的仲夏。在农村，如果谁打声招呼说要摘一个西瓜吃，宋家一般都不会说什么，可是有的人居然不打招呼就径直冲到西瓜地摘西瓜，这就是明抢暗偷，或者说根本不把宋家当回事。以前，宋家势单力薄，没有办法，可是现在二群、大宝慢慢长大了，他们认为情况也应该有所改变了。

傍晚，太阳宛如一个大红皮球，慢慢往下落去。周围的云霞或飞禽，或走兽，或山峦，或森林地飘浮在空中。

没有一丝风，柳树垂头丧气站在那里，倒是知了使劲地鼓噪着，这给大宝添了莫名的烦躁，拿起土块向树上扔去，知了叫声戛然而止，可是没到一会儿又叫了起来。大宝只好作罢，拿起中午剩下的一个大馍来到瓜棚，一边吃一边看着世界名著《红与黑》，慢慢进入到主人公于连的世界，以至于一伙人来到瓜地却浑然不知。

"你们尽管吃，这是我老丈人家的。"一个声音嚷道。

大宝大惊，抬眼望去，只见黑蛋带着几个人正在摘西瓜。看那几个人土不土、洋不洋的打扮就知道是本地的小混混，我们这里叫土痞子。

几个人大模大样地摘着瓜，肆无忌惮地吃着。看他们吃的还没有糟蹋的多，大宝心疼得要死，那可是全家人用几个月辛勤的汗水换来的啊。他走出瓜棚，来到几人面前，问道："谁让你们吃的？"

几人看了大宝一眼，继续大口啃着西瓜，好像他根本不存在似的。

"谁让你们吃我家西瓜的？"大宝大声呵斥道。

这下，几人一愣，停止了吃。

"我让吃的。"黑蛋远远地喊，"兄弟们，没事，吃，吃。"

"吃我家的西瓜可以，但要给钱。"

"哈哈，看我的小舅子多大方。"黑蛋笑着说，其他几人也跟着笑。

几人吃饱喝足，拍拍屁股要走，大宝挡在前面伸手要钱。

"钱？去问你大姐要去。"黑蛋说着一把推开大宝，然后带领几个人扬长而去。一边走，一边说："弟兄们，你们不知道，他大姐的田我也犁了，种子我也播撒了，就等着开花结果呢，哈哈……"

大宝眼睛喷着火望着黑蛋黑熊似的后背，拳头攥得吱吱响，可是最终还是没有冲过去。

几人消失在暮色里，大宝扑在瓜棚的床上大哭起来，为自己的无能，为自己的胆怯。他猛地坐了起来，拿起那本《红与黑》撕了起来，一边撕，一边喊："读书，读书，读书有什么用？有什么用啊？宋大宝，你个窝囊废，你该死，你该死啊！"说着用拳头咚咚地敲打着自己的脑袋。

夜幕降临了，黑暗从四面八方压过来，大宝的心沉沦着，沉沦着，沉沦在这如墨的黑夜里，沉沦在这血与泪的交织中。

"大宝，大宝。"外面三丫喊。大宝赶忙擦干眼泪，一本正经地坐在那里。三丫进来，看到满地的碎纸，大吃一惊，问怎么了。大宝回答说没什么。

"我刚才看到黑蛋他们手里都拿着西瓜，是不是从这里摘的？"

大宝没有吭声，只是一味地低着头坐在那里。

"我明天就去找他，有这样的吗？"三丫说着坐下来，"不要放在心里，黑蛋那样的人就是畜生，你和畜生生什么气？犯得着吗？"

还别说，听了这些安慰的话，大宝心里好受了许多。心疼着那本书，把碎片一一拾起来拼凑着。说实话，《红与黑》是大宝最喜欢的一本小说，有时候他还想，里面的主人公于连就像他宋大宝。

三丫把手里的手帕打开，拿出两张烙饼递过来，说道："给，吃吧。"

"不吃。"

"吃吧，吃吧，人家特意给你做的，里面还夹着炒鸡蛋呢。"

"不吃。"

"不吃？不吃我扔了。"三丫说着抬起手。

大宝知道三丫说到做到，心疼着那烙饼和炒鸡蛋，伸手接了过来，慢慢地吃着。三丫见了，心里一甜，脸上一笑，屁股向大宝身边挪了挪。

起风了，大地如蒸笼揭开了盖，一下子凉爽起来。老天爷顿时精神大振，撒下满天的星星。三丫坐在大宝的身边，虽然默默无语，但是，她觉得此时是自己长这么大最为幸福的时刻。天底下最浪漫的事，莫过于和自己心爱的人坐在一起，听啾啾虫鸣，看点点繁星。

而大宝可就不同了，他心里巴望着三丫赶快走，因为二姐马上就要送饭来，让她撞到，肯定会不高兴的。

可是三丫没有一点要走的意思，大宝只好撒谎说："三丫，你走吧，我要睡觉了。"

"哦，哦。"三丫满嘴答应着，可是屁股就是不动，好像长在床上成为其一部分了。

嗡嗡嗡，蚊子在身边唱着歌，身上已经被叮咬了好几下，可是三丫一点也不觉得痒。只要能和心爱的人在一起，损失那么一点血算得上什么呢？她就这样坐在那里，眼睛穿透黑夜的封锁，扫描着心爱的人，直到心满意足后方才离去。三丫不知道，那些蚊子今晚也心满意足了，黑暗中，它们一一打着饱嗝呢。

三丫走后没多一会儿，二群送饭来了，问三丫刚才来干什么。大宝不敢把真相告诉她，撒谎说她只是路过这里。

"你少和她来往。"二群呵斥道，然后把饭菜递了过来。

大宝就不明白了，为什么二姐这么反对他和三丫在一起。她们俩还是好朋友呢，以前可是形影不离的。

大宝吃了两口就不吃了——他实在吃不下去了。二群见了问是不是三丫刚才送吃的过来了。大宝大惊，心里只佩服二姐料事如神，简直是女诸葛。

"不是。"大宝否定道。

"那怎么了？不舒服？"二群说着把手搭在大宝额头，又放在自己额头比较着，自言自语地说，"不发烧呀。"

大宝害怕二姐再问下去，于是把黑蛋刚才带人来吃瓜的事告诉了她。

"畜生！"二群骂道，"你刚才就应该和他拼了。"

大宝听了一肚子的纳闷。二姐怎么要自己和黑蛋拼了？这不是鸡蛋往石头上碰吗？太不心疼自己的弟弟了。二群好像猜出大宝的心思，说："我昨晚看了一本书，知道了恶狗说。"

　　"恶狗说？"

　　"对，恶狗说，就是对付恶人的方法。"

　　大宝来了兴趣，一骨碌爬了起来，要二群快说。二群说恶狗一般见人就叫，见人就咬，你越是胆怯，它越是猖狂、凶猛，这时候对付它的最好办法就是，你比它更猖狂更凶猛，叫声更高，跳得更高，更会龇牙咧嘴，更会张牙舞爪，再一往无前地冲过去，这时候恶狗往往就会夹着尾巴屈服。

　　大宝似乎明白了，说这和人打架差不多，俗话说狠的怕愣的，愣的怕不要命的。二群又说和光脚的不怕穿鞋的差不多。

　　"恶狗说"让大宝后悔那时候没有冲上去，可是第二天，他就不后悔了。王洼庄的人背地里纷纷议论，说昨晚李岗庄的老歪头一个人从张街回来，半路上被几个人劫道了，钱被抢去不算，还被打个半死。什么人干的？大家都努嘴眨眼，意思是彼此心知肚明。大宝可以断定就是昨天傍晚白吃自己家西瓜的那一伙人，黑蛋那个王八蛋肯定也在其中。

　　这件事，娘、宋老牛当然也听说了。傍晚，娘背着大宝他们在丈夫面前说着什么，可是宋老牛却一声不吭，只是蹲在墙角，低着头吧嗒吧嗒地抽着烟袋，也不知道在想些什么。

　　二群呢，也改变了策略，不再提"恶狗说"，而提出了"忍耐说"，交代大宝不要和黑蛋硬碰硬，应该和他智斗，反正君子报仇，十年不晚。正说着话，忽然听到外面父亲的呵斥声："站住！"二人知道要坏事，赶忙跑出屋，只见大群低着头站在父亲的面前，一副做错事的样子。

　　"到哪儿去了？怎么到现在才回来？"宋老牛问。

　　"我、我到三丫家串门去了。"大群结结巴巴地回答。

"以后早点回来，不要整天在外面瞎逛、乱疯，现在外面这么乱。"宋老牛交代着，站起来背着双手慢腾腾走了。大家这才松了一口气。

大群赶忙一头钻进自己房间里，二群紧跟着进去，她要告诉大姐赶快去和三丫说好，以做到攻守同盟，免得露馅。大宝知道大姐今天又去和甄才学见面了，心里担忧道："假如大大知道了，还不扒了她的皮。"

天上雷声隆隆，地上水白花花。今年的梅雨如失恋情人的眼泪，一发而不可收拾。

傍晚时分，暮色携着大雨的淫威袭来，黑暗早早就统治了天下。

宋家，那一盏煤油灯撑起一小片天地。全家人坐在那一小片天地里默不作声。外面，大雨还在哗啦啦地下着，而宋家人的心里也在哗啦啦地下着雨。

中考成绩下来了，大宝没有考上中专。

全家人的心都潮湿了。

宋老牛蹲在地上，背靠着门，吧嗒吧嗒地抽着烟袋，雨溅落在他的身上也不在乎。娘坐在那里，心志忐得似池塘里正在遭风吹雨打的浮萍。大群一如既往地不吭声，二群翻来覆去看着成绩单，昏暗的灯光映照在她俊俏的脸上，一闪一闪的，让大宝看了害怕不已。

"老师说这个成绩能上县里的一中。"大宝宛若那溺水之人，抓了一根稻草。

可是，全家人都没吭声。一中是什么？他们压根儿就不知道县里有这么一所学校，虽然那是县里最好的高中。他们只知道中专这个笼统的概念，只要考上了它，那就是吃上了商品粮，那就是端上了铁饭碗，那就是高人一等。

外面，雨还在稀里哗啦地下着，大家的心里也在稀里哗啦地下着雨。

"你们说说该怎么办？"娘终于忍不住，问。

"你这个窝囊废，就是个吃干饭的料。"二群这座火山终于爆发了，看来要把这么多年来积压在内心深处的委屈全部排出，"平时，全家人省吃俭用，累死累活供你上学，可到头来只落了个竹篮打水一场空，我看你就是烂泥扶不上墙，只会丢人现眼，你这个现世宝。"

"二群，不要这样说你弟弟。"娘哀求道。

"到现在你们还护着他？哈哈，也不怪，他是家里的宝，你们的这两个女儿算什么？草，破烂的草！没用的破烂的草！"二群说着站起来，冲进自己屋子，砰一声关上门，只把大家吓得一哆嗦。

"大宝，你对不起你二姐啊。"宋老牛一字一板地说。

"我知道，我知道。"大宝说着眼泪簌簌落下。

"唉，我们都对不起她，如果你二姐念书，她一定会考上的。"娘抹着眼泪说。

"嗯，嗯。"大宝频频点头称是，呜呜地哭了起来。

夜黑如墨，只闻雨声。二群坐在床边呆呆发愣。堂屋的对话她都听到了，可是这并没有让她好受些，反而让她更加难过，心里也浮想联翩，假如父母那时让自己读书，如娘刚才所说一定会考上中专？那又会是什么样？有一样可以肯定，那就是至少现在不会待在这么个破地方，整天遭人白眼，受人欺凌。

"老天爷啊，为什么你让我是女儿身呢？为什么？为什么？"二群心里呐喊着，眼泪扑簌簌而下。

夜深了，点点黄晕的光烘托着王洼小村，几家欢乐几家愁啊。

对于大宝没有考上中专，王洼庄的人反应不一。有人欢喜，比如王二狗、三瘸子之流。二人跑到宋老牛面前，一唱一和地说："喂，老牛，鸡窝里能生出凤凰？做梦娶媳妇——想得美。"也有人抱之以可惜，如铁柱和他娘。但是，李菊花就不同了，她的态度介于前二者之间。一方面，大宝没有考上学校，这等于给这门婚事上

71

了保险。另一方面，把三丫嫁过去，还真的心有不甘，大宝的那个家太不成样子了——又穷又窝囊，三丫嫁过去怎么过日子？想想心里都不寒而栗。

　　大宝在李菊花眼里是鸡肋，可是在三丫眼里就是香饽饽。对于三丫来说，大宝考上与考不上都一样，反正自己都是他的女人，要跟他过一辈子。既然是他的女人，那就应该一心一意地爱着他，护着他。当时，在江淮地区广袤的农村大地上，最能体现出一个女人对自己情人爱意的是什么？最普遍的就是给他做鞋子。于是，三丫不分昼夜地纳鞋底，糊鞋帮，鞋子做了一双又一双。

　　　　夜深深，雨淋淋。
　　　　灯花绽，虫儿鸣。
　　　　妹给哥来纳鞋底，
　　　　妹给哥来纳鞋底。

　　　　细针线，密密缝，
　　　　一针一线妹妹情。
　　　　哥哥，哥哥你可知道？
　　　　妹妹爱你比海深，
　　　　妹妹爱你比海深。
　　　　……

　　三丫唱着，唱着，脸上流露着幸福的光芒。里屋的母亲李菊花心里叹息着，叹息着。

　　李菊花心里纠结着，大宝心里也纠结着。现在，摆在他面前的有两条路，一条是去县城上高中，另一条就是去张街中学复习。到底选择哪一条，大宝犹豫不定。大宝多想找一个人商量一下，可是找谁呢？大大、娘肯定没有主意，二群这几天不理自己。项老师，对，项老师，她站得高，看得远。想到这儿，大宝赶忙伏案写信，第二天，冒雨来到张街，用加急邮件寄往上海。

几天后，大宝收到项老师的回信。信中说她也很矛盾，如果按照大宝家现在的实际情况来看，就应该再复习一年，但是，如果按照现在社会发展的趋势来看呢，就应该上高中，考大学。至于具体选择哪一个，还要大宝自己决定，她只是提供参考。

看了项老师的信后，大宝更加犹豫不定了。

上午，太阳稀罕地露出脸来。可是一出来就淫威四射，大有不鸣则已、一鸣惊人的态势。

天气异常闷热，知了在树上不厌其烦地叫着，狗吐着长长的舌头躺在地上喘着气，而大宝躺在竹篾床上，身上只冒汗，心里只冒火，望着外面白花花的日光，心想还不如下雨呢。

百无聊赖中，大宝打开了那本《红楼梦》，慢慢地进入到故事情节之中，闷热也就渐渐远去了，这也许就是父亲所说的心静自然凉吧。

"有人在家吗？"外面传来声音。大宝一听就是三丫，她就如书中的王熙凤，不见其人，先闻其声。果然，门口光影一闪，三丫随即出现。除了带来一只水桶，还带来了一股热浪。

咚一声，三丫把水桶放在大宝的面前，一连声地说热死了，擦了一把脸上的汗，然后指着水桶说："刚逮的，咦，你在看书？什么？"话到手到，一把将大宝手中的书抢夺过去翻看着。

三丫带来满满一大水桶的鱼。最近的大暴雨不断，她往宋家送鱼也就不断。大宝看了羡慕得不得了，也跟着她去抓了几次，可是三丫抓三条，他居然一条都没抓住，不由得难堪。三丫安慰说"你是秀才投胎的，我是鱼鹰子投胎的"。大宝听了满心欢喜，女人有时候就如熨斗，能把你心中所有的褶皱都熨平。

三丫送来的鱼，宋家人满足地受用着。但唯有一人不吃，那就是二群，她嫌腥，还唠唠叨叨地说这是黄鼠狼给鸡拜年。娘和大大装着聋了没听见；大群认为三丫和自己的妹妹在闹矛盾，但也犯不着用自己的肚子报复呀。大宝呢，他才不管在他看来这些鸡毛蒜皮的小事呢。

三丫说鱼死了就不好吃了，说着拿来剪刀开始杀鱼。看着三丫一刻不停地忙碌着，大宝再也不好意思躺着了，下床来帮忙。三丫见了，感动得热血沸腾。

二人配合地忙碌着，在三丫看来，这就是夫妻二人在过日子，心里那个甜蜜啊，天底下所有的语言都无法描述。

接下来，大宝的一个问题更加验证了自己的感觉。

"三丫姐，你觉得我继续复习好，还是上高中好？"

"都好。"

说了等于没说，大宝哭笑不得，更让他哭笑不得的还在后面呢。

"你就是不念书也行。"三丫说着，瞥了心上人一眼。

三丫这是在表白自己的决心，可是大宝哪里知晓？说："我肯定要念书的。"

"嗯，念书好，但到时候不要把我……我们忘了。"

"不会的，不会的，怎么会呢？"

三丫听了，简直要感激涕零了，恰巧大宝的手碰了她的手一下，手一颤，心一抖，浑身过着电流。

"你们在干什么？"一个声音打雷似的响。

三丫抬头一看，是二群，只见她怒目盯着自己的手，不由得心虚，琢磨着：难道刚才她看到了？

"大宝，娘叫你去把西瓜背回来，快去。"二群命令道。

大宝只好放下手里的鱼，拿着袋子出去了。大宝走了，三丫浑身的劲突然卸了，说自己还要做中饭，然后匆匆走了。一边走，一边看着大宝刚才触碰的手，感觉依然还是火辣辣的。

"破鱼，臭鱼。"二群骂着踢了一下那些鱼，有心扔了，可是又有些舍不得，正在犹豫，大宝拿着空袋子回来，原来娘根本没有让他去背那些烂西瓜。如果在平时，大宝肯定要责怪，可是现在姐弟俩还在怄气，互相不说话，于是气恼地把袋子扔在一边，以表示自己的不满。对此，二群视而不见，心里却说："骗你没商量，不这么做，你们俩还在黏糊呢。"毫不示弱地一扭头冲了出去准备做中午饭，突然又折了回来，没好气地问："刚才你们俩在说什么?"

对于二姐主动找自己说话，大宝又惊又喜，看来还是自己在这场旷日持久的怄气大赛中胜利了，于是以胜利者的大方回答说刚才自己问三丫到底是复习好，还是上高中好。

"你问她这个?"三丫瞪大了眼睛问，手盒子枪似的指点着大宝，"她算老几?"

大宝一脸疑惑地看着二姐，他就不明白了，她的反应怎么这么激烈。多大的事啊，不就是向三丫请教一下吗?

"大宝，我告诉你，你上学的事由我决定，轮不到其他的人说三道四。"二群铿锵有力地说，俨然一种这家主人的味道。

二群说的还真不是空穴来风，最近几年，家里的大大小小事情父母一般都要征求她的意见，最终还是由她拿定主意，可以说，二群这个女孩子挑起了宋家半个大梁。这一切得益于她看了不少书。中医认为缺什么补什么，这话放在二群身上再好不过了。自从父母不让她读书后，她对书就情有独钟，因为条件有限，她总是逮到什么书就看什么书，十几年累积起来，数目可就不少了，开阔了眼界，充实了头脑。

"那我问你，我该上哪个学校?"

"复习。"二群丢下这句话，就去厨房烧锅做饭了。

听着二姐那不容分辩的话语，大宝知道她早就拿定了主意，可自己这些天来还操心不已呢，白费了。

为了保险起见，中午的时候，大宝来到正在喂牛的父亲面前说了此事。宋老牛头也没抬，说："照你二姐的意思办吧。"

这件事就这么定了。对于当时农村广大的贫下中农子女来说，

75

当前最为紧要的任务是考上中专，吃上商品粮，捧上铁饭碗。高中是什么？花钱而不实惠；大学是什么？遥而不可及。大宝甚至都想象不出大学到底是什么样子。

傍晚时分，西边天空乌云翻滚，逆风而上。世界一片惊恐，田地里的人向家跑着，小鸟喳喳地乱飞着，蜻蜓乱舞着。不知道什么时候风向突然改变，乌云加快了速度向头顶压来，大有"乌云压城城欲摧"的阵势。

不知谁喊了一声"要下雨了"，老天爷似乎听到了喊声，一道白光闪过，轰一声巨响，黄豆大的雨点随即啪啪地砸了下来。

外面电闪雷鸣，大宝有些害怕，关上门蜷缩在屋里，盼望着雷电赶快过去，可是雷电好像一直盘旋在自己的头顶，他只好就这么蜷缩在那里担心着。

"哎，二群，你将来找个什么样的?"里屋传来大姐的声音。

大宝来了兴趣，倾耳以听。

"没想过。"

"骗人，快告诉我。"

"我以后肯定要自由恋爱，像梁山伯与祝英台、七仙女和董永。"

"这么说，你心里肯定有了，谁?"

大宝屏住呼吸正要听下文，突然大门咣当一声，父亲披蓑戴笠从外面闯了进来，里屋的那两只"小鸟"明显被惊吓着了，里面顿时寂静了下来。

二姐谈恋爱了，天啊！大宝犹如在毫无防备的情况下，被人猛击了一拳。在他眼里，二姐还小，也是家里的顶梁柱。如果这个顶梁柱不在了，那么这个家就会成……大宝恐惧得不敢想，也不愿想。

这场雨就如小孩儿的眼泪——来得快，去得也快。大宝被凉气吸引，来到院门外的池塘边，这里是水的世界，无数条小溪流向池塘，又有无数条小溪从池塘流出。

田野里，有三三两两的人在走动，大宝知道他们在抓鱼。其中有一个穿红褂子的姑娘，大宝知道那是三丫。看着她那忙碌的身影，大宝想笑。天下的事就是奇怪，三丫喜欢抓鱼，可是不吃鱼。而自己呢，不会抓鱼，但喜欢吃鱼，且会做鱼。此可谓：喜欢的，未必有最后的结果；不喜欢的，也未必没有希望。喜欢与不喜欢，仅仅过程而已，但这也足够了。

远处的那个小红点的手好像扬了一下，大宝知道那是在招呼自己。是要去取鱼还是帮忙？大宝不能肯定，正要前去，突然身后一个声音："大宝。"

大宝吓了一大跳，转身一看，只见铁柱娘正站在自己身后，脸上露出诡秘的笑。

"看什么呢？"铁柱娘问，再顺着大宝刚才的视线望去，"看人家姑娘干什么？看到眼里拔不出来喽，嘻嘻……"

大宝臊成了大红脸，再也不敢前去了，只好站在原地不动，心里怪罪着铁柱娘多想。

"树上的鸟儿成双对，绿水青山带笑颜……你我好比鸳鸯鸟，比翼双飞把家还。"铁柱娘哼着黄梅戏走开了，让大宝奇怪的是，她并没有回自己的家，而是朝他的家而去。

"死人，叫你也不理睬。"三丫不知道什么时候赶了过来，把手里的两条大草鱼递到大宝面前说。

大宝没有伸手去接，铁柱娘的话还萦绕在心头呢。

"接着呀。"三丫的手抖动着说。

大宝不说话，也不伸手去接，固执地站在那里，好像在和谁怄气似的。三丫见了，翻了一下白眼，啪一声，把鱼扔在地上，转身走了。

大宝只好拾起鱼，拎着回家来。

"哈哈，大宝娘，我看他们俩是天配的一对、地造的一双，你就等着抱大孙子享清福吧。"厨房里传来铁柱娘的声音。

"天配的一对，地造的一双？谁？难道又是黑蛋和大姐？记得三瘸子也这么说过，难道铁柱娘也是为了这事而来？"大宝心里不由得厌恶，冲进厨房，啪一声，把鱼扔在铁柱娘的脚下。

铁柱娘看到大宝，更加兴奋，一个劲盯着他看，嘴里啧啧有声，说大宝长大了，成大小伙子了，英俊又潇洒，怪不得人家姑娘都喜欢呢……只说得娘笑得合不拢嘴。

大宝更加疑惑了，来给大姐做媒，怎么扯到自己头上了？自己有那么好吗？俗话说：说书的嘴，说媒的腿。看来，说媒的嘴也了得。因为铁柱娘刚才夸了自己，所以大宝现在并没有更加厌恶她，转身要走，突然院门外传来询问："老牛在家吗？"

三瘸子！大宝打了个激灵，浑身起了一层鸡皮疙瘩。现在对于大宝来说，三瘸子就是魔鬼，最不愿见到他。刚想回答"不在家"，可是三瘸子已经走进院子里来，而父亲宋老牛一边答应着，一边迎了出来，而此时，铁柱娘一闪身躲到门后，做贼似的。

三瘸子赶着饭点来了，难道又要在这里吃饭？简直是狗的鼻子，隔着这么远就能闻到饭菜香。大宝望着灶台上的那些好菜不甘心地想。

铁柱娘和三瘸子都是说媒的，俗话说同行是冤家，所以二人背后平时没少诋毁对方，而宣扬自己的主张如何如何好，简直好得不得了。现在铁柱娘见三瘸子来了，古人有"道不同，则不相为谋"的理念，而她有"道不同，则不在一桌吃饭"的主张，抽身要走，被大宝娘一把拉住，说饭菜特意给她准备的，看，现在都准备得差不多了，怎么能走呢？

铁柱娘虽然有"道不同，则不在一桌吃饭"的主张，但是，望着那些好菜，嘴里的口水喷泉似的一个劲往外涌，咕咚咕咚咽下，最后到底嘴馋战胜了主张，也就半推半就地留了下来。

虽然是冤家，可是桌面上丝毫看不出，并且二人还时不时地开着玩笑。铁柱娘拿三瘸子的瘸腿说事，而三瘸子拿铁柱娘的秃头开涮。二人的演技可算了得，丝毫不亚于时下国内最出色的演员，在演绎着最原始、最可笑的小品。

宋家人的心里五味杂陈，特别是大群，躲在屋内一直没有出来。三瘸子自作聪明地认为她这是害羞。吃过饭，铁柱娘嘴一抹走了，三瘸子这才开始进入正题，说自己是受二狗之托，来商量秋天办事之事宜，征求一下宋家的意见，看有什么要求。

宋老牛不吭声，只是坐在那里一味地吧嗒吧嗒抽着烟袋。娘看丈夫不表态，自己也不说话。

"一切从简，一切从简。"屋子里充斥着三瘸子老公鸭似的声音，这是他今天说得最多的一句话。

宋老牛默默地听着，额头的青筋蚯蚓似的蠕动着，半天，抬头看了二女儿一眼，只见她坐在那里，满腹心事的样子，大咳了一声，说："他三叔，一切你看着办吧。"

"好，好。"三瘸子答应着站起来，一瘸一拐地走了。

"娘、大，你们真要把大姐许配给那个王八蛋?"二群没好气地问。

宋老牛依然吧嗒吧嗒地抽着烟袋，娘低头不语。

"你们分明是在把她往火坑里推。"二群吼道，见二老依然不作声，猛地站来欲走，被娘叫住，说还有一件事要商量。

"今天，铁柱娘来了。"娘说，看了看大家，然后冲着里屋喊，"大群，你也出来。"半天，大群极不情愿地走了出来，哀怜地看了一下二群，然后坐下。

"铁柱娘是来做媒的，给大宝。"

这个消息不亚于一个原子弹爆炸开来。大宝简直不相信自己的耳朵，揉了揉。

"给大宝做媒?谁?"大群问。

"还有谁?你的那个好朋友呗，你不知道?亏得人家还送你那么多东西，看来白送了，其实，我们家大宝是块肥肉，人家早就盯上了，切!"

娘、大都吃惊地望着二女儿，心里佩服着她眼力的毒辣，什么都能看穿、看透，简直就是孙悟空的火眼金睛。

"你是说，你是说她，天啊，我怎么没有感觉到。"大群感叹道。

大宝一头雾水地坐在那里，他怎么也没有想到铁柱娘是给自己说媒来了，更没有想到二姐已经知道是谁了，而自己这个当事人居然还蒙在鼓里呢。那个女的是谁呢？

"因为大宝还在念书，所以和你们商量一下这事。"宋老牛说。

"李菊花两口子在庄户里口碑还不错，三丫那个姑娘也挺能干。"娘解释说。

三丫！他们要把三丫说给自己当老婆？天啊，怎么可能？怎么可能？大宝坐在那里，心里翻江倒海着。

"我不干。"大宝斩钉截铁地说。

"我也不同意。"二群附和着。

"大宝，大宝还要念书呢。"大群小声地嘀咕道。

"念书不错，但是，谁能保证他明年就一定就能考上？今年不就是个例子。"宋老牛呵斥道。

"我和你们大大的意思是先答应下来再说，人家这么看得起我们家，我们也不能驳人家的面子，毕竟我们是老实规矩的人家。"娘说。

"反正我不同意。"大宝说，脑子里飘来三丫的影子，随即被余艳艳的倩影所代替。

"答应下来，万一大宝以后考上学校怎么办？"二群说。

"该怎么办就怎么办。我宋老牛一生没本事，但从没食言过，吐口唾沫都成钉子。"

"大宝，娘的儿，我已经答应了李菊花，你也答应吧。"娘哀求道。

"你们答应是你们的事，反正我不答应，坚决不答应。"大宝对着娘吼道，然后一阵风地冲出门外。

80

出了门，大宝才知道不知往哪里去。遍地是烂泥，足有半尺来深，里面散发着猪牛屎尿以及腐烂稻草的味道。赤脚来到村外一口水塘边，终于寻到一个立脚的地方。雨后，夏虫格外活跃，唧唧之声不绝于耳。天空，星河灿烂，倒影在水中，被微波搅乱得一塌糊涂。

大宝站在那里，望着闪烁的水面。现在一切都明白了，怪不得李菊花对自己这么好呢，怪不得三丫整天往自己家跑呢，原来是这么一回事啊。三丫，就她？矮矮的个子，黝黑的皮肤，整天上树下水，一点也不像个大姑娘，这样的女孩怎么能答应呢？要说余艳艳，那还差不多。想到这儿，余艳艳的倩影又浮现在脑海里，和她交往的一系列事件也一一再现。

大宝有些恼怒，为什么家人反对自己和余艳艳交往，而同意和三丫这门婚事，就是二姐也没看出有强烈的反对意见，可偏偏就是她和余艳艳说了一番话后，余艳艳才去南方的。此时，大宝有一种去寻找余艳艳的冲动。

去寻找那是不可能的，倒是有人来寻找他了。"大宝，大宝，你在哪儿？"娘的声音。大宝有心不回答，可是娘的呼唤声越来越可怜、凄惨，到底忍不住，鼻子里答应一声。

娘比寻到了宝贝还要惊喜，赶紧向这里跑来，一不留心跌倒在地，一身的烂泥，可是她一点也不在乎，一骨碌爬了起来，再一把拉住儿子的手，说道："走，回家去。"

"我不回去。"大宝摆脱着娘的手说。

"你想让你娘死啊？"

大宝听了，心软了下来，带头向家走去。

第二天中午，娘又烧了鱼，大宝没有碰过一筷子。二群见了，心里一笑，夹起一块鱼唧唧响地吃着。大宝肚子里的气随着那唧唧声膨胀着，膨胀着。

"大宝，怎么不吃鱼？"大姐问。

大宝以为她这是故意在拿自己开涮，端起碗跑到一边吃了。大姐、二姐随即哈哈笑了起来。

"你们再笑，我就把昨晚你们说的话告诉大大、娘。"

"什么？你敢再说一遍。"二群说着眼睛飞刀似的射来，大宝见了心里恐惧，低下头去装着一本正经地吃饭了。

"我告诉你，你和大姐的事是两码事，这个你可要分清楚了，如果你胆敢透露半个字出去，看我怎么收拾你。"

"谁叫你们俩瞒着我的？"

"谁瞒你了？我们知道你睡在外屋，说的话也肯定能听到。"

"到了秋天，他们要办事，看你们怎么办？"

"怎么办？凉拌。真到万不得已，我……"二群看了大姐一眼，"放心，本姑娘自有对付他的办法。"

大群本来满是恐怖的表情这才稍稍平静了些。

原来，昨天大群又偷跑出去和甄才学约会了。晚上一五一十地向二群汇报。大群告诉二群，说甄才学为了她，新盖了三间大瓦房，还做了一套新家具。说的时候眉飞色舞，好不兴奋。二群交代说和甄才学见面可以，但千万不要让他那个了，因为女人一旦破了身，就如破铜烂铁不值钱了，现在是男人求着她，那时候，只有你求着人家的份儿了。大群说这个自己当然知道，和甄才学见面，从来没有让他碰过。二群问拉过手了吗。大群脸红不吭声。

"咦，你脖子这里怎么了？怎么这么红？咦，还烂了，像似手指划的。"

一阵沉默。

"还说没有让他碰过，他肯定摸你胸脯了。"

"他硬来的。"大群呻吟着说。

"他硬来的，你就从了？他如果硬要和你那个，你也从？"

"真的没有，真的。"

"大姐，你如果让他那个了，我就会再也不管你们的事了，我宋二群说到做到。"

大群发誓说一定做到。

两个姐姐没有料到，她们的私房话都让睡在外屋的大宝听到了，本来二人以为弟弟睡着了呢。

那时的大宝不明白，两个姐姐说的"让他那个了"是什么意思，听口气，肯定不是什么好事。到底是什么意思呢？大宝来不及细想，只听里屋又传来说话声："哎，二群，你说三丫和大宝这件事怎么办？"

"你说怎么办？"二群反问。

"我，我不知道，要说三丫根本配不上大宝，可是她的那个家确实不错，娘、大大看来已经同意了。"

"李菊花那人好是好，但就是心思太长，我们这样的家庭她能看得上？我怀疑她是冲着大宝读书成绩好而来，假如大宝考不上学校，那时，她李菊花还会同意这门亲事？"

"我看三丫对大宝是真心的。"

"这丫头不像她娘，没有心机，不过，如果大宝娶了她肯定会享福一辈子。"

"我也是这样想的。"

此时的大宝想冲进去，以表明自己坚决不同意的态度。可是忌惮于二姐的厉害，还是没有敢。夜深了，大宝躺在那里想：三丫就那么好？连二姐都这么说，可自己为什么一点也没有感觉到？反而觉得她那么令人讨厌呢。

大半下午，天气已经不是太热，大宝跟着大姐到水稻田里拔草。大宝的一举一动都落在三丫眼里，假装到小溪边摘豆角，然后借路过的名义来到大群面前，一口一声大姐地喊着。

大群当然应答，三丫也就顺势下到田里，和她并驾齐驱地干起活来。二人一边干，一边说着话，不时嘻嘻笑着。

大宝见了心里厌恶，有心把三丫赶走，可是看着阔大的水稻田，心里恐惧，到底没有张嘴。但不满之情还是要表达出来的，故意和三丫拉开了长长的距离。三丫好像觉察到了，逐渐放慢了速度，以缩短二人之间的距离。

俗话说：吃饭人要少，干活人须多。一点不假，虽然仅仅多了三丫一个人，但是，她今天的手脚分外麻利。到傍晚时分，三大块水稻田的草已经除得差不多了。

夕阳燃烧了西天的云朵，霞光四射，给世界罩上一层温馨、浪漫的气息，但这只是三丫的感觉，大宝一丝一毫也没感觉到。

只剩下最后一点点了，大宝巴望着赶快干完好回家，以摆脱三丫。谁知道大姐说："三丫，今晚到我家吃饭吧，帮我们干一下午的活了。"

三丫没有回答，只是望着大宝呵呵地笑，似乎等待着他的邀请。可是只看到大宝能挂酱油瓶的嘴。

"死人。"三丫心里嗔骂道，"你倒是说句话呀，哑巴啦？"

"哎，你们在除草啊。"一个打雷的声音。

三人吓了一跳，抬头一看，天啊，怎么是他？王黑蛋。

没人搭理，可是王黑蛋一点也不拿自己当外人，咚咚下到水稻田里向大群走来，边走边嚷嚷说："大群，我来啦，呵呵。"

大群如羔羊遇到饿狼，浑身哆嗦不止，想逃，可是双腿却怎么也抬不起来。

王黑蛋走到大群面前，紧挨着她干着活，眼睛不时地扫描着她的胸脯。

仇人见面，分外眼红。大宝肺都要气炸了，却又无可奈何，因为王黑蛋和大姐的亲事早被三瘸子等人传播开来了。在王洼庄人眼里，王黑蛋就是他宋大宝的姐夫。

大群头也不敢抬，只是机械地拔着草。三丫好像看出什么了，说："大群，你回去做饭吧，剩下的有我和大宝呢。"

大群宛如抓到了救命稻草，答应一声，快速上了田埂，仓皇逃走了。大宝这时才感觉到三丫的好，感激地望了她一眼。

　　暮色加重，最后的一道晚霞也奄奄一息了。活儿虽然没有干完，可是大宝一刻也不想多待，于是拔腿就走。三丫见他那慌不择路的样子，心疼加担心，也跟了上来。这边王黑蛋见了，毫不犹豫地也不干了。

　　"大宝，大宝，慢点走，等等我。"三丫在后面喊。

　　三丫越喊，大宝走得越快，不一会儿，就把三丫丢得老远。三丫有点失落，怅惘地看着前面的小黑点，犹豫了一下，遂向自己家走去。

　　大宝担心着大姐，回到家见她正在洗脚，看样子已经恢复得差不多了，这才放心下来。一家人正要吃饭，突然，一个黑影一声不响地闯了进来，大模大样地坐在饭桌边。

　　又是王黑蛋。

　　一家人一时不知所措。特别是大群，心都要跳到嗓子眼了。二群、大宝呢，有心撵走他，可是担心会闹得满城风雨，这样又要让人家笑话了，所以只好忍着。

　　王黑蛋坐在那里半天，可是一直没有端起饭碗。

　　大群躲瘟神似的逃走了，二群、大宝也随即走出家——以示王黑蛋在这里不受待见，如果他有自知之明，那应该自己主动离开宋家。他们未免太天真。

　　宋老牛没有走，他坐在那里抽着烟袋，只不过不像平时那样吧嗒吧嗒的，而是默默的。

　　"喂，酒呢?"王黑蛋翻着白眼说。

　　宋老牛犹豫了一下，还是慢腾腾地起身，去拿了一瓶酒过来，默默地放在桌子上，又默默地回到原地，默默地抽着烟袋。

　　虽然没有人陪，但王黑蛋也不在乎，自斟自饮起来。

　　"喂，干了屁大点时间的活，就在这里喝酒了? 亏你干得出，知道害臊不？"三丫从外面走进来说。

三丫是怎么来的？原来，大群出了家门后，丢了魂似的瞎撞着，不知不觉来到三丫家门口，被三丫看到，见她神色慌张，问怎么了。大群吞吞吐吐地说了家里的事。三丫知道不妙，立即丢下大群向宋家赶来。

按辈分，黑蛋应该喊三丫姑姑。仰仗着这个，三丫刚才带针带刺地说了黑蛋几句。这在王洼庄可谓少见。在王洼庄，他王黑蛋就是天王爷，谁敢招惹？

"干了屁大时间也是干了呀，看我流了满身的汗，再说这又不是外人家，这是我老丈人家，知道不？"黑蛋说着瞥了宋老牛一眼，端起酒杯喝了一大口。

宋老牛宛如被刺刀刺中了，身子一颤，靠在门上。

"不要喝了，刚才你娘叫你呢。"

王黑蛋知道三丫在骗他，并没有理会，坐在那里继续吃菜喝酒，一边吃喝，一边埋怨说没有什么好菜，酒也太孬。

"还不走？好，我陪你喝个够。"三丫说着走过来坐下，拿起酒瓶，咕嘟嘟地倒了两大碗酒，端起一碗，说："我先干为敬。"然后咕咚咕咚地喝完，再把碗翻转过来扬着。黑蛋见了毫不含糊，端起也是一口而尽，可是，眼睛也直了。

"黑蛋，二狗哥叫你回家呢。"三丫趁机说。

"我不回去。"黑蛋醉意十足地回答，眼睛瞟着宋老牛，"喂，老丈人，来，我敬你一杯。"

宋老牛没有回答，只是蹲坐在那里，半闭着眼，吧嗒吧嗒地抽着烟袋。

"喂，老牛，听到了吗？我敬你一杯。"黑蛋再次说。

宋老牛依然不说话，只不过更加用力地抽着烟袋。

三丫急了，过来拉着黑蛋的手硬往外拖。黑蛋跟跟跄跄地跟着出去了。娘见了，长舒了一口气。宋老牛过来，抓起黑蛋使用过的那双筷子扔出门外。

"他大，不要生气，生气管什么用？谁让我们家摊上这事的？"娘安慰说。

"唉，我宋老牛活得窝囊啊。"宋老牛噙着眼泪说。

"我们不是还有大宝吗？三丫那姑娘不是硬要嫁给我们家？"

宋老牛听了，稍稍好受了些，问大宝他们都到哪里去了，怎么还不回来吃饭。娘听了，赶紧走出家门来寻找。

九点许，一家人再次坐在饭桌旁，但都默默无语，只是低头吃着饭。一会儿，三丫不放心地又来到宋家。

"三丫，这次多亏你帮忙。"娘说。

"婶，看你说的，我这不是应该的吗？"三丫说着瞥了大宝一眼。这时候，大宝感到她并不那么太讨厌了。

"婶，黑蛋那个浑球儿、愣头青，你们是知道的，所以不能和他一般见识。"

"他不是浑球儿，不是愣头青，他就是猪，就是狗。"二群骂道。

"婶、叔，你们真的要把大群姐许配给他？"

宋老牛、娘没有回答，大群、二群互相对视了一眼。

"三丫，你认为大姐不能许配给他？"二群问。

"如果答应了，那真是应了那句话：一朵鲜花插在牛屎上了。"

"那你说我们家应该怎么办？"

"二群。"宋老牛呵斥道。

"这个，我也不知道，我回去问问娘，看她有没有什么好办法。"三丫说完离开了宋家，临走，再次意味深长地瞄了大宝一眼。大宝又开始觉得她很讨厌了。

"大宝，我看你和三丫的事还是先答应下来吧，看人家对你、对我们这个家多好。"娘望着三丫离去的背影说。

"我不会同意的。"大宝撂下这句话，走出家门。

"二群，你劝劝你弟弟。"娘哀求说。

"如果答应下来，大宝这些年的书白念了？亏你们想得出，当初不让我和大姐上学，让大宝一个人上。"

娘吧嗒嘴不再说话。

"娘，明天我要和大姐上街卖鸡蛋。"

娘嗯嗯地点头同意，宋老牛本来松塌的眼皮紧了一下，把烟袋往桌子上敲得当当响，说道："你们能不能都少出一点幺蛾子，好让我和你娘少操心。"说完去牛棚睡觉了。二群、大群互相对视了一眼，心里的恐惧在外面漆黑的旷野中奔跑着，难道父亲知晓了什么？

为了打消父亲的怀疑，二群找大宝商量，让他明天跟着一起上街。大宝嫌热，不干。二群说如果同意，她中午买二斤肉，另外把《中篇小说选刊》借给他看两天。大宝禁不住诱惑，答应了。

早晨，云彩鱼鳞似的布满天空。天气阴凉，让喜鹊高兴起来，喳喳地叫个不停。这不免影响了人的情绪，特别是大群，肚子里的高兴盛不下，只溢到脸上。

宋家三姊妹拎着两大篮子鸡蛋走出村子，突然后面传来一个呼啸的声音："你们去上街啊，等等我。"回头一看，只见三丫小兔子似的向这里跑。

"大宝，你家里的来了，还不迎接？"二群小声地说。

"就是。"大群附和着。

"你们俩……"后面的话大宝不敢说了，因为三丫已经跑到近前。

大群见三丫空着手，问她上街去干什么。三丫半天没有寻找到理由，只好说去玩，反正在家没事。二群知道肯定是她刚才看到大宝上街了。现在，三丫监视大宝的一举一动，比任何特工都要尽心尽职。

三丫的到来让大宝上街的热情剧减，相比于婚姻大事，那二斤肉、一本书算得了什么呢？他放慢了脚步，渐渐地一个人落在了后面。谁知道前面的三丫冲着这里喊："早上没吃饭啊？怎么走得这么

88

慢？要不要我过去背你？"大群、二群一起笑。

这一声喊让大宝彻底打消了去上街的念头，脚步更加慢，简直是蚂蚁在走路。二群知晓其中的原委，来到大宝面前，对着他的耳朵一阵叽咕，大宝怔了一下，加快了脚步。

有了心上人的相伴，三丫就如早晨的那只喜鹊，一路上喳喳地叫个不停，而大群这只喜鹊也跟着叫。只叫得大宝心烦不已。一路上一句话也不说，一味地低头闷走。

"给，帮我拎一会儿。"二群说着把手里的鸡蛋篮子递到大宝的面前。

大宝刚想伸手来接，谁知道三丫说："二姐，你没看到他已经走不动了吗？还是我来吧。"说着伸手欲把篮子接过去，谁知道二群手一缩，冷冷地说："不要你拎。"然后重新把篮子递到大宝面前。

虽然热脸贴了个冷屁股，但是三丫却毫不在意，说："还是我拎吧，我有劲。"说完一把夺过篮子，雄赳赳气昂昂地在前面走，只让二群哭笑不得，大宝呢？欲哭无泪。

一行人来到张街街道上。二群说自己和大姐有事要去办，让大宝独自一个人卖鸡蛋。大宝心知肚明——大姐又要去和甄才学见面了，这也是刚才二群在他耳边所说的。但他有一事不明，那就是这次怎么二姐跟着去，看来他们有重大事情要商量，什么事呢？

大姐、二姐走后，三丫也走了，只剩下大宝孤零零一个人。卖东西，大宝并不是第一次，以前就和父亲一起卖过西瓜。与其说是卖西瓜，还不如说呆站在那里，因为一切都有父亲照看着。今日可就不同了，他要当主角。

两篮子鸡蛋放在前面，大宝远远地站在后面，手脚不知往哪里放，眼睛也不知往哪里瞧。半天，一个鸡蛋也没有卖掉。

一会儿，三丫拿着油条、包子走了过来递与大宝。大宝要做大丈夫——不食嗟来之食。他装着没看见。

"死人，让你吃你就吃，人家特意跑老远给你买的。"三丫公鸡报晓似的喊。

大宝觉得四处有一千双眼睛在望着自己，羞愧难当，恨不得变成一只蚂蚁钻进地缝里。

"给，拿着。"三丫的手抖动着。大宝也只好接着了，但站得远远的，有心扔了，可是看着黄灿灿的油条、雪白的包子，作为农家子弟的他实在不忍。更可恨的是油条包子不断散发出诱人的香味，只让大宝嘴里一阵潮湿，最后实在招架不住，吃了一口。此时的他犹如卖身的女人，有了第一次，第二次也就无所谓了，于是大吃起来，一边吃，一边骂自己不争气的嘴。

"卖鸡蛋喽，卖鸡蛋喽，新鲜的鸡蛋。"三丫的吆喝声在街道上飘荡着。这喊声让大宝有些难为情，于是躲得远远的——害怕遇见熟人和同学。

"咦，余艳艳该不会来吧。"大宝莫名地想。

让大宝失望的是余艳艳并没有来，而是来了很多买鸡蛋的人，三丫和他们一分一分地讨价还价着。

两篮子鸡蛋一会儿就卖完了，这让大宝不得不佩服三丫的能干。看来清高、羞涩之类并不能当饭吃。俗话说：脸皮厚，吃块肉；脸皮薄，摸不着。从今日看来，这个道理是放之四海而皆准了。

鸡蛋卖完，大宝就想卸磨杀驴——他要独自前去寻找大姐、二姐。可是无论他走到哪里，三丫都挎着两个大篮子紧紧跟在后面，简直是如影随形。

寻了半天也没有寻找到大姐、二姐。大宝估摸着她们肯定有重大的事情和甄才学商量。到底是什么事情呢？嗯，等会儿一定得好好问问她们。

三丫过去买了两块猪肉，看样子，一块是她自己家的，一块肯定是宋家的。

"哼，谁要你的肉。"大宝骨气十足地想，他倒是忘了刚才还吃了三丫买的油条包子。

临近中午的时候，大姐、二姐终于现身了。大宝怒气冲冲地过去质问她们怎么这么迟，丢下他一个人，好像他受了天大的罪似的。

"你不是有三丫陪着？"大姐开玩笑地说，看来她现在特高兴，肯定是刚才见到心上人了。

正如大宝预料的一样，三丫买的一块肉是送给宋家的。大宝、二群坚决不要，大群说："我们怎么能要你买的肉呢？不少钱呢。"

"不要？那我就扔了。"三丫说着拿起那块肉作势欲扔。

"大姐，算了，还是收下吧，又不是给你我吃的。"二群说着冲着大宝只眨眼。

娘见到了那块肉，没有说什么，但脸上乐开了花。似乎有一种春播种、夏浇灌、秋收获的感觉。未来的儿媳孝顺婆婆，这也许是每个做女人所殷切希望的，娘付出那么多，现在终于见到回报了，不高兴才怪呢。宋老牛呢，居然稀罕地夸奖说三丫就是懂事。只说得大群、二群只撇嘴。

大宝就不一样了，中午赌气地不吃肉，可是见大家都吃得满嘴流油，心动起来，可是三丫那令人厌恶的模样又在脑海中浮现。一顿饭，诱人的红烧肉和三丫丑陋的模样就这么在捉对厮杀着，这让大宝纠结不已，最终还是没吃，不由得得罪了肚子，肚子里生出气来，顶着气去质问二群一上午到底在干些什么，让他在街道上寻找了半天。

"我不是要好好考察一下甄才学吗？"二群说。

"考察他？为什么？"

"你也知道大姐和黑蛋的事已经迫在眉睫，万不得已也只好走那条路了，所以我要考察甄才学是不是对大姐真心，是否有勇气承担。"

"那条路？哪条路？"

二群对着大宝的耳朵一阵叽咕。

大宝啊的一声惊叫，身子一震，再愣愣地看着二群。

"看什么看？除了这条路还有哪条路？"

"那甄才学怎么说？他愿意不愿意？"

"我没有明说，只是试探了他一下，看样子他是非常愿意的。"

"哦，哦。"大宝欣喜地说。

"这件事如果成了，我就害怕你受到牵连，我们家恐怕又要遭难了。"

"不怕，不怕，出了这股恶气，我们家就是付出什么代价都值得。"大宝豪气冲天地说。

"还是看看再说吧，不到万不得已，这条路还是不走为好。"二群怔怔地望着远方说，脸上表现出和她这个年纪极不相符的老谋深算。

第 四 章

日子就这么一天天过着，天空于不知不觉中渐渐变高、变蓝；南边窗台的阳光不知不觉地向屋里延伸；田野里，金黄与翠绿交杂。秋天来了。

大宝来到了张街中学复习。

张街中学总共收了一个班的复习生，六十五人，看来，大家和大宝一样——以考上中专为目前最高理想。为了这个理想，有的人已经复习了四五年。

因为大家彼此认识，所以大宝并没有感到新班级的陌生，相反，一种老油条的滋味在他身上潜滋暗长了。

学校的生活是三点一线——教室、寝室、食堂，但也有例外的时候，比如到学校大门口。这时候，大宝多半是被人叫出去的，比如三丫——她还是一如既往地送干鱼之类。这些干鱼有一些是被那些虎狼兄弟明着瓜分了，有一部分是被他们暗地里偷吃了。俗话说拿人家手短，吃人家嘴软。可是那些兄弟违反了这个定律，他们吃了大宝的干鱼，却并不领情，相反，还常常拿他开涮，说王三丫也是他们的同学，怎么老是送给大宝而不送给他们，说着的时候挤眉弄眼，脸上的意境可以和中国最伟大的诗歌相媲美了。

周五上午第一节课，同桌猴子推了大宝一下，手指了指大门口，小声地说："哎，你的鱼来了。"大宝顺势望去，只见三丫老实本分地站在大门口。

大宝瞧了半天，心里道："咦，大姐呢？她怎么没来？"

以前，三丫总是和大姐一起来，正是如此，大宝才愿意去拿那些干鱼。否则，可以百分之一千地肯定，大宝是绝对不会去大门口的。

大宝当作三丫不存在一样继续听课，猴子又提示性地推了他好几次，可是他都无动于衷。下课了，连教室的门都没出。猴子看不下去了，问怎么不去见王三丫，她做的干鱼可好吃了，不腥，还酥，油放得又多，直把自己说得满嘴的口水。可是大宝却装着没听见，低着头一本正经地做着试题。

第三节课了，大宝不自觉地向大门口瞥了一眼，三丫还是我行我素地站在那里向这边张望着。看着她那呆头呆脑的样子，大宝心里一阵厌恶。

最后一节课了，大宝想着放学后怎么躲起来以让那个可恶之人看不到。心里惦记着她，眼睛也控制不住地扫过去，咦，她不在了，到哪里去了？回家了吗？正在想，三丫突然又冒了出来，慢腾腾地挪到原来的位置继续站着。

"走，赶快走。"大宝心里驱赶着三丫。

三丫就这么执着地站在那里，热切地向这边张望着。而在旁人看来，她是那么孤零零，是那么可怜兮兮。

大宝绝望地坐在那里，不知道今天怎么收场。

"张老师。"猴子突然站起说，"宋大宝要请假，外面有人找他。"

全班同学一起笑，只把大宝的脸笑成了熟透的西红柿。

张老师向大门口望了一眼，点头同意。这下，大宝不去都不行了，他站了起来，慢腾腾地向大门口走来。

三丫见到大宝，脸上洋溢着的笑比天底下最美的鲜花都灿烂。低头垂眉地把装满干鱼的瓶子递过来，说："给。"

大宝接了过来，甩出一句："以后不要再送了。"扭头就走。

"你娘说后天就是八月十五了，一定要回家去，二姐说你要当心，晚上千万不要乱跑。"

大宝没有理会，径直回到教室坐下。猴子把瓶子拿了过去，正要打开瓶盖，被大宝一把夺了过来揣在怀里。三丫虽然令人讨厌，可是她做的鱼实在令人讨厌不起来。

中午吃饭，大家猫似的围着大宝转。大宝舍不得，每人只给了他们一块干鱼。为了以防不测，他一直把瓶子揣在怀里。

同学中有一个姚姓同学，因为嘴碎而常常被打，可是屡次都不接受教训，故而被起绰号：打不够。打不够吃了一块干鱼而远远不过瘾，央求道："宋蛋蛋，你老婆送的干鱼能不能再给我一块？"

本来，大宝和三丫之间就隔着一层窗户纸，现在，这层窗户纸被打不够戳破，大家一起嚷道："宋蛋蛋，你老婆送的干鱼能不能再给我一块。"气得大宝满校园追着打不够，要给他点颜色瞧瞧，晚饭当然也没有给他干鱼吃。

从此，王三丫是大宝的老婆也就传开了。

夜沉淀了白天的喧嚣，只有秋虫在唱着凄悲的秋歌，感叹着时光的飞逝。

大宝躺在床上，现在他有时间回味三丫的话了。

后天就是八月十五了，时间过得真快。很久没有见到娘了，挺想她的。嗯，明天下午放学就回家去。咦？二姐要自己当心是什么意思？为什么不要自己晚上乱跑？怎么平白无故要三丫带这样的话？难道是那件事……怪不得今天没见到大姐呢，天啊，家里到底怎么样了？想到这儿，大宝心慌起来，恨不得长了翅膀立即飞回去一探究竟。

第三天傍晚，大宝回到家。娘见到了儿子，脸上的皱纹松弛开来，一头钻进厨房忙活了起来；宋老牛见到了儿子，再也不愿意出门了。大宝问他最近家里怎么样，他也不说话，只是靠在门上低头抽着烟袋。大宝知道情况有些不妙。

大宝问过二群后才知道事情比他想象得要严重得多。王二狗家已经开始着手操办喜事了。也许是黑蛋自认为这门亲事是铁板钉钉的事，于是把自己不当外人，隔三岔五地来到宋家要吃要喝，喝醉后便耍酒疯，宋家已经被他闹腾得鸡犬不宁了。大宝问那件事进展得怎么样了。二群说因为最近要秋收、秋种，所以没有顾得上。

　　"你怎么能这样。"大宝不通情理地呵斥道。

　　"大宝，你就不要问这件事了，一切都有我呢，只要我宋二群还有一口气在，我保证他王黑蛋不会得逞。只要你答应我一件事，那就是好好念书，念出个人样来。"

　　大宝觉得有点不对劲，二姐好像在安排后事似的，心里更加惴惴不安起来。

　　一轮圆月冉冉升起，洒下的清辉笼罩住王洼这个小村庄。炊烟袅袅，村庄到处弥漫着烙芝麻糖馍馍的香味。好个八月十五的夜晚。

　　娘真是舍得，宰了一只大公鸡和一只老母鸡，一家人围在一起高高兴兴地吃着团圆饭。可是宋老牛却吃得不很安心，因为今晚村里小孩要"摸秋"，他担心着家里那二分地的花生。大宝自告奋勇地说吃过饭自己去花生地看着。可是娘心疼，不让他去。

　　"婶、大伯，在吃饭啊。"三丫进来打着招呼说，"娘让我把这个送来。"说着把手里的一条香烟和一包糕点放在桌子上。

　　"你来干什么？谁要你的东西？"大宝心里说。可是娘见了，再三表示感谢，然后硬拉着三丫坐下，给她夹了一个鸡大腿。二群见了恶作剧地说那是大宝的。三丫赶紧把鸡大腿放到大宝碗里。大宝当然不会吃三丫夹的菜，又送到娘的碗里，娘又夹给三丫，三丫又给大宝，就这样，那个鸡大腿在三人中循环着。

　　"大群，我来啦。"一个雷打的声音，接着浑身散发着酒气的王黑蛋走了进来，砰一声，把手里的两瓶酒放在桌子上，嚷道："老丈人、老丈母娘，这是我送的节礼。"

　　家里顿时寂静了下来。

黑蛋踉踉跄跄地过来，挨着大群坐了下来。大群浑身哆嗦着欲站起走开，被黑蛋一把拉住，大呼小叫地要陪她喝一杯。

"黑蛋，来，我陪你喝。"三丫说。

"你陪？你算什么？我要我老婆陪。"

大群再也忍受不了，抽身逃进自己屋子。黑蛋哪里肯放过？紧追着进了屋。

"不要，不要。娘，娘。"屋里传来大群的呼救声。

大家一起跑了过去，只见黑蛋紧紧搂着大群，嘿嘿笑着。

大宝感到浑身的血液往脑门子涌，此时只有一个念头：把这个浑蛋打倒。赤红的眼睛四下寻找可以下手的东西，半天也没有找到，转身奔了出来，从墙角处拿起铁锹折了回来，却被父亲拦住。

宋老牛伸手抓住铁锹，可怜地看着儿子，声音弱得如欲断的丝麻，哀求道："儿啊，不要。"

那边，三丫一边掰着黑蛋的手，一边呵斥说："黑蛋，你这是在干什么？你们还没成亲呢，你这样算什么啊？松开，松开。"

"我找我老婆，呵呵，我找我老婆。"黑蛋反复说，就是不松手。

"松开。"二群吼道。

黑蛋瞪着牛蛋大的眼睛，回应道："老子就不松开，怎么的？"

当一声，黑蛋头部被木棍击了一下。黑蛋皮糙肉厚，丝毫没有感觉到疼痛，继续搂着大群，居然还亲了她一口。

二群再次抡起木棍，使出浑身的力气拍下，咚一声，黑蛋捂住自己的头。大群趁机逃脱，被二群拉着跑了出去。

黑蛋追了出来，哪里还有人影？大呼小叫着向宋老牛、娘要人。二人只是一句话都不回应，气得黑蛋跑进厨房，一阵叮当响，锅碗瓢盆全部遭殃了。

遭殃的还有家里那两分地的花生，一夜间被糟蹋了个精光。娘大哭了一场，宋老牛的白发更多了，腰更加弯了。

第二天一大早，大群、二群穿得整整齐齐地过来说要上街。本来以为父亲不会答应，因为现在是农忙时节，恨不得一个人当作两个人用的。二人已经商量好了，如果父亲不答应，她们就硬闯关。

宋老牛望着两个闺女苍白的脸，一句话也没有说，只是点了点头。望着两个姐姐离去的背影，大宝知道她们肯定去找甄才学商量事情。

吃早饭的时候，李菊花跟着三丫来了。几十户的村庄，昨晚闹出那么大的动静谁不知道？只不过大家装聋作哑罢了。其中一部分人是忌惮于黑蛋的淫威。他们是深知黑蛋的秉性的，得罪了他，早晚他会报复；还有一部分人是躲在背后看笑话。像李菊花这样可谓少见。李菊花安慰了娘一阵子，说不要放在心上，这个世界，下雨的时候毕竟是少数，天晴还是大多数的。

这次回家，让大宝知道了自己家所处的险境。现在，他有点恍惚了，怀疑当初不去少林寺学武是否正确。但是开弓没有回头箭，现在已经没有退路了，也只好硬着头皮往前走，于是拼命地努力学习，几次考试成绩下来都是第一名，老师们喜欢，同学们羡慕，此时的他有一种"海阔凭鱼跃，天高任鸟飞"的感觉。有时候大宝想，如果没有王洼那个家该有多好啊。

没有家那是不可能的，相反，家似一块千斤巨石压在他心上。因为大宝知道二姐正在抓紧实施那件事。以后会怎么样？大宝无法得知，现在也管不了那么多了，所谓人无远虑必有近忧就是如此吧。

三丫还是依然如故——每周四送菜过来，有时候和大姐一起，有时候单独来。和大姐一起来，大宝是会去见她们的。现在，他是死猪不怕开水烫——反正自己和三丫的关系都沸沸扬扬传开了，所以索性大大方方过去，这样，那些同学反而失去了兴趣，不再拿他开玩笑，但有一样，他们永远对他的菜感兴趣。见面时，大宝都要问大姐一些问题，但是，每次都被三丫抢着回答了，比如家里的母猪生了十头猪崽，麦子、油菜已经种上了……

"还有吗？"

三丫知道大宝这是在问黑蛋是否又到家里闹事了。

"没了。"三丫眨着眼回答，但是，大群脸上明显显露出不自在。

而对于三丫单独来送菜，大宝是绝对不会去见她的。这样以表明自己的毅力和决心——他不喜欢她，不管她做什么都是徒劳的。

每当这个时候，三丫总是一个人站在大门口，很久，很久，大有要把地球站穿的意味。

同桌猴子不愧是好哥们，每次都给大宝解了围。他屁颠屁颠地跑到大门口把菜接了过来，这个家伙好处没有少得，回来的路上就开始大吃起来。

三丫的骚扰还不是最紧要的，当前大宝最担心的还是大姐的事。每当夜深人静的时候，大宝心里都纠结成一团乱麻。一方面，巴望那件事赶快来临，这样好让自己及早解脱，省得半夜还在想。另一方面，他又有一些害怕，不知道等待自己和家人的将会是什么，但有一样可以确定，那就是王二狗、王黑蛋绝对不会善罢甘休，绝对不会轻易放过自己家。每当想到这里，大宝都要用一句名言鼓励自己："让暴风雨来得更猛烈些吧。"

又一场秋雨过后，树上的叶子已经所剩无几。秋风把光秃的枝干当箫笛吹，世界听着这悲凉的箫笛声，肃杀一片。

晚自习时，大宝觉得有些冷，想这周应该回家取点冬衣了，突然外面一个声音："大宝。"大宝来到教室外一看，原来是三丫。

"你来干什么？"大宝怪罪道。

"我，我来要告诉你一件事。"三丫上气不接下气地回答。

大宝这才反应过来，现在恐怕都有八点多了，三丫这么晚过来，肯定有什么重大的事，于是问什么事。三丫向教室里看了看，伸手把大宝拉到一僻静处，小声地说："大宝，你可不要慌，这可不是什么小事。"

"什么事？快说。"

"你大姐和人私奔了。"

大宝虽然知道这件事早晚会来临，但是没有想到来得这么突然，也没有想到会是三丫过来告诉自己。他站在黑暗里一声不吭。三丫惊诧地看着他。来之前她都想过了，亲爱的他听说这个消息后肯定会大吃一惊，可是眼前的他……半天，只听到他问："什么时候的事情？"

大宝出奇地冷静，倒是让三丫大吃一惊，她怔怔地望着眼前这个小男人，半天才回答道："今天下午。"

"今天下午？你们凭什么说她和人私奔了，大姐也许是走亲戚去了。"

"不是我们说的，而是大伯、大婶说的。"

"什么？你胡扯。"大宝大叫道，打死他也不会相信这是出自于自己父母之口，因为他们二老压根儿就不知道这件事。

"真的，我不会骗你的。我怎么会骗你呢？"

听三丫这么说，大宝又有点怀疑了。这都是怎么回事啊？可是眼下这还不是最关键的，于是问："王二狗家怎么说？"

"王二狗说跑了好，省得娶到家到时候丢人现眼，但是，但是……"

"但是什么？"

"王二狗又放出话来，说他们家为了娶大姐花了不少钱，要赔的。"

"他这是在讹人。哎，王黑蛋怎么说？"

"他不在家。"

大宝听了担心起来。因为那个家伙最不好对付。

"伯父要我告诉你，从今天起一定要留心周围，千万不要离开学校。"

"他们能拿我怎么样？"大宝嘴硬地说，"哎，你骑自行车来的吧？我现在就跟你回家去。"

朦胧的月色中，大宝骑着车向王洼庄疾奔着。三丫坐在后面，此刻，她觉得自己是天底下最幸福的女人。

这是千金难买地和大宝单独在一起，还是在晚上。天底下最浪漫的事莫过于如此，由最亲爱的人驮着自己，但愿此生就这样永远地走下去。

唉，要不是家里发生了那件事，该有多么好啊。三丫这么想。三丫不知道，如果家里不发生突变，大宝能和她在一起？

车速逐渐放慢了下来，只听到大宝呼哧呼哧地喘着粗气。三丫有些心疼，轻声细语地商量说："累了吧，我来骑。"

谁知道大宝根本不理会，反而狠狠蹬了几脚。三丫有些高兴，她喜欢男人这种不服输的雄性气质。

大宝刚才顶着一股气用力蹬车，可是没多久那口气便泄了，现在他有些上气接不了下气，自行车也如蜗牛似的在爬。他咬着牙坚持着，突然感到车后一下子变轻了，他知道三丫跳下了车。

"停下，停下。"三丫大声地喊，在这寂静的夜晚，分外响亮。

大宝只好停了下来。

"下来。"

大宝无动于衷，似在和她赌气。

"让你下来你就下来，磨磨蹭蹭干什么？"三丫说着一把夺过车头。大宝只好下了车。三丫随即上了车，猛蹬几下，喊道："快，上来。"大宝有心不上她的车，可是四周一片昏暗，于是只好追了上去跳上车。

三丫不紧不慢地骑着，天上，那一弯新月营造出一个朦胧的、崭新的世界，崎岖的道路也来帮忙，几次都感觉到大宝的手好像碰着了她的后背。物理上说摩擦生电，她感到后背隐隐发烧，浑身也有使不完的劲。

十几里路真不禁走，不久，前面出现黝黑的庞然大物，大宝不声不响地跳下车，车子一失重，开始晃悠起来，几乎摔倒。

"死人，下车也不说一声。"三丫嗔怪道。

大宝好像没有听见，径直向村子里走去，三丫毫不介意他的无礼，推着自行车屁颠屁颠地跟在后面。

王洼庄新近通了电，这不可不说是向四个现代化迈出了一大步。村子里虽然不能说灯火通明，但确实比以前亮堂了许多。

可是此时，宋家人却嫌弃那十五瓦的白炽灯过于刺眼。娘、大大、二群坐在堂屋一声不响。特别是娘，丢了魂似的。

咣当一声，大宝推门。全家人惊恐地注视着大门，二群抓起身边的铁棍。

"娘，开门。"大宝喊。

"大宝，是你吗？"二群说着过来打开了大门。

大宝的回来让娘那颗惊慌失措的心暂时得到喘息。她开始围着儿子转，问吃饭了没有，再伸着头看了看外面，说天这么黑，怎么回来的，当看到三丫时，她似乎明白了。

"听说大姐跟人走了，是真的吗？"大宝直截了当地问。

这一问犹如一把锋利的刀子划开了娘心头的脓包。

"大宝啊，娘不想活了，你大姐这个死丫头，这次把娘的脸都丢尽了。以后我怎么见人啊，呜呜……"娘一把鼻涕一把泪地哭了起来。

"哭，哭什么？家里死人啦？"宋老牛号叫着，再飞舞着手里的烟袋，命令道："都给我坐下。"

大家都乖乖地坐好，大气都不敢出。

"大宝，你这么大了，家里的事也不瞒着你了，实话告诉你吧，你大姐和人私奔了。"

"私奔了？和谁？"大宝明知故问。

宋老牛没有立即回答，而是吧嗒吧嗒地抽了两口烟袋，抬起头，看了看大宝，又看了看二群，一板一眼地说："不知道，我也不想知道，但我要告诉你们的是，从今天起，我宋老牛就当没有这个闺女。"

"大群这个狼心狗肺的，走的时候连一句话都没有。"娘骂道。

　　"她没告诉你们，那怎么知道她和人私奔了？"大宝问。

　　二群默默地递过来大群写的一张纸条，大宝接了过来。纸条上意思是她不愿意嫁给黑蛋，实在走投无路了，现在和一个男人走了，让家人不要找她，找也找不到等等。

　　"大宝，你大姐做出这样丢人的事，事先你们就一点也没看出来？"娘问。

　　"现在还说那些有什么用。"宋老牛呵斥道。

　　"大姐走了就走了，塞翁失马，焉知祸福，当下最要紧的就是看怎么对付王家。"二群冷静地说。

　　"他家可不是好对付的。"三丫说，这也是她今天说的第一句话。

　　"三丫，他家有什么动静，你可要及时过来说一声啊。"娘哀求说。

　　"婶，您放心吧。"三丫回答着瞥了大宝一眼。

　　"他家要多少钱我都给，就是砸锅卖铁，我宋老牛都会扛着，只要不动我家里人。"宋老牛当众宣布道，其用意是秃子头上的虱子——明摆着要三丫带话给王二狗家。

　　三丫当然明白，愤愤地说："他王二狗家凭什么要钱？所置办的东西还在王家，宋家又没有喝他家一碗水，要他家一寸纱。"

　　"好孩子，好孩子，多亏你还有一句公道话。"娘夸赞道，恨不得过来搂住三丫。而三丫呢，恨不得现在就喊她一声婆婆。

　　三丫说现在就回去告诉自己的娘，看她有什么好办法，然后告辞了。待三丫走后，宋老牛的眼神刀剑似的剜了二群一眼，交代道："从今天开始，都给我留个心眼，躲着一点黑蛋那个畜生，特别是大宝。"

　　月儿弯弯照九州，几家欢乐几家愁。夜深了，大宝躺在床上，辗转反侧着，一系列的疑问盘旋在心头：大姐现在到哪儿了？和甄才学怎么样了？二姐是怎么操作大姐出走这件事的？这些疑问如一团丝麻，越想解开越是缠绕得厉害。最后实在忍不住，一骨碌爬了起来，走进二群的房间。

二群也没睡去，哪里睡得着，她毕竟只有二十来岁，怀着初生牛犊不怕虎的勇气，一手导演了大群出走这出戏。而在别人看来简直就是胆大包天，不计后果。现在的二群有着醉酒后的清醒和忐忑不安。

原来三瘸子大前天又来了，说二狗家已经请算命瞎子看了日期，黑蛋和大群本是水火相克，农历九月十六是个好日子，阴阳调和宜于婚嫁。三瘸子反复强调说黑蛋大群婚期只此一天，否则就会有血光之灾。娘听了大惊失色，赶紧答应了下来。

二群赶紧翻开日历一看，居然只有十来天了，天！二群紧张，大群却早已被吓得连走路都不行了，晚上哭着问怎么办。二群这才把自己的计划和盘托出。大群停止了哭泣，呆呆发愣着，半天，聪明地问："甄才学愿意带我走吗？"二群胸有成竹地说："不是甄才学愿意不愿意带她走的问题，而是你愿意不愿意跟他走的问题。"大群拿了狗急跳墙的勇气说一千个一万个愿意，只要不嫁给黑蛋就行。说完便开始收拾东西，大包小包收拾了好几个，只遭来二群一顿训斥，说："这样会引起大大、娘怀疑的，他们一怀疑，你就走不了了。"吓得大群又要物归原处，二群说："捡几样最要紧的东西带着，到了那天由自己带出村子。"

看大姐收拾得差不多了，二群打开箱子，拿出一个鼓鼓的手绢出来递给大群，说是这些年来自己攒的私房钱。大群坚决不要，说给大宝念书吧。二群一把塞进大姐的口袋里说："大姐，你这样出嫁，家里没有什么陪嫁，委屈你了。"

"不委屈，不委屈，委屈的是娘、大大、你和大宝，我这样一走了之，你们以后恐怕会遭罪了，我实在对不起你们，特别是二老，他们辛辛苦苦养育了我，没有享受到我的孝顺，反而要背着坏名声，遭人戳脊梁骨，我太对不起他们了。"大群说着扑通一声跪在地上，对着父亲、娘睡的地方磕头，一边磕头，一边念叨，"娘、大大，女儿对不起您二老了，我这也是没有办法啊，呜呜……"

大群哭，二群也跟着哭，姊妹二人抱头哭了起来，可是又不敢大声。深秋，夜的寒冷也嚣张。这声声呜咽更助长了这嚣张，这嚣张的寒冷笼罩住王洼这个偏远的小村庄。

听到这里，大宝的眼泪也要流了下来，强忍住问："二姐，甄才学要带大姐到哪里去啊？"

"他是木匠，手艺人到哪里都有口饭吃的，听他说他要带大姐去南方，等风头过了再回来。"

大宝松了一口气，接着不无担心地说："也不知道王二狗家到底会怎么样。"

"天要下雨，娘要嫁人——随他去。大宝，你要不吃馒头蒸（争）口气，我们家就全指望你翻身了，放心地好好念书吧，家里一切由我呢，大不了，我用这条命陪着他王黑蛋。"二群咬牙切齿地说，大有鱼死网破的气概。

"二姐，不要。"大宝说着巴望着二群，眼泪终于忍不住流了下来。

"咳咳。"外面突然传来父亲嘶哑、苍老的咳嗽声，这咳嗽声似深井里冒出，又似千年古洞的回音。屋内二人屏住了呼吸。好在咳嗽声渐行渐远，最后终于听不见了。

"大宝，我怀疑，我怀疑……"

"姐，你怀疑什么？"

"我怀疑大大知道大姐出走的事。"

"什么？大大知道？怎么会呢？"

"大大看起来有点傻，其实一点不傻，他什么都知道，就是不说罢了，这也是没有办法的事，谁让咱家人丁不旺呢？几次，我都发觉他看我眼神都有些异样，好像要把我吃了，他肯定知道是我一手操作了这件事。"

"那他知道了怎么不阻拦?"

"其实,大大内心很矛盾,也很痛苦。一方面忌惮于王二狗家的势力和王黑蛋的混账,不得已答应了这门亲事;另一方面是真心不想把大姐许配给黑蛋那个王八蛋,谁不知道那就是把她往火坑里推?还有,现在情势发生了些变化,社会发展了,实行了联产承包责任制,他王二狗这个生产队长再也不能一手遮天了,所以他对于大姐出走的事是睁一只眼闭一只眼。"

"狗×的王二狗、狗×的王黑蛋,看他能把我们家怎么的?"大宝骂道。

"你个狗×的宋老牛,赶快把宋大群给我交出来。"外面传来炸雷般的声音。

响雷在姐弟二人心里炸开了,王黑蛋。

"宋老牛,你给老子滚出来。"叫骂声中夹杂铁链抽打墙面啪啪的声音。

宋家一片寂静。

"宋老牛,你听到没有?再不出来,老子一把火烧了你这猪窝,你个狗×的,让你女儿和人家男人私奔了,你不知道你女儿我早就上了……"黑蛋继续叫骂着,一句比一句难听,一句比一句歹毒。

屋子里,大宝、二群再也忍不住,彼此对望了一眼,随即站起来准备冲出去。

"今晚谁都不能给我出去。"门旁传来父亲低声的、不可抗拒的喝令声。

二群大宝只好站住。

"如果进来,就往死里给我打。"父亲命令道,腔调都变形了。

黑蛋开始狠狠踹门,那扇新做的大门咣当咣当地响着。宋老牛、娘、二群、大宝心里也咣当咣当地响着,他们一一紧握着铁叉、木棍站在门边,屏住呼吸,严阵以待着。前面是娘和父亲,后面是二姐。大宝心想,全家人的性命有可能在此一举,豁出去了,你不杀他，他就要杀你。想到这儿，心里倒是不怎么太害怕了。

咣当咣当，眼看就要被撞开。前面的宋老牛示意大宝、二群往后退，自己则用身子紧紧顶住大门。大宝看着父亲那矮小的身躯、佝偻着的腰，全身的血液沸腾了起来，上前几步，举起手里菜刀。娘、二群则搬来桌子、椅子顶住大门。

"狗×的宋老牛，老子告诉你，跑得了和尚跑不了庙，今个儿不把人给老子交出来，我王黑蛋和你宋老牛没完，敢动我王黑蛋的女人？吃了熊心豹子胆了。"黑蛋叫骂着，手里的铁链啪啪抽打着大门。

可是无论怎么叫骂，宋家屋子里一点声音都没有。

"你个乌龟王八蛋，躲起来就行了？我×你祖宗十八代的。"

屋子里，宋家人不知道怎么收场，现在唯一做的就是死死顶住大门。

"黑蛋，你这是干什么？有话好好说就是了。"外面传来李菊花、三丫、铁柱娘等人的声音。

"宋老牛，老子告诉你，你躲得过初一，躲不过十五，我们是骑驴看唱本——走着瞧。"黑蛋的声音渐行渐远，看样子是被李菊花、三丫等人架走了。宋家人这才松了一口气。

一会儿，李菊花、三丫敲门进来。娘连感谢的话都忘了说，只是站在一边哭哭啼啼不止。

"你们说这事该怎么办？"李菊花问。

"我们哪里知道啊？他王二狗家明显是在欺负人，大群出走谁也没有想到，他王黑蛋怎么能怪我们呢？"娘说。

"他婶，您有什么办法没有？"宋老牛问，然后用眼神示意大宝给她倒水。

"娘，你说嘛，你说嘛。"三丫催促道。

李菊花白了女儿一眼，怪她多嘴，然后接过大宝递过来的茶杯，又瞥了未来女婿一眼，满眼里都是怜爱，略一思考，开口说道："办法呢我倒是有一个，就是不知道管用不管用。"

大家一齐望着李菊花的嘴。可是李菊花并没有继续往下说，而是假咳了一下，再吱的一声喝了一口水，再啧啧地品尝着，似那白开水有无穷的味道。

宋家人望着李菊花蠕动的咽喉结，心里痒痒得恨不得拔水瓶盖似的把那咽喉结拔了。

"娘，你倒是快说呀，急死人了。"三丫跺着脚说。

李菊花再次白了自己那不争气的女儿一眼，开口说道："我就知道这件事不好收场，所以，今天下午我已经给三丫二舅打了电话。"

宋家人知道，这下有救了。

果然不错，只听李菊花接着说："她二舅又给我们乡的张书记打了电话。"

"哦，哦，这下好了，这下好了。"宋老牛和娘欣喜地说。

原来，三丫的二舅是我们水田县公安局治安科的小头目，正是这一点，王二狗和王黑蛋不敢招惹李菊花家，并且平时多有巴结。

"她二舅还说了，过了年就把三丫招到县里麻袋厂去上班。"李菊花说着瞥了大宝一眼。

"哎呀，三丫要当工人了，可不得了。"宋老牛和娘惊叹地看着三丫。三丫被看得脸似一朵花。

李菊花带着三丫要走，娘千恩万谢送出多远，回来后，长叹一口气，说："李菊花人真好，自己家何德何能让人家这么看重。唉，今晚要不是她，我们全家人可就要遭罪了。人家可真是我们家的大恩人啊。"

"他娘，大宝和三丫的亲事我看还是先定下来吧。"宋老牛吐着烟说，"这样的人家打着灯笼都难找。"

娘哎哎地答应着，这一次二群没有反对。大宝呢，虽然心里一千个不愿意，但是也没有反对。反对自己的恩人，他张不开嘴。

老牛家的大闺女跟人跑了，这个消息在周围传开了。本来这样的事在本地并不算稀奇，因为国家实行了改革开放，人们的思想特别是青年男女的思想也乘着改革开放的春风活跃起来，他们的婚姻打破了过去媒妁之言、父母包办的藩篱，现在偷偷谈恋爱，私订终身，遭到阻碍就私奔，等到生米煮成熟饭后再回来，到那时家人也只好认了这门亲事。所以这样的事见怪不怪了。可是因为是发生在宋老牛家，所以人们在谈论的时候总是露出鄙夷、不齿。还有一样，人们在等着看好戏上演，大家知道王家肯定不会轻易饶了宋家，纷纷猜测王二狗、王黑蛋会用什么样的手段。无论用什么样的手段，这次，宋老牛肯定会蜕一层皮。

可是事情并没有像人们预料的那样发展。王二狗、王黑蛋并没有把宋老牛家怎么样，只是要了一千块钱损失费。这是怎么一回事啊？人们纷纷不解。他王二狗、王黑蛋什么时候当起大善人来了？日头打西边出了？

原来，乡里的张书记和三丫的二舅平时多有来往，接到电话后，把蒯正好——王黑蛋的舅舅——靠山村的书记叫来一顿劈头劈脸地臭骂。蒯正好被骂了个狗血喷头还不明白被骂的原因。待到张书记骂完，才小心翼翼地问怎么了。

"回去问问你那个好外甥，公安局都知道他了，再不改，公安局不办他，我乡里都要办他。他怎么硬要娶人家闺女？还有王法吗？赶快把这件事办好了，要不，老子马上让你这个村书记下台。"

蒯正好哪敢怠慢？连夜跑到王二狗家，拿起娘家舅的架势来，吃饭时，指着王黑蛋的鼻子大骂起来。王二狗、王黑蛋被骂得呵呵笑，问怎么了。蒯正好听了，想到自己头顶的乌纱帽有可能不保，不免更加来气，伸手掀翻了桌子，还要去厨房把锅砸了，被姐姐拦住，问怎么了。蒯正好把张书记的话一字不漏地重复了一遍。王家人大吃一惊，这事居然乡里、县里都知道了。他们就不明白了，宋老牛那个三棍子都打不出一个屁的人怎么会有这样的通天本事。还是蒯书记精通时事，点拨说有可能是李菊花的"功劳"。这下，王家人彻底明白了。蒯书记临走再三交代说这事就这么算了，不能再闹了，如果不听，他就来把锅砸了，乡里、县里来抓人他也不会管。王二狗连连答应。

蒯书记走后，王黑蛋不服气，大骂李菊花是狗拿耗子多管闲事。越骂越来气，气多难消，要去找李菊花算账，被自己的娘一巴掌打在脸上，说："你是猪啊，连你舅的话都敢不听了。"

王黑蛋没去找李菊花，第二天，李菊花倒是自己找上门来了。问大群的事怎么办。黑蛋说与你有狗屁事啊。李菊花说路不平有人铲，事不平有人管。这事她管定了。王二狗说："你不就是要宋蛋蛋做你的女婿吗？看你家三丫整天往宋老牛家里跑，这算什么事啊，哪有女的整天死乞白赖地追男的，我们老王家人的脸简直都让她丢尽了。"李菊花鄙夷地一笑，说："三丫看上他宋大宝那是她一辈子的福分，不信，你们走着瞧好了，只要到时候不眼红就行了。"

李菊花一张嘴对付二狗家三张嘴还绰绰有余。二狗老婆不由得心虚，问宋家的事怎么办。李菊花说赔一千块钱，事情就此结束。王黑蛋坚决不同意，嚷嚷着说马上就去把宋老牛的腿打断。李菊花拔腿就要走人，被二狗老婆拦住，说看在她李菊花的面子上，自己家吃点亏就吃点亏，一块钱就一千块钱吧。当天晚上，李菊花就把一千块钱送到二狗家。

王洼庄王姓人比如三瘸子之流对此愤愤不平，觉得丢了天大的面子，但是因为有李菊花这样的王家人参与，也不好再闹腾。这件事看似就这么过去了。

大宝在张街中学念书，当然不知道这些事，还是三丫来送菜告诉他的。这时候，大宝长舒了一口气，觉得三丫也并没有那么讨厌了，但是，要他喜欢她，哼哼。大宝认为，自己和三丫就是两条平行线，永远都不可能有交集。但家里人可不这么想，他们越来越喜欢三丫了。宋老牛私下里和娘商量，要给大宝和三丫定亲，只是二群吓唬说这么做大宝还念什么书啊，二老这才作罢。

日子就这么一天天过去了，转眼就放寒假了。大宝回家来，家人看了成绩单后都欢喜不已，因为大宝各科都是第一名。

李菊花当然也知道了这个消息，赶紧委派铁柱娘过来商量能不能把两家的亲事定下来（我们当地叫归真）。大宝娘、宋老牛一口答应了下来，可是大宝死活不同意。

"不同意除非你是我爹，我是你儿子。"宋老牛吼道。

"大宝啊，你就答应下来吧，如果没有三丫和她娘，我们家能有今天？"娘哀求道。

"二姐，你说呢？"大宝巴望着二群寻求着支援。在他心目里，二姐和自己是同一个战壕里的。

"这个，这个。"二群吧嗒着嘴，欲言又止，半天，叹道，"唉，我也不知道，你自己的事你自己做主吧。"

傍晚，天气阴沉，北风呼啸。宋老牛望了望铅色的天空，说要下雪了。老天爷似乎听到了他的话，风骤然停了下来，紧接着雪花婀婀娜娜地飘洒下来。今年的第一场雪来了。

大宝欣喜地站在外面欣赏着雪景，不禁吟着《红楼梦》中的诗句："一夜北风紧，开门雪尚飘。入泥怜洁白，匝地惜琼瑶。"

"下雪啦！"一个咋咋呼呼的声音打断了大宝美好的情思，眉头一皱，随即躲了起来。

来人当然是三丫，给宋家送饺子来了。与其说是给宋家送的，倒不如说是送给大宝一个人的，因为她知道大宝喜欢吃饺子。

娘没有让三丫走，而是留她在家吃饭。现在，她真正地把三丫当作自己的儿媳妇来看待了。

三丫也没有把自己当外人，一头钻进厨房里忙碌起来。厨房里时不时传来"婆媳"俩欢快的笑声，而这正是宋家所缺少的。宋老牛蹲在门边满足地望着厨房，脸上荡漾着幸福的笑。

"吃饭喽！"三丫端着热气腾腾的饺子来到堂屋。大宝当然听到喊声，有心不回家吃，可是那边传来"吃饺子啦"，心里又开始动摇起来。

说真的，三丫送来的饺子确实好吃。西谚有：通向男人心之路，条条经过胃。可是这条谚语放在大宝身上一点也不起作用。他吃着饺子，却躲着三丫远远的。

送来的饺子有限，三丫自己不吃，说不怎么喜欢吃，然后把碗里的饺子全部给了娘。娘也舍不得吃，又给了大宝。结果大宝吃了一大半的饺子，这让三丫很是心满意足。

三丫宛如最好的调味剂，让大家这顿饭吃得津津有味，高高兴兴，当然了，大宝除外。吃过饭，三丫又抢着去洗碗。娘不让，"婆媳"二人因此而争了起来，二群也参与进来，三个女人一台戏，宋家顿时热闹起来，好像洗碗刷锅是什么好事似的。争论的结果是：三丫洗碗刷锅，二群当下手，娘则被挤在一边眼睁睁地看着。

忙完，三丫要回去，被宋老牛叫住，指着板凳说："三丫，你过来坐下。"

三丫见宋老牛一脸的严肃，知道他有重大的事要宣布，乖乖地过来坐下。

"大宝，你也坐下。"宋老牛威严地望着儿子说。

大宝好像嗅到了什么，极不情愿地坐下，把后脊梁对着三丫。

咳咳，宋老牛疏通了管道，然后极其严肃、认真地说道："三丫，回去告诉你娘，就说我已经找黄瞎子（算命瞎子）看了，这个月的二十六是个好日子，如果你们家没有什么意见，就放在那天把你和大宝的亲事定下来吧。"

三丫听了，脸色绯红，宛如一枚喜蛋，她可不就是有喜了，而且在她看来是一生中最大的喜事。头低下去，低下去。半天，搓着双手，嗯一声答应，声音低得似蚊子在叫。

大宝刚想开口抗拒，但被父亲犀利的眼神制止住。

"回去告诉你娘，有什么条件尽管提出来，我们能办到的一定照办。"娘说着过来抓起三丫的一只手抚摸着。

"婶，我们家没有什么条件的。"三丫说着羞涩地看了一眼大宝。

"以后我们两家就是亲家了，好孩子，以后多来走走。"娘说着喜滋滋地看着自己未来的儿媳妇。

"嗯嗯。"三丫乖巧地答应着，频频地点着头似小鸡在啄食。

大宝无助地坐在那里，魂丢了似的，以至于三丫走了都不知道。二群过来狠狠地拍了他一下才反应过来。

"哈哈，要当新郎官了，恭喜，恭喜。"

"滚，滚。"

"哈哈，怎么，不愿意？要不也像大姐一样？"

"滚，滚，滚。"

"我知道你看不上三丫，她比不上你的那个项老师，也比不上你的那个余艳艳，但是，我知道三丫是真心喜欢你，能让你一辈子过上舒舒服服的日子。"

"谁稀罕？"

"大大稀罕。娘稀罕。我们这个家稀罕。"

"没想到你现在也帮他们说话了，叛徒。"

"我肯定要帮他们说话，人家对我们家这么好，简直就是大恩人，不帮他们说话，我良心上过不去，我宋二群不是忘恩负义之人。"

"哼哼。"大宝鼻子里喷着冷气开始反击，"你再帮他们说话，我就对娘、大大说你，说你……不要以为我不知道。"

"说我什么？你知道什么？"二群问，警觉得宛如受到惊吓的刺猬。

"就说你经常去西瓜基地。"

"你……你敢，看我不撕破你的嘴。"二群怎么也没有想到自己心里最大的秘密被揭露，不由得恼羞成怒，只好用语言的暴力来应对，想了想，自己这不是不打自招吗？于是问，"哪有的事，哎，你听谁说的？"

"这个你就不要问了，你说有没有这回事吧？"

"有，但我只是去玩玩罢了，顺便学学人家培育西瓜种子的方法。"

"没有那么简单，没有那么简单。"大宝反复说，现在好不容易抓住了二姐的小辫子，他要好好利用一下。

"你说复杂在哪一点？"二群不甘心地问。

"那里有个姓孙的小伙子，听说长得还很帅气。"

二群心里最后一丝希望也破灭了，不由得大惊失色，脸上挂着红，嘴却比钢铁还硬，说："有吗，我怎么不知道？"

大宝看着那片红，验证了自己心里的怀疑，于是大度地说："放心，我是不会对外人说的。"

"那就好，空穴来风的事，不足为外人道也。"

大宝真的很佩服二姐的文学水平，她虽然没有上初中，却知道《桃花源记》里的句子，并且还会运用。唉，真的可惜她了。

夜深了，大宝和二群各自躺在床上想着心事。外面，雪还在纷纷扬扬地下着，几朵好奇的雪花从门缝中钻进来想一探究竟。

俗话说下雪不冷化雪冷，二群没有上初中，不知道其中的物理原理。现在她只感觉有点燥热——身体的和心里的。本来，她觉得自己的行踪是神不知鬼不觉，谁知道已经传得沸沸扬扬了，天啊。

这是怎么一回事啊？原来邻村张岗来了一批培育西瓜良种的人，二群好奇前去探望，真是好奇害死猫，没想到这一去真的发生了一些事。

人就是奇怪的动物，茫茫人海中，有的人擦肩而过，一点感觉都没有；而有的人只瞥了那么一眼，那人就永驻心头。良种基地有一个叫孙健的小伙子，长得如电影《牧马人》中的许灵筠。他见到二群，如蜜蜂遇到了花朵，飞蛾遇到了灯光。

说真的，二群也挺喜欢他的，不是因为孙健长得帅，而是因为他有很多书籍，特别是外国名著。钱钟书的《围城》中说，借书，一借一还就有了两次接触的机会。二群频繁向孙健借书，二人因此有了多次接触的机会。通过接触，二群了解了孙健很多，比如知道他的家乡是 M 省 N 县，距离这里几千里路。比如还知道孙健为家里独苗，因为不满父母为他介绍的女朋友，这次是负气而来。

有曰：书非借不能读也。二群借书回来后，着了魔似的疯狂读了起来，她想尽快读完以能去见孙健。而孙健呢？他现在是一日不见二群，如隔三秋了。如果哪天二群没有去基地，心里就空落落的，于是在傍晚的时候，一个人悄悄溜到王洼庄来。就在这寒冷的冬天黄昏时分，晚霞中，一个英俊的小伙子在田野里徘徊着，翘望着。二群当然留意到，此时的她心中春意盎然，而这可是寒冬腊月天啊。

现在，二人有着聊不完的话题。文学、人生，甚至爱情，简直到了无话不说的地步。而在旁人看来，二人已经双双坠入了爱河，只是他们二人自己不知晓罢了。

一天晚上，吃过饭，宋老牛似自言自语，又似在问娘，说："最近怎么老是看到一个人在咱家门口探头探脑的，该不会是小偷吧？她娘，看紧点，不要让那人偷了咱家的东西。"娘听了警觉起来，说明天自己留意一下。

父亲的话语似清醒剂，让二群清醒了，也慌张起来，恨不得现在就跑过去告诉孙健，让他以后不要再来了。那一夜，可以想象二群彻夜未眠，躺在床上回味着父亲的话，似乎是专门说给她听的。偷东西？孙健那文质彬彬的样子像小偷吗？想想也是，孙健不偷东西，但是他偷的是人。第二天一大早，二群就跑到基地告诉了孙健。谁知道孙健一点也不在意，说害怕什么，接着反问二群害怕吗，二群说自己当然害怕，这个地方口水都能淹死人的。

"人家就是想见到你嘛。"

这话在外人听了会浑身起鸡皮疙瘩的，而在二群听来却是天底下最甜蜜的，但这甜言蜜语还没有让她昏了头，在她的一再劝导下，孙健答应以后不再去王洼庄，但要求二群要经常来基地。二群哪里还敢答应？

怎么办呢？二人绞尽脑汁想着。爱情让人傻，但有时候也让人聪明。最后二群想到了一个两全其美的主意——三、六、九张街逢集，他们就去那里见面。

因为临近春节，孙健回老家去了，二群的心也跟着他去了。为了寄托自己的相思，每天都写日记，也不停地给孙健写信。现在，二群读宋词有了更深一步的体会。什么"愿我如星君如月，夜夜流光相皎洁"，什么"深知身在情长在，怅望江头江水声"，什么"夜月一帘幽梦，春风十里柔情"，什么"一种相思，两处闲愁。此情无计可消除，才下眉梢，却上心头"，等等。回想起和孙健在一起的快乐时光，二群有时候会不自觉地笑出声来。

二群甜蜜地快乐地活在自己和孙健二人世界里，殊不知，她的恶名已经在王洼庄传开了。特别是王二狗父子、三瘸子之流，他们私下骂道：看看吧，宋老牛家的女人个个都是骚货。老大跟人跑了。老二这个不要脸的又和男人好上了……

这些话当然传到了李菊花耳朵里。丈夫、三个儿子、两个儿媳妇纷纷抱怨说怎么能和这样的人家结为亲家，简直是丢人现眼。李菊花说你们就是鼠目寸光，只顾眼下，不计长远，我可以保证大宝那个孩子将来一定会有出息的，三丫嫁给他一定会一辈子享福。话又说回来了，大群私奔那是被逼的，狗急还跳墙，兔子急了还咬人呢，无论如何总比嫁给黑蛋强吧。至于二群，现在私下谈恋爱又不是什么稀奇的事。再说了，那个叫孙健的小伙子很不错的，别说我王洼庄的小伙子比不上人家，就是方圆十几里都难找。三丫也在后面帮腔，说宋大伯家怎么就丢人现眼了，人家不偷也不抢，靠自己的本事吃饭。三哥还在叽叽咕咕，三丫抡起拳头砸了过去。三哥跳着喊疼，可是又不愿意反手。谁叫家里只有这么一个宝贝妹妹呢，他们都被她欺负惯了。

"以后谁还敢说宋大伯家的不是，看我怎么收拾你们。"三丫的手盒子枪似的指点着大家说。

嫂子开玩笑地说还没嫁过去就这么护着人家了，等到嫁过去，怎么得了。三丫机关枪似的回嘴说："我就是护着了，我就是护着了，怎么的？怎么的？"

大宝当然不知道这些，还是三丫告诉他的。随着定亲的日子越来越近，她已经完全把大宝当作自己一生寄托的人了，当然有责任有义务告诉自己的男人喽。

几天的时间一晃而过，今天是腊月二十六。老天爷好像在眷顾宋家似的，当日万里晴空，斗大的日头明晃晃地挂在天空。

按照李菊花的意思，这次宋、王两家定亲省去了其他的繁文缛节，两家人在一起吃顿饭便可。按照我们当地的习俗，男方家要备四色彩礼，还要请来七大姑八大姨，娘家舅等三亲高堂。李菊花丈夫有点不情愿了，抱怨说女儿这么大的事怎么能这样随便呢。李菊花白了丈夫一眼，说这个家是你做主还是我做主。丈夫吧嗒着嘴不再吭声。

"这事不宜太声张，没看到老牛家正在风口浪尖上吗？如果大事操办，我们家也许会卷进去。"李菊花望着离去的三丫，小声地说。

大家这才明白这样做的用意，而那边，三丫却认为母亲之所以这么做是为了给大宝家省钱呢。

宋老牛害怕老婆烧出的菜拿不出手，于是请来我们当地的名厨金大嘴。金大嘴一来，那些鸡鸭鱼肉就遭殃了，一一上刀山下油锅。

当日上午，宋家厨房里叮叮当当地响着，飘出的香气弥漫了半个村庄，别说小孩子，就是村里大大小小的狗都被吸引过来。千百天来，宋家迎来了喜庆的一天。

娘稀罕地换了一身新衣，坐在灶下烧着火，脸上的笑飘荡着，跳跃着，似燃烧的火焰。宋老牛呢？时不时地抬头看看日头，再去院门口张望一下。

"大宝，去挑一担水。"金大嘴大声吆喝着说。

大宝极其不情愿地挑着水桶向水井走来，刚出了村子就遇到王黑蛋。王黑蛋看见大宝，愣愣地翻着白眼，似乎在犹豫是否动手。这让大宝非常害怕，赶忙逃开了。

直到担水回到家，大宝还心有余悸，王黑蛋太异常了。以前，他只要一遇见不爽的人，首先开口叫骂，如果别人接招才动手。这次怎么了？改邪归正了？不可能吧，俗话说江山易改、本性难移的。

大宝猜测着黑蛋的怪异表现，这让他想起本地的至理名言：狂叫的狗不咬人，不叫的狗才最可怕。想到这儿，心里更加恐惧，一股不祥之兆笼罩在心头。本来不爽的情绪更加低落了，一个人躲在二姐的房间里不愿见人。

外面小孩子的吵闹声让他更加烦躁起来，拿起被子来盖住头，感觉手触碰到硬硬的东西，起身一看，原来是一个日记本，偷偷往外瞄了一眼，看样子二姐上街买菜还没回来，于是打开了日记本。

真是不看不知道，看了吓一跳。日记里详细地记录了二群和孙健相识、相知、相恋的过程。以时间为经，以情为纬，辅以景色烘托，人物心理描写和细节刻画得淋漓尽致。比如，孙健那一次碰了她的手，光这一点就写了满满两大页。

大宝饶有兴趣地看着，彻底忘了刚才的不快。外面传来父亲的声音："怎么到现在才回来？"知道二姐回来了，赶紧物归原处，然后佯装睡着了。

"二姐真的谈恋爱了。"大宝满脑子都是这个问题，平时看上去她很淡然，没想到感情一旦爆发如火山喷发。这让大宝有些害怕，因为火山喷发有时候会毁坏自己的。

"大宝，大宝，快出来。"外面，二群喊。大宝不知道什么事，于是走了出来。

"你的那个马上要来了，去迎接一下，嘻嘻。"二姐嬉皮笑脸地说。

大宝站在那里没有动，去迎接三丫？就她？哼哼。

"大宝。"父亲望着他，手指了指院门口。

父命不可违，大宝只好来到院门口。一会儿，只见李菊花、三丫等人在铁柱娘的带领下，浩浩荡荡向这里走来。大宝木讷地望着一群人，呆呆站在那里。

"哎呀，你们来啦。"娘小跑着迎了上去，打着招呼。

"大嫂，你们辛苦了。"李菊花大方地说，瞄了大宝一眼。原来，大宝还是平时的打扮，家里虽然给他买了一套新衣，可是死活不愿意穿，还威胁说如果要他穿，他立马就走。娘只好委曲求全。

"这孩子，怎么不说话啊?"娘提醒说。

大宝知道再不开口情理上就过不去了，脸憋得通红，半天，招呼道："你们来了。"

"哎，来了，来了。"李菊花喜笑颜开地答应道。

一行人进到家里，三丫欲去给大家倒水，被她娘一把摁坐在那里。

"大宝，还不倒水拿烟?"二群吩咐说。

大宝只得照办，心里恶狠狠地说："二姐，你就等着。"

"婶，您喝水。"大宝把水端到李菊花面前，双手敬上说。

"哎，哎。"李菊花答应着接了过去喝了一口，很是心满意足，恨不得大宝现在就喊她娘。三丫见了，脸上涌现出甜蜜的、羞涩的笑宛如此时外面暖阳那么灿烂。

轮到端水给三丫了——这是大宝最不愿意做的。大宝犹豫着，李菊花等人眼巴巴地瞅着。大宝只得伸手去端水，哪知道三丫抢先一步说："我自己来。"话到手到，茶杯已经在手了。

李菊花白了女儿一眼，心里叹着气，看来昨晚那些口舌白费了。

明天亲事就要成真了，临阵磨枪，李菊花肯定要交代女儿一番。她结合自己多年来的亲身体会，说两口子过生活，开头很重要，一定要拿住男人，千万不能软弱，你一软弱，他就强势。你现在摁住了男人的头，他一辈子的头都被你摁在下面。最后再三嘱托，明天

119

去宋家一定要拿出架子，千万不能低三下四。

三丫嗯嗯地答应着，看似已经深刻领会了其中的真谛，谁知道现在却忘了个一干二净。

"唉!"李菊花心里叹了口气，也许这就是命吧。

中午，宋老牛拼命地陪着喝酒，不多一会儿就醉醺醺了。也许是酒勾引了往事，也许是李菊花的那句"大哥，你这些年来不容易啊"戳到内心深处，宋老牛趴在桌子上大哭起来，怎么劝都不起作用。大家一时不知道怎么办，只是大眼瞪着小眼。好端端的喜事被搅得不成样子。

场面太难堪，大宝想溜走，可是又怕父亲再丢丑，他分明看到三丫的大嫂嘴角露出鄙夷的笑，于是硬着头皮陪着。再不好，那也是自己的父亲啊。

"大大，外面有人找。"二群进来说。大宝知道这是二姐用了调虎离山之计。宋老牛果然中计，站起，踉踉跄跄地走了出去。

来到院外，冷风让他清醒了不少，眼睛无目的地四处张望着。冬日，野外一览无余，一个黑点似乎在挪动，使劲摇了摇头，再凝神望去，那分明是一头牛，正在自家的麦田里吃麦苗。

庄稼人视庄稼为自己的命，宋老牛更是如此。谁家的牛?怎么能这样?赶忙向田野疾跑，可是没跑几步就站住了，因为认出了那是王二狗家的大牯牛。

宋老牛就这么站在那里张望着，犹豫着，心疼着自己家的庄稼，可是又怕招惹来事端，因为他知道王二狗正在找他的碴儿，说不定这是王二狗有意而为之。想到这儿，心里警觉起来，开始四处观察，果不其然，在不远的塘埂向阳处发现了一个人影，王黑蛋。

见到王黑蛋犹如见到了毒蛇，宋老牛心里打了一个激灵，酒清醒了大半，暗自庆幸自己没有过去，要不，一场风波在所难免。现在他可以断定，王黑蛋是故意放牛吃自家的麦苗。

宋老牛慢慢转身，慢慢往回走，步履是那么艰难、那么无奈。

现在，他的心里分明在流血，为那些麦苗。

回到家，李菊花等人已经走了。娘问他这么长时间到哪里去了。宋老牛回答说就是到处转了转，话是这么说，脑子里映出那条大牯牛正在使劲吃着麦苗的影像来。娘让他睡一会儿，可是宋老牛死活不愿意，借口晒太阳，搬来一个板凳坐在院门口，眼睛时不时向野外张望一下。到了半下午，只见王黑蛋拉着大牯牛晃晃悠悠地向村子走来。看着大牯牛鼓鼓的肚子，宋老牛估摸着几袋麦子就这样没了。

本来，王黑蛋回家是不必经过宋家门口的，可是今日他偏偏牵着牛向宋家走来。宋老牛心里犹豫着是躲开还是待在原地，最终，还是悄悄地溜进家里来，整得好像是他宋老牛放牛吃了他王黑蛋家麦苗似的。

夜晚，又起风了。天气预报说要下大雪。看来，今年春节出行要走泥泞之路了。

大宝的心里也泥泞着——他和三丫的亲事就这么定下来了。现在，他躺在床上，呆滞地望着屋顶胡思乱想着。半天，一骨碌爬了起来，拿起桌子上的红包，打开，一沓花花绿绿的钞票呈现在眼前，一数，正好是六百六十六元。

这是大宝第一次拥有这么多钱，暴富而激动，拿钱的手颤抖不已。

这些钱本来是娘给三丫的见面礼，寓意六六大顺。可是三丫坚决不要，说："我要这么多钱干什么？给大宝吧，他念书需要。"母亲李菊花赶忙用眼神来制止，可是已经来不及了，三丫已经把红包塞进了大宝的怀里。

娘见了说这不合礼数的，李菊花及其儿媳妇听了心里又燃起希望，哪知道三丫却说合礼数的，见面礼自己刚才已经收下了。

"好孩子，快过年了，拿去买几件衣服穿吧。"娘商量着说。

"婶，我有衣服穿的。"眼睛狡黠地看着母亲李菊花，"娘可心疼我了，会给我买的，娘，你说对不对啊？"

李菊花心里道："怪不得人家说嫁出去的女儿泼出去的水呢，一点不假，现在还没有嫁出去，就知道为婆家省钱了，还啃老娘的，这个死丫头，看我回去不好好收拾你。"嘴上却说："那当然，我自己的女儿我自己当然会心疼的。"殊不知旁边大儿媳妇的嘴巴快撇到耳根了。

外面狂风骤停，窗口玻璃处雪花飞蛾般扑来。大宝看着那些钱，二姐的话在耳边又现：三丫能让你一辈子过上舒服舒服服的日子。从目前来看，这是有很大可能的。话又说回来了，现在，木已成舟，生米已经煮成熟饭，就是不同意也不行了。什么叫爱情？两情相悦吗？自己和余艳艳之间有爱情吧？可是二姐的几句话就让它夭折了。再看看周围，村里的夫妻有几个是有爱情的？他们中很多结婚前甚至都没见上几面，结婚后不是照样过得很好？爱情算什么？那是文人墨客吃饱没事干胡诌出来的，是当不了饭吃的。记得在什么书中看过，说美是有阶级性的。林黛玉是美的，可是农民能娶她做老婆吗？就她那病恹恹的身子骨能干农活？所以，农家人喜欢那些胖胖的、大胸脯大屁股的姑娘做自己的儿媳妇，因为他们能够吃苦，能够下猪崽似的生孩子，三丫也算这其中之一吧。还有一点，那就是他宋大宝在她王三丫眼里永远是大老爷们，她愿意为他奉献出一切。宋大宝啊宋大宝，你就知足吧，王三丫这个姑娘其实已经很不错了，不能这山望着那山高，嘴里有肉的狗不满足，去咬水中自己的影子，其结果是什么样？

雪断断续续地下了两天两夜，地上已经积累了一尺多厚。第三天上午，大宝踏雪向三丫家走去——送节礼。

脚踩在雪上吱吱作响，大宝心里也吱吱作响。本来，他是极不情愿来的，可是禁不住娘的哀求、父亲的训斥、二姐的劝导。他们千言万语里只有一个意思：这是风俗，必须有此一行。

大宝忐忑地走着，心里盼望着不要遇见人，可是偏偏事与愿违，迎面走来王大头，想躲可已经来不及了。

"这不是宋蛋蛋吗？这是到哪里去呀？"王大头看着大宝手里拎着的烟酒，明知故问。也不怪，王洼庄就这么大，鸡毛蒜皮般的小事一夜间就会传遍。大宝和三丫定亲这样大的事当然家喻户晓了。对此，王洼庄的人反应不一。有人惊诧，有人愤愤不平。惊诧的人如王大头之流就不明白了，李菊花这样聪明的人怎么能把闺女嫁给宋老牛那样的人家？简直是脑子里进水了。愤愤不平的人如王二狗、三瘸子之流背后里骂了李菊花千万回。"他宋老牛在我王洼庄算什么玩意儿？就是我王家养的一头猪、一条狗。我王姓这样的名门大户怎么能把姑娘许配给他做儿媳妇？这不是为我王姓人脸上抹黑吗？"当然了，也有心思缜密的人如铁柱娘、算命瞎子黄大仙等人，他们私下里议论，用京剧《沙家浜》中的一句台词总结李菊花：这个女人不简单。

小时候，王大头跟随二蛋欺负过大宝，所以大宝对他没有好感，于是没好气地说："不到哪里去。"

"哈哈，是去老丈人家吧？"王大头指着李菊花家问。

大宝没有搭理，径直走开了。王大头刚想骂："狗×的宋蛋蛋，怎么不说话？"只是看到三丫的大哥站在门口向这里张望，才没有敢骂出口。

未来的女婿第一次正式上门来，准丈母娘李菊花分外重视，七大姑八大姨外加三堂高亲一一请来，所以，家里今天异常热闹，大家早就急不可耐，想一睹大宝的尊容。

大宝的到来掀起一股波澜，大家争着看带来的礼物。幸亏娘没有听大宝的话，本来按照大宝的意思，买两瓶酒一条烟便可。娘说第一次上门，不能太寒碜，那样也显得我宋家没有诚意，于是把那六百六十六块钱花光了不算，娘又添了几十块钱，借口说本来那六百六十六块钱也不是自己家的。

还别说，这些礼物还真的给李菊花争足了面子。李菊花满心欢喜，把礼物一一陈列在家堂上，供亲朋好友们鉴赏。大家看着礼物，心里计算着钱数，结果是一个很大的数字，不禁惊叹不已，脸面上却平静如水。

三丫今天分外高兴，春天小鸟般叽叽喳喳飞进飞出。大宝的到来更让她兴奋不已，可是看到那些礼物后，心里有些不高兴了，嫌太多，嫌太贵。

大家打量看着大宝，大宝被看得不好意思，坐在那里手足无措。三丫的大嫂过来打趣地说："你们看什么看？看新娘子呀。"大家一起哄笑，特别那些女人，声音大得如老母鸡下了蛋。大宝的脸上大红灯笼高高挂起。三丫看了心疼，过来拉起大宝来到她自己的屋子里。

三丫出去忙了，大宝打量起三丫的房间来。还别说，看三丫平时大大咧咧的，可是房间倒是很整洁。自己家哪有这样的房间？

三丫虽然很是忙碌，可是依然惦记着大宝。一会儿进来，询问是不是很无聊，说着把手里的一本书递了过来。大宝接了过来，原来是一本《恋爱、婚姻、家庭》杂志。有了书，大宝再也不感到无聊，坐在那里津津有味地看着，渐渐忘了这是在哪里了。恰逢准丈母娘李菊花来探视，见了心满意足地走了。

中午，喜宴足足摆了三桌。大宝当然和平辈的人坐一桌，而且大多数是女的，这让他心里暗暗叫苦，这些女人看起来都不好惹。

三丫的大表姐端着饮料来敬大宝酒，大宝浅尝辄止。大表姐不干了，说感情深一口闷，感情浅舔一舔。大宝铭记临行前娘的教诲——坚决不多喝酒。

"喝不喝？不喝，我倒进你脖子里了？"大表姐拿了亲戚和女人的双重身份威胁说。大宝害怕，只好喝了，这下好了，二表嫂开始效仿。

大宝更加胆怯，死活不愿意喝。

"表妹婿，这就要说一说理了，你怎么看得起大表姐，看不起你

124

这个二表嫂呀？你二表嫂不就是穷一点吗？"

这话听起来富有天理，而天理是难容的。大宝采取长痛不如短痛的策略，端起酒杯一饮而尽，辣得他皱眉吐舌头。二表嫂笑嘻嘻地坐下，和其他人用眼神交流着，意思是：下一个上啊。

接着，三表姐、四表嫂等等轮番上阵。大宝有点招架不住了，感觉肚子里汹涌澎湃着，一个大浪涌上来，直抵咽喉处，使劲封锁住。

"表姐夫，我敬你一杯。"一个小表妹说。

大宝慌了，伸开五指罩住酒杯，说："我不行了。"

"男人怎么能说自己不行呢？"二表嫂说着走过来，冷不防摸了大宝的脸一下。大宝只觉得脸上湿湿地一凉，接着全桌爆发大笑，就是邻桌的长辈们也都笑了起来。

大宝彻底蒙了，感觉刚才二表嫂肯定做了什么手脚，向着她的手望去，只见她手里握着一片红纸。这下明白过来了，她刚才给自己的脸上抹红了。手不自觉地揉着脸，谁知道越揉他们笑得越厉害。原来，刚才脸上只是花蕾似的一点红，经他这么一揉，现在花蕾绽开，红成了一片。

这还不算，大表姐等人一哄而上，在他脸上乱涂着。大宝两只手哪能抵抗住她们十几只手？等到她们回归座位上，再看大宝，真正成一个红人了。

"哈哈……"大家哄堂大笑，直笑得前仰后合。就是李菊花、三丫也捂着嘴笑。

"这是谁家的大闺女呀？"四表嫂孜孜望着大宝的脸问，又是一阵笑，二表嫂只笑得蹲在地上捂着肚子，连声说："不行了，不行了。"

大宝苦笑着坐在那里。就是这样她们还不放过他，刚才那个表妹念念不忘大宝没有喝她敬的酒，还要大宝喝了。好在邻桌传来笑声，大家望过去，只见铁柱娘、李菊花脸上红彤彤的一片。

"哈哈……"大家放肆大笑起来，特别是那些小孩子，咕嘟嘟，咕嘟嘟，水沸腾似的笑。大宝不敢笑，可是又憋不住，只好揉着脸以让脸部肌肉保持僵硬。

"三丫，你过来。"大表姐喊。

"干什么?"三丫戒备地问，做好了逃跑的准备。

"你来呀。"大表姐说着摊开双手以示手里没有异物。

三丫走了过，冷不防被大表姐一把抱住。三丫挣扎着反抗着。二表嫂、三表姐过来帮忙，大家一起把三丫拖到大宝旁边坐下。三丫象征性地再挣扎了几下，也就老老实实地坐在了大宝旁。

"看看，你们俩就是天配的一对、地造的一双。"大家七嘴八舌地说。

大宝的脸并没有更红，只是正襟危坐在那里，眼睛紧盯着桌面，好像那里有一幅意境无穷的画作。但是三丫的脸却已红到耳根，偷偷地瞥了心爱之人一眼，心里那个美啊。

"我们祝你们甜甜蜜蜜，幸幸福福。"大家一起举杯说。

三丫端起酒杯一口而尽，觉得喝下去的不是酒，而是蜜糖了。人生得意须尽欢，在三丫看来，她最得意之处是拥有了自己的最爱，至于其他的都无关紧要了。

三点多钟，亲戚们陆陆续续散去。三丫舍不得大宝走，要留他下来吃晚饭。李菊花说不是她不留，这样做是不合礼数的。说着把大包小包的回礼递给大宝。大嫂看了只翻白眼，恰巧儿子玩雪弄脏了衣服，奔过去一顿暴打。小家伙呼啸着哭了起来。李菊花心里当然明白，对着铁柱娘使了一个眼色。铁柱娘会意，领着大宝往回走，路过王黑蛋家，只听院子里呸的一声，接着传来："狗×的，你等着。"大宝天堂般的心一下跌落到地狱里，只后悔没有绕道而行。

"大宝，不要放在心上，现在你有了李菊花家这个亲戚，王洼庄谁也不敢把你怎么样的。"铁柱娘安慰道。

大宝听了气势不由得涨了起来，心里骂道："狗×的王黑蛋，老子等着你。"

春节期间，大宝就是看书。三丫当然经常过来，也比以前更加勤快了。现在真正把宋家当成她自己的家了。娘、宋老牛看在眼里喜在心里。除此之外，还有一件喜事藏在宋家人的心里，那就是大群给家里来信了，说在外面一切都好，并且给家里邮寄了三百块钱。

这个春节过得真是有滋有味，但是，有一块石头老是堵在宋老牛的心口处。年初四下午，装着闲逛来到自家的麦田，只见好端端的麦地里满是牛蹄印，麦苗东倒西歪着向宋老牛诉说着自己的不幸。宋老牛虽然心疼得不得了，可是假装什么都没发生，只是向王黑蛋家那里望了一眼，然后一声不响地走开了。来到自己的油菜田，一看，不由得惊呆了。本来郁郁葱葱的油菜苗突然间蔫了，并且足足有一亩多。

宋老牛赶忙奔过去查看，只见那些油菜苗根部被齐刷刷地铲断，一看便知是铁锹所为。田地里散落着一排大脚印，宋老牛仔细地打量着，再向王黑蛋家处望了一眼，丢下手里的油菜苗，再一声不响地往回走。傍晚，天地一片苍黄，那个佝偻的身影步履艰难地走着，走着。

回到家，娘正在四处乱转。宋老牛见了不由来气，问她在干什么。娘回答说正在寻找家里的那只芦花母鸡，中午还看见呢，怎么现在就不见了。

"找什么找？黄鼠狼吃了。"宋老牛吼道，话是这么说，眼睛还是不自觉地向王黑蛋家方向望了一下，接着吩咐道，"去做两个菜，晚上我要喝酒。"

娘忐忑地看了丈夫一眼，不知道怎么了。和丈夫一起生活了几十年，他什么时候主动要酒喝过。

天已经完全黑了下来，可是那只芦花大母鸡还是没有回来，看样子真的被黄鼠狼吃了。娘还在念念叨叨着，被丈夫训斥住了口。

宋老牛大口地喝着酒，突然问大宝什么时候开学。大宝回答说

127

要到正月十六。

"怎么这么迟？"宋老牛不通情理地嘀咕道，端起酒杯举在空中，半天，说道，"开学前的这段时间，你哪里都不要去，在家给我老老实实地待着。"

大宝就不明白了，父亲今天这是怎么了，怎么这么怪异。自己平时也没有到哪里去，只是在家看书罢了。那父亲为什么还要如此交代？接下来，他就更加莫名其妙了，只听父亲问："大宝，三丫的舅舅在公安局到底是干什么的？管用吗？"

"听说是治安科的一个副科长，当然管用，想办谁就办谁。"大宝回答。

"那就好，那就好。"父亲一连声地说，吱的一声喝了一口酒，"以后，你要好好待人家三丫，人家对你不薄，我知道你心气高，有点看不上人家，可我们是忠厚人家，千万不能做对不起别人的事啊。"

"那是，那是。"娘附和着说，"三丫这丫头确实不错，勤快，没有心机，待人真诚。"

"我知道。"大宝回答道，这也是他第一次这么说，也等于他已经完全接受了三丫。时光磨平了多少人的锐气啊。

第 五 章

"花开花又落，时节暗中迁。"春天，宛如迎面而来的美丽的姑娘，本期望她走慢点以能多看几眼，可是她却步履匆匆地擦肩而过，留下几多惆怅。而夏天呢，女汉子似的杀气腾腾而至。

早上，李菊花趁着凉快来到野外查看庄稼。田地里，水稻秧苗郁郁葱葱，苍翠欲滴。阵风吹来，掀起绿波。一波一波，波波不息。

望着绿波，李菊花心里乐开了花。俗话说春播种，夏浇灌，期望秋天能有好收获。从现在的秧苗长势来看，今年丰收基本已成定局。此时，她有一股高声大唱的冲动。

几亩地的丰收就能让李菊花这么高兴吗？这太小看她了。王洼庄的男人们经常说不过老婆就骂老婆头发长见识短，可哪个男人比她李菊花有见识？

李菊花之所以这么高兴那是心中有个秘密。这个秘密其实大家都知道——她未来的女婿是宋大宝。可是人们只知其一不知其二，这个其二就是大宝现在的学习成绩稳居全乡第一。连老师、校长都打包票了——宋大宝今年肯定能考上中专。

"春播种，夏浇灌，秋收获。"李菊花看着秧苗嘴里叨咕着，不无得意。她分明看到了宋大宝拿到了中专录取通知书，又看到三丫和他拜堂成亲。而这一切都是她的杰作。想到这儿，李菊花对自个儿都要佩服得五体投地了。

听三丫说，预考今天下午就结束了。

自己的好女婿就要回来啦。

对此，李菊花早就打算好了，把端午节没有舍得吃的那只老公鸡杀了，再杀一只老母鸡，给未来的女婿好好补补身子。

李菊花心事满满地往回走，以至于迎面而来了王黑蛋都没注意到。

虽然是迎面相遇，可是二人都没有说话。这种现象自从三丫和大宝定亲后就出现了。这还不算，两家从那时起还断绝了来往。

王黑蛋高昂着头，目空一切地从李菊花身旁走过。咦，好像刚才那个娘们嘴角挂着冷笑，不禁回头瞄了一眼，报复性地咳嗽了一声，再示威性地把脚步走得咚咚响。

"哼，耀武扬威地做给谁看啊？人家怕你，老娘不怕你。"李菊花心里道。

估摸着黑蛋已经走远了，李菊花这才回头看了一眼，只见远处一个黑点正在挖土，看样子在给稻田放水。咦，那不是他自己家的田地呀，那分明是宋老牛家的。噢，明白了，他又在祸害宋家了，昨天，宋老牛才给那块水稻田追施的肥料。

宋家最近总是遭遇到一些不明不白的祸害，比如田地里本已熟了的麦子被人一把火点燃了，已经挂果的西瓜秧苗被人连根拔起，这还不算，端午节晚上，宋家的大门上居然被泼了粪便。对此，王洼庄的人心里明镜似的知道是谁干的，虽然觉得太过分了，可是大家都秉持着事不关己高高挂起的态度。

李菊花虽然不像大家那样的心理，可也无能为力。因为宋家毕竟是亲家，还是未来的。自己家出手名不正、言不顺。李菊花已经想好了，等待三丫和大宝结婚后，那时候三丫就是宋家的人，如果王黑蛋胆敢对三丫怎么样，自己家肯定会出手。就凭自己的三个儿子，就凭三丫的舅舅在公安局治安科。

现在唯一能做的就是暗地里帮助宋家。"黑煞星。"李菊花心里骂着，加快了脚步，她要及早回家告诉三丫，以让她通知宋家赶快去把那个缺口堵上。

宋老牛得到三丫的通知后，并没有立即去水稻田堵缺口，而是站在家门口张望着，他想确定王黑蛋是否还在那里，当看到野外空无一人时，于是扛着铁锹向水稻田走来。

这一段时间，宋老牛整天提心吊胆着，一系列龌龊之事发生了，可是又抓不住现形，就是抓住了又能怎么样？打，打不过人家；说理，人家的舅舅是村里书记。"现在唯一做的只有忍、忍、忍，韩信还受胯下之辱呢。"宋老牛这样安慰自己。

从田野回来，看见二女儿宋二群正要出门，于是上前呵斥道："又要出门啊，我看你是被鬼迷住了，今天老老实实在家给我待着，哪里都不许去。"

"我偏不。"二群说着一扭头，随即扬长而去。气得宋老牛抓起桌子上的一个碗狠狠摔在地上，对着女儿离去的背影吼道："你就死在外面不要再回来了。"

"他大，你怎么这样诅咒孩子啊？"娘在旁边说。

"二群的事你这个当娘的难道不知道？"

"我当然知道了，那个男孩子我也见过，挺不错的。"

"可现在外面的传闻五花八门。"

原来，王洼庄的人经常问宋老牛，说你家二群经常出门是去干什么呀。宋老牛明明知道他们是不怀好意，可又没有办法，只好愚钝地回答说不知道。那人指着地上的老母鸡说，这只鸡刚才打鸣了。旁边的人问你看见了。那人回答说当然看见了。宋老牛当然明白他们的意思，气冲冲地回到家，嘱咐二群以后不要再往外跑了，可是二群根本不听他的。

"唉，她娘啊，你生的这两个孽障，没有一个让我省心的，我们家不能再出乱子了。"

"那两个不是省油的灯，可我们不是还有大宝吗？"

提到儿子，宋老牛的眉头舒张开来，问道："大宝今个儿下午就回来了，多准备几个菜。"

傍晚，西天的云彩有的堆叠成山峦，有的铺张成河流，旁边有千姿百态的飞象、飞虎、飞狮、飞羊、飞鹿。

娘站在村口的水塘边，一边洗菜，一边注意着路口。远处，一个人影向这里走来，娘欣喜地站起，可是又泄气地蹲下。来人不是大宝。

西天的橘红慢慢变成深红，可是依然不见儿子的身影，这不禁让娘有些焦虑。她站起，手搭凉棚向远方张望着，晚霞涂抹在她那瘦弱的身躯上，阵风吹乱了一头白发。

与此同时，在村子的另一头，也有一个人在望眼欲穿地望着路口，这个人当然是三丫。现在，她穿着全新的衣服，迎接着自己的心上人。

"怎么还没回来啊?"三丫心急火燎地想，今天的感觉真是奇怪，真想他立刻出现在眼前，这样好陪着他。

西天的绯红慢慢变成紫色，再一点一点地消失。三丫看着西天那最后一抹的红，执拗地站在那里。

远处，一个黑点向村里走来。

"回来了。"三丫心里颤抖着。

来人正是宋大宝，他径直向娘扑了过去，拎起菜篮子向家里走去。三丫见了，心里有些失落，可是只是一瞬间。怎么能生他的气呢?再说了，他刚才并不一定看到她了。这样地想着，立刻向宋家走来。

大宝现在是太阳，而家人就是行星——大家都围着他转。大宝刚才虽然厌恶村里的恶臭气息，可是一旦进到自家院子，那种气息就不存在了，取而代之的是温馨的家的味道。

大宝第一件事就是把预考成绩单拿出来，二群接过去看了看，脸上现出满意的笑。娘、大大见了，猜测考得肯定不差，但还是不放心，要二群把成绩念出来。

"语文九十二，数学九十九……"二群念着，娘、大大全神贯注地听着，深怕漏了一个字。特别是宋老牛，牙紧咬着烟袋，忘记了吸。三丫害怕打扰了大家，悄悄进来，悄悄坐下。

　　二群不再念了，宋老牛问："念完了？"

　　"念完了。"

　　宋老牛哦的一声，把头对着大宝，问："第几名？"

　　"第一，听老师们说，这个成绩在区里、县里恐怕都是第一。"大宝轻描淡写地说，"这次，政治没有考好，有一道问答题答错了，真不应该。"大宝说着拍了一下头。

　　"已经很不错了，已经很不错了。"宋老牛吧唧着嘴说。娘也安慰说哪有十全十美的。三丫站了起来，一把抢过来成绩单看着。看着那一系列的大数字，不知怎么了，一股悲怆之情涌上心头，想哭，强忍住。

　　晚饭是丰富的。大家纷纷把菜往大宝碗里送。大宝碗里堆满了鸡鸭鱼肉。娘看着儿子凌乱的长发、苍白的小脸，问怎么又瘦了，平时是不是吃不饱。大宝回答说自己一顿要吃一斤饭票。

　　"念书是很伤身劳神的。"二群说。宋老牛嗯嗯地点头表示赞同，暂时忘了和女儿的不快。

　　"吃，吃。"娘不断地催促着，又夹了一个鸡大腿给儿子。大宝实在吃不下了，看了看鸡腿，又看了看身旁边的三丫，奇怪她今晚怎么一句话也不说，这不是她的风格啊，于是夹起鸡腿，一声不响地放在了她的碗里。瞬间，三丫的眼眶里汪满了眼泪。害怕别人看见，冲到外面黑暗里抹着眼泪。

　　娘大惊，追到外面问怎么了。三丫回答说没什么。

　　"三丫，你放心，我家大宝无论考上什么学校都不会不要你的，我的儿子绝对不会做陈世美。"

　　"知道，知道。"三丫一连声地说，不知怎么了，眼泪又来了。

　　第二天早晨，三丫一出门就感到一阵眩晕。日头太刺眼了，整个世界白花花凄惨惨的。头重脚轻地向宋家走，被娘叫住，指了指手中的鞋子。那双新鞋子是她昨晚连夜为大宝赶出来的，此行就是为了给他送新鞋子，可偏偏忘记拿了。怪不得娘唠叨说丢了魂似的呢。

到了宋家，大宝不在，问娘，说好像在二道湾西瓜地，于是放下鞋子就往二道湾赶。

此时，往二道湾赶的还有一人——王黑蛋。早晨，蹲在家门口乘凉，看到宋家那个独苗——宋大宝拿着书在田野里转悠着，心中不由得火冒三丈。宋大群的出走也许那个小子也有份。想到这儿，扛起铁锹向二道湾走来。

来到二道湾，瞥了一眼宋大宝，又瞥了一眼西瓜地，抡起铁锹向一个大西瓜拍去。啪一声，西瓜被拍得稀巴烂，再抡起铁锹向另一个西瓜拍去。

大宝明知这是黑蛋在故意找碴，是可忍孰不可忍，要不，枉为一个男人了。于是喝问道："你祸害我家西瓜干什么？"

"老子就祸害了，怎么的？"黑蛋手里的铁锹上下飞舞着，所到之处，鲜红的西瓜碎片飞溅着，似老天在下着血雨。

大宝眼前一片血红，身体里的血液也翻滚着，奔了过来抢夺黑蛋手里的铁锹。

"娘的×。"黑蛋大骂，一把将大宝推倒在地，再抡起铁锹，啪啪啪。

大宝爬将起来，不顾一切向黑蛋扑去，死死抱住他的腰。

"松开。"黑蛋喝令，可是大宝就是不放手，头死死顶住黑蛋的胸脯。

黑蛋抡起斗大的拳头向大宝太阳穴砸来，啪一声，大宝满世界都是星星。黑蛋趁机抓住大宝的双手，使足了劲向旁边摔去。咚一声，大宝被摔了个狗吃屎，躺在地上挣扎着。黑蛋趁势扑了过来，骑上大宝，一边大骂，一边抡起拳头。

"你干什么？你干什么？"三丫呼啸着赶到，奋力推开黑蛋的身子。

大宝这才脱身，立即爬了起来，满脸都是鲜血。不顾身上疼痛，环顾四周，然后朝瓜棚跑去。

"你凭什么打我家大宝？你凭什么打我家大宝？"三丫大喊着。

"你少管，要不，连你都打。"

"你打，你打。"三丫说着把身体往黑蛋眼前送。

"不要逼我。"黑蛋吼道。

"老子和你拼了。"大宝手持铁叉飞奔赶到，猛地向黑蛋刺去。黑蛋没有防备，肩膀被刺中，鲜血顺着胳膊流着。

"你敢刺我？"黑蛋号叫着，一个窝心脚踢倒大宝，再上前一把夺过铁叉，"我看你是找死。"黑蛋举起铁叉。

"大宝！"三丫大叫着一头扑在大宝身上。

噗一声，铁叉深深插进三丫的胸脯。

一切都归于寂静了，三丫不再喊，大宝不再叫，黑蛋不再骂，他只是呆呆地看着竖着的铁叉木把，长长的木把晃晃悠悠着，似长在三丫身上一般。

"三丫。"大宝喊着来推三丫的身体，可是三丫毫无反应。

"三丫，放开我！和他拼了！"大宝再喊，可是依然没有回音。

大宝奋力坐起，居然连三丫也被带起，只见她翻着白眼，嘴里流着血。

"三丫，你怎么了？"大宝歇斯底里地喊，挣扎着要站起来，哪里能站起？三丫的双手死死抱着他。

看着三丫胸脯处插着的铁叉，大宝明白了。

"三丫，三丫，你醒醒啊，你醒醒啊，呜呜……"大宝擦着三丫嘴角的血液喊着，哭着。

黑蛋似乎也明白过来，恶毒地瞪了大宝一眼，准备来个一不做二不休，连大宝也一并解决了，反正杀一个是杀，杀两个也是杀，

135

横竖都是一个死罪，眼睛瞟过旁边的铁锹，拿起。

"王黑蛋，你想干什么？"远处有人喊。黑蛋望过去，只见三丫的两个哥哥手里拎着家伙奔来，后面跟着李菊花、宋老牛、二群等。吓得黑蛋赶忙丢下铁锹仓皇逃走了。

三丫再也没有醒来，李菊花哭得死去活来。一边哭，一边狠狠抽打自己的嘴巴，说不该给她说这门亲事。但看到大宝跪在三丫棺材前一天一夜，也就不再这么说了。

三丫出殡的那天，大宝披麻戴孝走在前面。他知道没有三丫就没有现在的自己。三丫用性命保护了他。那时的她奋不顾身扑在自己身上，双手紧紧抱住他，以至于后来费了很大的麻烦才掰开她的手指。

大宝知道三丫太爱他了，愿意为他做一切，包括牺牲生命。这也许就是书本上说的爱的奉献吧。从此，大宝再也不觉得她长得丑了，反而觉得她很漂亮，比余艳艳漂亮，比项老师漂亮，比天底下任何一个女人都漂亮。

大宝浑浑噩噩地参加了中考，回来后，一直躲在家里不肯见人。大家猜测他今年的中考又泡汤了，就连他自己都这么认为，以至于连成绩都懒得去打听。

梅雨期即将过去，天气变得炎热起来。上午，大宝百无聊赖地看着电视，突然，父亲兴冲冲地跑回来，一个劲地喊："抓住了！抓住了！"

"什么抓住了？"娘问。

"王黑蛋那个畜生。"

"真的？"

"那还有假？刚才听李菊花说那个畜生逃到了南方，是三丫的舅舅亲自去把他抓回来的。"

"老天有眼啊！"娘仰望着天空，扑通一声跪下，一边咚咚地磕头，一边呜呜大哭起来。

"枪毙那个畜生。"大宝喊。

"杀人偿命，古来如此。"宋老牛说，"这次他插翅难飞。"

娘听了身子一软，一屁股坐在地上。这些天来，她担惊受怕着，害怕王黑蛋回来报复，她自己倒是无所谓，毕竟这么大岁数了，唯一担心的是自己的儿子，几次做梦，都梦到儿子浑身是血躺在地上。这更加重了她的恐惧，这种恐惧时时刻刻折磨着她，也让她寸步不离自己的儿子，这些天来，整个人就如上足了劲的弹簧，现在这个弹簧松开，人也就垮了。大宝慌忙跑过来扶娘，一边喊："娘，娘。"

"宋大宝在家吗？"外面有人喊。

大宝正要出门看，被宋老牛一把挡在身后，听了听外面的动静，然后走了出去，一会儿领回一个人。

"杨老师。"大宝喊。

"宋大宝，你怎么不去拿成绩单？"

"我，我，我考得不好。"

"谁说的？你考得很好，告诉你，上了中专分数线了。"杨老师说着从口袋里掏出一张纸来。

娘、宋老牛简直不相信自己的耳朵，眼睛巴巴地望着杨老师手里的那张纸。

"老师，你刚才说什么？能不能再说一遍？"宋老牛央求道。

"我说你家儿子考上中专了。"杨老师大声地说。

"是真的吗？是真的吗？"

"当然是真的，白纸黑字呢。"杨老师说着扬着手里的纸。

"呵呵，呵呵。"宋老牛干笑着，由于太兴奋，脸涨得通红，额头的青筋蠕动着。娘呢，手足无措地站在那里。这可是天大的好消息啊。宋家多少年的梦想，不想今日实现了。

大宝虽然没有像范进中举那样发疯，但激动得都能听到自己的心跳声，颤巍巍地伸出手来，颤巍巍地拿着那张纸，看着看着，心也膨胀开来，膨胀开来。这不是做梦吧？揉了一下眼睛，再看那张纸上的成绩，千真万确。

此时，大宝真正领会到范进中举的狂喜，他感到一口气顶在喉咙处，真想冲出大门大喊："我考取中专了！我考取中专了！"

"宋大宝，给我倒杯水，今天真热。"杨老师说。

宋家人这才回到了现实。大宝娘、宋老牛忙抢着去倒水。大宝深呼吸了一下，这才平静了许多。

杨老师要走，宋老牛哪里肯让他走，死拖活拽着把他挽留了下来。

今日可以说是双喜临门。中午，宋老牛拼命陪着杨老师喝酒。一会儿，二群从外面回来，她肯定又去基地了。可这一次宋老牛没有和她计较，他实在是太高兴了。

宋老牛的儿子考上中专了，这个消息子不胫而走。人们对此反应不一。李菊花心里千滋百味着。而王二狗、三瘸子等人心里泛着葡萄酸。他们就不明白了，当初黑蛋为什么不连他一起杀了，反正横竖都是一个死，杀两个还能赚一个呢。

拿到录取通知书的那天，大宝去了三丫的坟墓，他要三丫看看他的录取通知书。记得她曾经说过，拿到通知书她第一个要看。可当时大宝并没有答应，心里反而嘀咕说"凭什么第一要给你看"。

才过了一个多月，三丫的坟墓上已经杂草丛生了。

"三丫，我来看你了。"大宝哽咽着说，然后恭恭敬敬地把通知书放在坟墓上。红红的通知书在阳光的照射下分外耀眼，不知道坟墓里的三丫看到后有什么感想，反正大宝现在唯一的感想是愧疚，愧疚自己从来没有对三丫好过，哪怕一次也好。

"三丫，我知道你对我好，是我不识好歹，我该死，我该死。"大宝说着咚咚咚磕了三个响头。磕完头，顺势坐了下来，望着燃烧的纸钱，默默地说，"三丫，告诉你一个好消息，你我的仇人马上就要下地狱了，你就在天上好好待着，我永远都不会忘了你的，逢年过节一定来看你。三丫，你以前总是说为人要忠厚，可忠厚能行得通吗？娘、大大一辈子都忠厚，但结果是尽被王二狗那些人欺负，这就是现实，太残酷了。我宋大宝已经看透了，告诉你三丫，我不要做个忠厚的人，今天我宋大宝就在你面前发誓，我一定要活出个人样来，无论采取什么方法，不达目的誓不罢休。到那时给你长脸，让那些瞧不起我的人看看，我宋大宝不是狗熊。"

从三丫坟墓处回来，宋老牛带着大宝来到李菊花的家。本来，李菊花对大宝是有怨气的，因为他没有在第一时间上门告诉考上中专的事。现在见到宋家父子来了，气也消了一大半。几人默默坐了半天，李菊花问宋家怎么庆祝大宝考上中专这件事。

"本来是打算庆祝一下的，可是，可是……"宋老牛望着李菊花欲言又止。

"我知道，我知道，如果三丫还活着，她不知道会有多高兴呢。"李菊花抹着眼泪说，"唉，那丫头没有这个命。"

"他婶，如果没有三丫就没有我家大宝，从今个起，我家大宝也就是你的儿子，无论他将来如何飞黄腾达都不会忘记您的。"

"婶。"大宝叫了一声。

这一声叫，只把李菊花的眼泪叫得哗啦啦地流。

夜晚沉淀了白天的喧嚣，四周一片寂静，偶尔传来阵风吹着树叶的哗哗声。大宝躺在床上，心也如那些树叶哗啦啦响。他知道自己从此走进了一片新天地。

未来是什么？目前还不知道，但至少是吃上了商品粮，端上了铁饭碗，比王洼庄绝大多数人都要高上一等。单单这一条就足够了。哼，狗×的王二狗，狗×的王黑蛋。

"大宝，这下你遂意了。"里屋传来二姐的声音。

"二姐，难道我考上中专你不高兴吗？"

"高兴，当然高兴，一人得道鸡犬升天，我们以后恐怕都要沾你的光了。可我说的不是这个，我说的是三丫，你可是对她一直都不满意的，现在，她再也不会纠缠你了。"

大宝无语。

"人的欲望是随着地位的变化而变化的，如果三丫现在还活着，还不知道你如何讨厌她、嫌弃她呢，哼。"

"二姐，我没有。"

"这个我知道，但这只是因为三丫舍身救了你的命，你只是在感恩罢了，而不是爱情。说到爱情，只有三丫对你有，而你大宝对她一丁点也没有。"

大宝感到自己被剥得赤条条的，他就不明白了，二姐今天是怎么了，说话怎么阴阳怪气的，胳膊肘怎么能往外拐呢。

"哼，你们这些臭男人啊，没有一个好东西。"

大宝已经嗅到了什么，女人之所以这么议论男人，只有一条，那就是吃了男人的亏了，于是问："二姐，怎么了？孙健他……"

"不要再提到他，我和他一点关系都没有。"二群吼道。

"你们，你们到底怎么了？孙健他对你不好吗？"

二群咚咚跑到大宝的床前，手指点着厉声说："我让你不要再提他，听到没有？"说完又咚咚地跑了回去。

大宝吓得不敢再问，他是深知二姐的脾气的，她就是一座活火山，而火山爆发是不得了的。

咦，二姐和孙健到底怎么了？散伙了，还是闹别扭了？嗯，明天去打听打听。

第二天早晨，大宝本想去西瓜良种基地打听，可是父母却吩咐他去上街买菜买酒，今天中午家里要摆庆功宴。

考虑到李菊花家的感受，所以中午也就摆了一桌，请的都是王洼庄的名流——几个生产队队长，还有李菊花夫妇。

酒桌上，大家都很高兴，忘情地大吃大喝着，但只有一人一直寒着脸，这人就是宋二群，精神萎靡似霜打的茄子。父母吩咐她干事，她只是懒洋洋地应付着，最后，干脆躲到自己屋子里不出来了。

父母不好当着大家的面训斥女儿，现在他们本着秋后算账的心

140

理，装着没看见，还有一点，儿子的事永远最大，其他的都是小事。大宝当然也看在眼里，估摸着二姐肯定出大事了，到底什么事呢？

可能是人逢喜事精神爽，几杯酒下肚，宋老牛忘了分寸，老公鸭似的嘎嘎叫着劝大家酒，这还不算，还居然和二队队长王家福划起拳来，声音震天响。李菊花看了只翻白眼。哼，没有我李菊花家，你宋老牛家能有今天。想到这里，思想赶忙移开，她太怕想起三丫了。

正是怕什么来什么，只听王家旺嚷道："哎呀，宋老牛，你家大宝真够露脸的，我王洼庄这么大，什么时候出过这样的人才？这下好了，这下好了，你家大宝为我们王洼庄争光了，来，我敬你一杯。"

"呵呵，呵呵。"宋老牛傻笑着，端起酒杯吱一声一口而尽。

"以后，你宋老牛就要享福喽，等大宝工作了娶个漂亮的老婆，再生个大胖孙子……"

李菊花坐在那里听着，不禁难过起来，眼泪簌簌落下。娘慌了起来，赶忙丢下手里的活来劝慰，可是越是劝慰，李菊花越是伤心。

"三丫，我的三丫，你的命好苦啊，呜呜呜呜。"李菊花伤心欲绝地哭了起来。

李菊花的丈夫脸色煞白地坐在那里，手不停地颤抖着，突然嗖地站起，大喝一声："×奶奶的，我让你们吃，我让你们喝。"轰一声，掀翻了桌子。顿时，宋家地上躺满了鸡鸭鱼肉。

大家都傻眼了，呆坐了一会儿，一一灰溜溜走了，今天的庆功宴也就不欢而散。

对于宋老牛没有请自己，王三瘸子等人感到愤愤不平，因为他们认为自己也是王洼庄有头有脸的人物。没有吃到宋家的酒肉，心里现在还酸酸的呢，这下好了，听闻了此事，纷纷鼓掌以示庆贺。

对于李菊花夫妇这么大闹，宋家人并没有太生气，反而觉得理所当然，谁让自己家的喜悦是建立在人家的痛苦之上的呢，为此，

141

娘拉着大宝到李菊花家赔了半天的不是。

今天的不快对于宋家人来说就如露水，见日头就没了。以后里，大宝不断翻着日历，数着九月一号还有几天。

盼望着，盼望着，终于盼到了师范开学的这一天。天没亮，宋老牛父子就动身了，他们要到县城商店去置办些东西。几夜没睡好，大宝显得有些憔悴，但内心的激动就如打开盖子的汽水瓶。来到县城供销社商店，一个中年男售货员爱理不理地接待了爷俩，他站在柜台里脸冷得像冰块，着实给大宝降了不少温。

师范的生活是丰富多彩的，大宝全身心地投入进去，慢慢学起做城里人了——打篮球，踢足球，到电影院看电影……还有一样让大宝很是满足，那就是学校每个月发给一定的生活补助，这样，吃喝基本不要家里的钱了，这在大宝看来，天堂的生活也只不过如此。

生活是如此美好，但是，也有不尽如人意的地方，比如，大宝的同桌叫薛大一，父亲是乡里的副书记，可以算作官宦子弟，现代人叫官二代。薛大一花钱从不计较，大宝也因此沾光不少，但沾光之余，心里不禁感慨：真是人比人得死，货比货得扔。

中秋节到了，正好赶到周日。本来大宝是不准备回家的，因为现在他实在看不上自己的那个破家。可是看到薛大一他们都回家了，自己一个人留在学校里也没有什么意思，于是周六下午回到了王洼庄。

刚进村，大宝又闻到了那个令人厌恶的味道——腐烂的稻草混合着尿粪的气味。

王三瘸子正在场上堆稻草，大宝厌恶他比厌恶村里的气味更甚，想低头而过，不料王三瘸子开口说道："这不是宋老牛家的蛋蛋吗？见到你三爷我怎么不说话？狗×的，考上学校就觉得了不起了？"

大宝只好解释说没看见，然后快速地离开，只听后面传来："狗×的，下次眼睛擦亮些。"

"下次老子还这样。"大宝心里骂着，向家里走来，可一进家门就感到不对劲。家里实在太冷清了。

娘见到儿子，呵呵笑了几声，然后一头钻进厨房里忙活开来，对于千千万万的母亲来说，最能体现出对子女爱抚的莫过于给他们做一顿好吃的。

厨房的香气载婀载娜飘来，只把大宝勾引到厨房，拿起一个鸡大腿一边啃着，一边随口问："娘，二姐呢？"

娘没有回答，只是坐在灶下默默地烧着火，看到娘一脸的愁容，大宝知道家里肯定又发生什么事了。什么事呢？大宝心里七上八下着。难道是二姐？也不知道她和孙健现在进展到什么程度了，于是再次问："娘，怎么没看到二姐，她人呢？"

"唉……"娘长长地叹了一口气，"大宝，怎么得了啊？"

大宝吓得忘记了吃，赶忙问："怎么了？"

"你二姐她……你二姐她……唉，丢人啊。"

"到底发生什么事了？"

娘低着头沉思，看来还在犹豫。

"快说。"大宝吼道。

娘抬起头，向外瞟了瞟，又凝重地看了看儿子，半天，压低声音说道："大宝，你是我们宋家唯一的儿子，也老大不小了，应该分担一些责任了，我和你大大实在受不了，你二姐她……你二姐她……她怀孕了。"

大宝脑子里嗡的一声，似有千万只蜜蜂一齐飞出，瞪大眼睛问："啊，二姐怀孕了？"

"小祖宗啊，你小声点。"娘吩咐说，眼睛急切地向门外瞧去，做了贼一般。

"是孙健吗？"

"可能是吧。"

"他们可以结婚呀。"

"结婚倒是好了，可孙健不见人影了。"

"啊，他、他人呢？"

"谁知道呢？问你二姐，她就是不开口，哑巴一般。大宝，你还不知道，你二姐现在她都变成什么样了，这样下去，肯定要出大事的。"娘说着，掀起围裙擦着眼睛。

大宝默默地走出厨房，默默来到院外，现在唯一做的只有等二姐回来问清楚再说，可是一直等到太阳落山也不见二姐的人影。

秋收后的田野里，枯黄而空旷，西边天空云朵堆叠，千姿百态。瞬间，又变幻万千。大宝呆呆地望着那些变幻莫测的云朵，心想自己家可不就是这样——一阵风云接着一阵风云，没有停歇的时候。父母年龄都大了，是经不起这样折磨的。看看娘，以前头发还是花白的，可现在已经是纯白了。再看看同学的父母，上次薛大一的父母来学校看望他，瞧他们多么年轻，多么有气势。想到这儿，大宝的情绪低落到极点，有一种江山日暮的悲凉。

父亲宋老牛从田地里回来，大宝见了大吃一惊，才两个月不见，父亲的腰更加弯曲了，几乎成了一张弓。

宋老牛见到儿子，呵呵一笑，说道："回来了。"

在大宝的印象中这是父亲第一次和自己这样打招呼，看来，他已经把儿子当大人看待了。大宝鼻子一呛，几欲落泪。

吃晚饭了，可是父母并没有等二群，好像这个家压根儿没有她这个人一般。大宝知道这是父母在生二姐的气。

大宝一边陪着父亲喝酒，眼睛不时瞧着门外。父子二人半斤酒下肚了，可是依然不见二姐的人影，终于忍耐不住，自言自语地念叨说："二姐怎么还不回来啊？"

"别管她，就当她死了。"父亲吼道。

"他大，不能这样诅咒孩子的。"娘凄悲地说。

"就是，怎么能这样对待二姐呢？"大宝附和说。

宋老牛不再吭声，但脖子僵得如萝卜一般。

八点左右，二群终于回来了。进门来二话不说，低着头钻进自己的房间里。

"你这个不要脸的还回来干什么？干脆死在外面算了，省得丢人现眼。"宋老牛号叫道，手利剑似的指着二群的房门。

大宝再也忍不住了，嗖地站了起来，冲着父亲嚷道："大大，不要再说了。"然后一头冲进二姐的房间。

本来想象中，二姐听了父亲的怒骂该有多么痛苦，肯定是痛不欲生，可是进到屋子后，只见她平静地坐在床边。

"二姐。"大宝叫了一声，关切地望着她，不由得倒吸一口凉气。这才多少天不见啊？二群怎么变成这样了。自己的二姐原来是多么漂亮啊，可谓窈窕淑女，人面桃花。可是现在，黄而瘦的脸上斑驳陆离着，仔细一看，原来是色斑，原来的一头青丝现在枯萎得似这秋天的茅草。

"二姐，你没事吧。"大宝说着，眼睛不自觉地看着二群的肚子，可是二群穿着连衣裙，一点也看不出肚子的变化。

二群可能注意到了弟弟的眼光，抬手挡住肚子，翻了翻死鱼一般的眼睛。

"大大的话你不要在意。"

二群还是不说话，还是一动不动地坐在那里，一脸的冷漠。

"二姐，你的事我已经知道了，娘告诉的。"

"她一定骂我是骚货、婊子了吧？我是骚货，我是婊子，呵呵呵……哈哈哈……我是骚货，我是婊子。"二群狂笑着，眼角滚淌着眼泪。

看二姐这个样子，大宝伤心到极点，也恐惧到极点，大声辩解说："娘没有这么说。"

二群抬头看了看自己的弟弟，这也是她今天第一次正眼看他。

"真的，娘没有这么说。"大宝瞪着眼睛望着她说，"娘怎么能这么说呢？"

接下来，屋子里陷入死寂。

大宝实在不堪忍受，走了出去，一会儿端着一碗饭菜回来，说："还没吃晚饭吧，给，趁热吃了。"

可是二群并没有把碗筷接过去，她只是毫无表情地坐在那里，一动不动。大宝开始劝，可是无论怎么劝，二群就是无动于衷。

大宝被逼无奈，只好使出最后一招，说道："刚才娘已经说了，你中午就没吃了，这样下去怎么行呢？你自己身体垮了不说，还会影响到……"大宝说着，眼睛瞥了二姐肚子一下。

二群似乎明白了，抬头望了望饭菜，大宝赶忙把碗筷递过去，一个劲地说："吃吧，吃吧。"

二群终于伸手接了过去，一边吃，一边簌簌地掉着眼泪。眼泪一滴一滴地落在饭菜里，可她一点也不在乎。她就这么吃着饭菜和自己的眼泪。

大宝见了再也忍受不住，鼻子一酸，眼泪随即喷涌而出。

"二姐，呜呜……"

"大宝，呜呜……"

姐弟俩哭成一团，特别是二群，也许是压抑太久了，现在爆发，一发而不可收拾，哭得那么伤心，那么凄惨。

外面，起风了，树叶唰唰地响，一场秋雨又要来了。

待到二群稍稍平静了些，大宝开始问到底怎么回事。二群说孙健他不见了。大宝问为什么，二群说自己也不知道，他就是不见了。

"他一定会回来的，一定。"二群反复说，眼睛冒着异样的亮光。

孙健到底怎么了？原来，孙健和二群谈恋爱的事被父母知道，父母竭力反对，因为他们看不上农村人。孙健的父亲联系上了基地负责人孙大头，让他派孙健到省城出差。孙健来到省城，被父亲截住，带回了老家看管起来。这边，可怜的二群不知内情，她一天天一分分一秒秒地思念着爱人，巴望着他快点回来。无数个傍晚，血色的晚霞中，一个女子孤零零地站在村口，望眼欲穿地望着远方。不久，二群的脸上长起了妊娠斑，这哪能逃过王洼庄那些妇女的火

146

眼金睛？一时间，人们议论纷纷，说什么的都有，并且他们当着宋老牛和娘的面议论。大宝哪里知道，这段时间，自己的家处在风口浪尖上。娘整天唉声叹气着，宋老牛在别人面前默不作声，可是回到家里，喝过酒就发火摔东西，大骂自己的女儿不要脸。

"二姐，你打算怎么办？"

"我等他。"

"假如他不回来呢。"

二群沉默了，这个还真的没有想过。在她的意念中，孙健一定会回来的，因为他们海誓山盟过，要永远在一起，无论天涯海角，无论地老天荒。

"二姐，这样下去也不算事啊。"

"他，他不回来，我就把他的孩子生下来，独自抚养。"

"二姐，不能这样，那些人的口水都能把你淹死的。"

"我不怕，我怕什么？他们不是整天议论我吗？让他们议论好了。大宝，你二姐现在是死猪，而死猪是不怕开水烫的，只是给你、娘、大大脸上抹黑了，真的对不起你们。"

"二姐，你这是什么话？我们是一家人不是？一家人不要说两家的话。"

"大宝，姐没有白疼呢。"二群说着，眼泪又簌簌落下。

"二姐，不要哭，不要哭，鲁迅不是说过吗？天无绝人之路，事情总会过去的。"

从二群屋子出来，娘、大大正在等着他呢。大宝向父母汇报了刚才的谈话。娘绝望地说："这个死丫头，这个死丫头，孩子怎么能生下来呢？千万不能啊。"

"我和你娘实在一点办法都没有了，总不能把她杀了吧。大宝，你有什么好办法？"宋老牛问，眼睛望着儿子。

大宝无奈地摇了摇头。

"唉，我宋老牛上辈子造了什么孽啊？"父亲说着双手抱住头蹲

147

在地上。

接下来，大家都不再作声，屋子里一片死寂，就如这深秋漆黑的夜晚，看不出一点希望，有的只有绝望。

夜深沉，下起了雨，滴滴答答的，宛若弃妇的眼泪。在这滴滴答答的雨声中，夹杂着长长的叹息声，随着秋风飘荡着，飘荡着。

第二天一大早，大宝拎着两只鸡、一篮鸡蛋和两瓶酒向李菊花家走来。此行有两个目的。一来是为了送节礼，虽然三丫死了，可是不能忘了人家的好，拿父亲的话说，这叫吃水不忘挖井人；二来是为了向李菊花讨主意。这是娘的主意，她认为李菊花脑子活泛，主意多，也许她能救二群，救了宋家。大宝知道娘这是死马当作活马医。也不怪，放眼王洼庄，也只有李菊花可以说说掏心窝话了，也只有她是真心为了宋家好。

王二狗老婆正蹲在门口吃饭，见到大宝悄悄地溜回了家。这可稀罕，以前她什么时候这样过？自从黑蛋被枪毙后，她的腰板就再也挺不直了。

大宝有些得意，心里恨恨地说："哼，你也有今天。"

李菊花见大宝带着这么多礼物来，心里有些宽慰。大宝把礼物放下后，磨磨蹭蹭着不走。李菊花一眼就瞧出其中的端倪，问："大宝，还有事吧？"

"娘让我问问你二群的事该怎么办？"

"二群？二群怎么了？"

大宝知道李菊花这是明知故问，也许是为了给宋家留面子，于是把二群的事如实地告诉了她。

"原来是这样啊。"李菊花故作惊讶地叹道，"确实是有些棘手，关键是二群那丫头喜欢钻牛角尖，但话又说回来了，车到山前必有路，回去告诉你娘，让我好好想想，办法总会是有的。"

回到家，大宝把李菊花的话一字不落地告诉了娘、大大。娘大喜，一个劲夸赞李菊花有能耐。宋老牛心里也充满了希望，猜测着李菊花所说的车到山前必有路，这个路到底在何方？大宝呢？牛反刍般细嚼着李菊花的话，感觉那时她好像就有了办法似的。

上午十点许，大群挺着大肚子回娘家来了。自从黑蛋被枪毙后，她和甄才学就从外地回到了老家，目的只有一个——生孩子。大群一回来后，就躲进厨房和娘叽叽咕咕着，看样子是在商量二群的事。屋子里的二群好像听到了，为了表示出自己的满不在乎，还唱起歌来。歌声悠扬，娘、大群听了，互相对望着只摇头。

中午，李菊花的大儿媳过来请大宝去她家吃饭。大宝本不想去，可是经不住娘再三劝导，只好答应了。

见到了大宝，李菊花自然又想起自己的女儿，首先一阵眼泪洗面。大宝见了，羞愧得无地自容。

吃饭的时候，大宝见自己旁边放着一副碗筷，知道这是给三丫准备的。虽然自己并没有真正喜欢过她，但是，是她救了自己的命；是她一周两次给自己送菜，而且风雨无阻，是她经常去宋家帮忙干农活。可以说三丫对他宋大宝是一往情深。她爱他，胜过爱她自己，这样的女子只有在历史的长河中去寻找。斯人已去，音容宛在，大宝默默地夹起一个鸡大腿，再默默地放到三丫的碗里，又默默地拿起酒瓶，给三丫的酒杯里斟满酒，然后端起酒杯，碰了一下三丫的酒杯，随即一口而尽。

吃过饭，李菊花把大宝独自叫到一个房间，说自己本不想多事，但看在今天他对三丫的情分上，就再多管一次。大宝听了大吃一惊，原来李菊花刚才是在考验他。

"谢谢您，婶。"

"先不要谢，这事行不行还两说呢，大宝，我要告诉你，那个孙健再也不会回来了。"

大宝疑惑地望了一眼李菊花，心想：这个你是怎么知道的？

李菊花好像听到了大宝心里的话，说："不要问我是怎么知道的。我李菊花自有消息来源，并且很可靠。现在，二群那个傻丫头每天苦苦等着人家回来，那是白日做梦，痴心妄想。大宝，回家好好劝劝你二姐，不要再执迷不悟了，趁早对孙健那个人死了心。"

"可是她已经陷进去了，一点也听不进去。"

"这个我知道，痴情女子谈恋爱都是这样，就像三丫对你，要不，她也不会……"李菊花说着郑重地望了大宝一眼，"所以一定要听从别人劝告的，要不，只有死路一条，神仙都救不了的。"

"婶，接下来呢？"

"接下来，摆在二群面前的有两条路。第一条，赶紧去把肚子里的孩子打掉；另外一条嘛，现在还不能告诉你。"

大宝想象不出，现在除了把肚子里的孩子打掉还有其他什么好办法。回到家告诉了父母。接下来，宋家四口人轮番上阵来劝二群，虽然口水说掉几大水瓢，可是一点效果都没有。二群舌战群英，翻来覆去就是这几句话："我等着他，他不回来，我就把这个孩子生下来，独自把他抚养成人。"

宋老牛暴怒起来，抡起巴掌啪啪地抽打着二群的脸，一边打，一边大骂："我让你这个不要脸的，我让你这个不要脸的。"

啪啪！耳光鞭抽似的响。只打得娘和大姐哭哭啼啼着，大宝呢，也没有过去制止，他觉得现在的二姐该打，打打也许能让她清醒一些。

二群坐在那里一动不动，任父亲扇着耳光。等到父亲不再打了，扬着通红的脸，冷笑着说："打够了吗？不够您老人家继续。"

宋老牛简直要成疯牛了，眼睛四处寻找武器，瞅到墙角边的木棍，冲了过去，拿起，被大宝一把夺下。

家里已闹开了锅，大宝哪能放心？下一个周六下午请假回到家来。可是回到家又能怎么样呢？二群还是那样，平时把自己一个人关在屋子里，每当父母隔墙大骂，她就用歌声应对。

大宝知道这样下去肯定不行，可是有什么办法呢？

傍晚，电视里正放着《西游记》主题曲《敢问路在何方》。大宝听着歌曲，心里想着二姐的事，路在何方啊？

咦，好像李菊花也说过，想到这儿，大宝连忙向李菊花家跑去。

"这丫头怎么会这样？"李菊花听完大宝的叙述，说道。

"她什么话都听不进去，娘、大大打骂也不行，现在，家里闹腾得哪还像个家啊。"大宝诉苦着，眼睛红红的。

李菊花看了不由得心疼，也激起了她的英雄气概，挽了挽袖子，豪气冲天地说："我去会会这个丫头，我就不信治不了她。"

大宝听了心里燃起希望，性急地走到门外等着李菊花。一会儿，李菊花出来了，大宝正要挪步，只听李菊花说："大宝，还是叫二群来我家吧，我去你家不合适的。"

大宝就不明白了，这有什么合适不合适的，哪里不都一样？反正都是劝导。可是现在有求于人家，只好顺着人家的意思办。大宝还是太年轻，不知道李菊花也有难处。现在，很多王姓人比如三瘸子之流，交代李菊花说不要多管宋老牛家的闲事，理由是：宋家已经害死了王姓两条人命了。

宋老牛听了大宝的话后，发狠地说就是捆绑都要把二群送到李菊花家。

大宝知道现在父亲这只兔子被逼急了，极有可能会说到做到，可那样会在王洼庄引起轰动的。于是自告奋勇地说还是自己先去试一试吧。

大宝知道二姐已经"走火入魔"了，如果按常规做法肯定不行。用什么办法呢？此时，家里的电视里正在放电影《白毛女》，杨白劳正要被狗腿子穆仁智诓到恶霸地主黄世仁家。不由得灵机一动，计上心来，然后开始准备起来，一切准备就绪，信心满满地敲开了二姐的房门。

二群见大宝进来，翻了翻死鱼一般的眼睛，然后岿然坐在床边，做好了应战的准备。

"二姐，告诉你，孙健有消息了。"大宝兴冲冲地说。

151

二群虽然还是坐在那里，可是身体明显一颤，抬起眼睛怔怔地望着大宝，半天，问："你说什么？"

"我说孙健有消息了。"

"真的？"二群惊叫，几欲跳起来，瞟了一眼弟弟，随即又恢复了平静，冷冷地说，"你骗我。"

"没骗你，真的。"

眼睛是心灵的窗口，二群直勾勾地盯着大宝的眼睛，希望从那个窗口看到他真实的内心。幸好大宝这个临时演员来之前做了几次演练，所以并没有看出什么破绽来，但是，依然没有放弃怀疑，问："你从哪里知道的？"

"是李菊花告诉我的，你也知道，良种基地的一把手——孙大头和她关系特好，她的大儿媳也在那里帮忙。"

二群终于相信了。原来，本地的一些小痞子经常去良种基地寻衅滋事，孙大头被逼无奈，托了多层关系才找到水田县公安局治安科的李副科长——三丫的舅舅。李副科长亲自带队来到基地，小痞子和公安那是老鼠和猫的关系，吓得他们抱头鼠窜。临走的时候，李副科长告诉孙大头，说自己的姐姐家就在邻村王洼庄，有什么事尽管去找她。正是有了这一层关系，李菊花和孙大头平时保持着联系，李菊花的大儿媳也才去了良种基地帮忙。

"孙健现在在哪里？"二群问。

"这个我也不知道，你去问问李菊花好了。"

接下来，事情的进展完全按照大宝的设想进展的，当天晚上，二群在夜黑的掩护下去了李菊花家。

大宝这件事做得漂亮。娘、宋老牛不由得佩服起儿子来，心里感叹道：喝了几瓶墨水就是不一样。

二群去了老半天还没回来，大宝知道有戏，而父母的想法正和他相反，娘伸着脖子望着门外的黑夜，嘴里一个劲地嘀咕说："怎么还不回来？怎么还不回来？"宋老牛呢，热锅上的蚂蚁似的转，又出去瞧了几趟。

大约在十一点的时候，二群回来了。二话没说，一头钻进自己房间。这和平时没有什么两样，娘、宋老牛大失所望。他们俩本来已经商量好了，说如果这次李菊花能把二群说服了，他们就去重谢她，哪怕给她磕头都不为过。

第二天早晨，天刚亮，大宝就来到李菊花家询问情况。李菊花脸冷得就如这深秋的早晨，她告诉大宝该说的她都说了，至于怎么做，那是二群自己的事了。

大宝感到不妙，沮丧地回到家，忐忑地推开二群的房门，准备再一次努力。让他大吃一惊的是二群坐在床边，呆呆地看着一块绣着鸳鸯的手帕——那是孙健给她的定情物。手帕皱巴巴的，两只鸳鸯被踩蹦得不成样子，而且手帕还是湿漉漉的，看样子是沾满了伤心的眼泪。

"二姐，你一夜都没睡？这……"

二群挥了挥手，截断了大宝的话，唉地长叹一声，说："大宝，告诉娘、大大，我听李菊花的，按照她的第二个方案办吧。"说完，猛地把手里的鸳鸯手帕扔在地上，再一头栽倒在床上，呜呜痛哭起来。

事情有了戏剧性转变，大宝顾不得上前安慰二姐，赶忙跑了出去寻找父母，可是屋里屋外寻了个遍也没寻找到。原来父母早早地就下地干农活了。大宝又满田野寻找，最后终于在岗地上找到了娘。

"真的？哎呀，这下好了，这下好了，唉，还是人家李菊花有本事。"娘一个劲地念叨，松树皮似的脸舒展开来。

宋老牛正在二道湾放牛，听了大宝的汇报，蹲在地上抱头大哭起来，一边哭一边说："老天爷呀，您终于没有放弃我宋家啊。"

三人回到家里，只见二群正在厨房烧早饭。这一幕大宝好像见过，那是二十年前，为了能够读书，二群曾经拼命反抗过，最后也妥协了。唉，人生的悲剧怎么就再次降临到二姐身上了呢？太不公平了。

大宝不明白李菊花所谓的第二个方案是什么，早饭也顾不得吃，赶忙跑去询问。事情来得突然，就连李菊花都感到吃惊，半信半疑地问："二群同意了？"大宝没有回答，只是深深地点了点头。

"我知道了，你回去吧，告诉你娘，一切有我呢。"李菊花说着抬了抬手，宛若救世主一般。

"婶，您的第二个方案到底是什么？"

"昨个晚上，二群告诉我，为了能够保住自己肚子里的孩子，其他的她什么都不在乎。这丫头有血性，有骨气，这在我们这个穷乡僻壤真是少见啊，只可惜要委屈她了，这么一个漂亮能干的姑娘，唉，都说红颜命苦，一点不假。"

"可是，可是……"大宝一脸狐疑地望着李菊花，"保住孩子怎么行得通啊？"

"行得通，肯定能行得通，没有那个金刚钻，我李菊花怎么敢揽这个瓷器活？"李菊花成竹在胸地说。

大宝是病急乱投医，只好一切听从医生的了。刚要转身离开，被李菊花叫住，说："还是我亲自去吧。"说完，带头向宋家走来。

娘、宋老牛像欢迎天神一般欢迎李菊花的到来。老夫妻俩的疑问和儿子一样，不打掉孩子怎么能行呢？李菊花头一昂，眼睛一扫，说："你们家既然让我出面，那一切都由我做主，一切都要听我的，要不，你们就另找高人吧。"宋老牛头点得如鸡吃米，大宝娘低声下气地嗯嗯答应着。

李菊花没有再说话，而是站起走进二群的房间，砰一声关上门，接着里面传来嚓嚓的闩门声。

接下来，外屋的大宝、大宝娘、宋老牛如手术病房外焦急等待的病人家属，一两个小时过去了，房门依然紧紧关着。大家你看看我，我看看你，都不敢出一声——害怕打扰了里屋的谈话。

又过了半个小时，房门终于打开，李菊花带头走了出来，脸上荡漾着胜利的笑。大家也猜到了结果，于是欢迎凯旋的英雄一般围了上来。李菊花手指了指外面，意思是到外面说去。

"大宝，给我端一碗水来，今个儿唾沫实在说掉不少。"李菊花邀功地说。

大宝赶忙咚咚地跑去把水端来，李菊花不紧不慢地喝着。余下三人六只眼一齐看着那张嘴，巴望着快说。可是半天李菊花都没说话，大家心里急得猫抓狗咬似的，恨不得上前用棍子撬开她的嘴。娘终于忍耐不住，赔了十二万分的小心，问："他婶，怎么样了？"

"你们家就准备办喜事吧。"李菊花宣读圣旨似的说。

大家都愣住了，眼睛齐刷刷地盯着李菊花的脸。刚才，他们连自己的耳朵都不相信了。

"我说你们家就准备办喜事吧。"李菊花声音提高了八度，说。

这下，大家都听明白了，但也更加狐疑了，怎么凭空说这般的话？让人摸门不着。喜事？喜从何来？

接下来，李菊花说出了原委。原来，二群的漂亮能干在王洼庄方圆几里那是出名的，当然会受到那些青春萌动小伙子的关注，这其中就包括王铁柱。

王铁柱的老实那是出了名的，要说宋老牛是三棍子都打不出一个响屁的主，那么，王铁柱就是四棍子也打不出一个响屁的货。这还不算，王铁柱除了老实以外，还有一样，那就是长得丑，比《巴黎圣母院》中的那个看钟人卡西莫多好不了哪里去，只不过他不是独眼龙罢了。

王铁柱偷偷地喜欢着宋二群，平时总是悄悄地关注她。但他有自知之明，觉得自己就是癞蛤蟆，而二群就是天鹅。癞蛤蟆能吃到天鹅肉？恐怕闻到天鹅屁都不能。即使这样，他怎么也控制不住自己对二群的喜欢。无数个夜晚，王铁柱躺在床上，痴痴地想着想着，想二群掉到水里，是自己救了她；又想着二群被流氓欺负，危难时刻，自己横刀跃马杀到……最后的结果当然是二群嫁给了他喽。

王洼庄这么个屁股大的地方，一个人的行为休想逃过大家的耳目。王铁柱暗恋宋二群，王洼庄的人早早地就看出来了，因此，这也成为大家的笑料。王三瘸子曾经怂恿说："铁柱，你看，二群现在就一个人在棉花地里，你还不去把她按倒在地？按倒了，她就是你的了。"王铁柱说："我不干。"三瘸子说："那我去。"王铁柱眼一瞪，说："你敢！"

二群虽然是镜中花、水中月，但是，当得知二群和孙健好上后，王铁柱还是躲在被窝里大哭了一场——他的女神被狼偷走了。

李菊花当然也知道王铁柱喜欢宋二群，但她认为这纯粹是剃头的担子——一头热。二群能嫁给他？除非日头打西边出来了。日头没有从西边出来，但是，现在这事却极有可能发生。

孙健不见了，二群怀孕了。王铁柱当然知道此事，虽然痛恨孙健的薄情寡义，但也认为自己的机会来了，于是乎，他往李菊花家跑的次数多了起来。

老实人别看平时闷头不吭声，当下定决心要做某件事的时候，他会踏踏实实，按部就班去做。就在十几天前的一天晚上，王铁柱跑到李菊花家，终于鼓足勇气说出了自己的心里话，说他愿意娶二群，无论她做了什么事。

李菊花说自己知道了，然后就把这话当作耳旁风般一吹而过。谁知道宋家来求自己，铁柱的话才再现——这也是一个选项啊。李菊花认为二群虽然漂亮能干，心高气傲，但是，她现在就是二道草——和离婚的差不多，甚至更糟，况且肚子里还怀着人家的孩子。现在与铁柱可谓是南瓜花和鸡蛋——对上色了。

昨天晚上，李菊花和二群说的就是此事。那时，二群并没有反对，但也没有答应。刚才，李菊花再次提及此事，并且反复强调说孙健是再也不会回来了，眼看肚子一天天大了起来，这样下去是不行的，退一步说，就算把孩子生下来，可是怎么能把他抚养成人？在王洼庄这个地方行吗？就是不为自己，那也得为肚子里的孩子想想啊……

李菊花越说，二群的头越低，最后瘫倒在地上，哭泣着说："姊，听你的。"

大家这才恍然大悟，心里感叹不已。娘突然聪明地问："铁柱同意，他娘同意吗？"

"由不得她。"李菊花斩钉截铁地说。

大家都疑惑地望着李菊花，不知道她何来的理直气壮。

李菊花环视一周，如法官一般当庭宣布："今天，我在这里郑重地告诉你们，二群肚子里的孩子是铁柱的，今年春天，二群在麦地被铁柱按倒了，这是铁打的事实，就连铁柱自己都承认了。孙健知道了此事，就气愤地跑了。"

大家听了都高兴不已，心里佩服着李菊花考虑得周到。

二十天后，二群腆着大肚子和铁柱成亲了。大宝并没有回王洼庄来——他懒得看自己姐夫的那张脸。

接下来，大宝在县城里安心地学做城里人，本领确实增长不少。不知抽烟喝酒算不算城里人所独有的生活，到了第二年，大宝这两样都学会了。同学中有几对鸳鸯，平时戏水多多，大宝看了羡慕得很啊，不由得春心萌动，暗地里喜欢上了本班的一个窈窕淑女。

姑娘叫钱学燕，长得小巧玲珑，皮肤白白的，戴副眼镜。大宝非常仰慕，认为她是个标准的城里人，因为只有城里的姑娘皮肤才白，也只有城里人才戴眼镜。于是大宝就像电影里的游击队员，在黑暗里向着目标慢慢靠近，只可惜路何其漫漫，没有尽头。

到了第三年临近毕业的时候，大宝认为再不表白，恐怕就永远没有机会了，于是在一个杨花曼舞、杜鹃饮血的傍晚，他把钱学燕约了出去。阿Q对吴妈表白说：我要和你困觉。徐志摩对陆小曼表白说：我要和你一齐起床。大宝也许是受了他们的影响，没有说：我爱你，而是说：我那个你。

钱学燕并没有脸红，而是说："我知道你的意思，哎，你毕业分配到哪里？能留城里吗？"

"我、我不知道。"大宝结结巴巴地回答，明显底气不足。

以后里，钱学燕的话就很少了，人也冷淡下来，就如湿了的稻草，任大宝怎么点火都燃烧不起来。

到了毕业时，大宝才知道他那喜欢的所谓窈窕淑女已经有人了，是有情人了。原来大宝的梦中伊人，早已和四十岁的郎老师比翼双飞了。同学们纷纷议论，有的说是郎老师引诱了她，有人说是钱学燕为了毕业能分配到城里而引诱了郎老师，话语里都带着十二分的鄙夷。既然别人都瞧不起她，大宝也跟着附和了几声，只是心里酸楚地疼——葡萄既然是酸的、坏的，干吗去吃啊？

"水性杨花的女人，幸亏自己没娶到，哼。"大宝这样想。此次情场失利，使得大宝的烟瘾渐大，酒量递增。三杯下肚，常引用孔老先生的那句话："天下唯女子与小人难养也。"小人，宋大宝暂时还领教不多，"小人"是他马上要面对的了，因为不久他就要回到自己的家乡——张街小学教书了。

对于回张街教书，大宝早已忘了小时的理想。记得二群说过，人的欲望是不断变化的。大宝今非昔比了，这时候回张街，大宝是一百个不情愿，县城比张街不知道要繁华多少。现在的他大有黄山归来不看山的意味。看到别的同学留城的、转行的，心中不由得愤愤不平，大宝对着天边的月亮不知骂了多少次，羞得嫦娥姐姐赶忙扯了几朵云把自己脸遮盖住，又挤了两滴泪以表对他的同情。心情是如此糟糕，回到家里当然没有好脾气。父亲宋老牛找他说话，也爱理不理的，有两次还发了火，搞得宋老牛莫名其妙，又不敢问。

张街小学有三百多学生、七八个老师，每个老师包一个班。校长张大土五十来岁，瘦而矮，显得不但精明而且非常能干，家中有大丫、二丫、三丫……六丫后面是老小子当小老子养的儿子张石头，取《红楼梦》别名。家里人口资源如此丰富，土地资源当然也很好，于是张校长把校当家——常把学校资源和家里的土地资源相配给。

比如，插秧时，常让五年级学生帮帮忙，这叫资源的最大利用。他还以家为校，在收割时节常常不来学校，让宋大宝代课。领导如此瞧得起，宋大宝只有恭维地接受，忙得整天没有空闲。时间一长，不由得埋怨颇多。此时，张街对于大宝来说就是一口深井，而自己就是里面的一只青蛙，要想跳出来，只有等下了暴雨发了洪水，把这口井灌满了。

张街虽然不大，但机构齐全。教师行业继承革命光荣传统，摆在公社、粮站、供销社等后面，仍然排在第九位——当然还有人叫臭老九的。这年春天的上午，大宝和父亲一起去买化肥，因为没有信心，担心人家不卖给自己，于是像小学生要加入红小兵，中学生要加入共青团那样，工工整整地写了申请书。供销社主任看着大宝带来的两瓶酒，对着酒瓶说："宋老师，好好干，赶明个儿我把你调来当售货员。"说完掏出笔来，龙飞凤舞地写了几个字：准五袋。那几个字大得连瞎子恐怕都能一目了然了。宋老牛抢先表示感谢不已，然后捧着主任的墨宝递给发货员。那发货员仿佛隔了一里路远听到了刚才的对话，害怕大宝来抢他饭碗似的，左瞧右看那张批条，嘴里叽咕着："买肥料，写什么申请？又不是入党，要写也应该写报告、欠条什么的，你们老师怎么一点文化都没有啊？"说得大宝脸色铁青，赌气回到家里，饭也不吃。不知怎的，这件事传遍张街的大街小巷，一时成为笑谈，大家纷纷说："老师没文化。"以后，这句话就成为人们讽刺教师最好的口头禅了。

往地里撒化肥的时候，宋老牛想起了供销社主任的话，问大宝当售货员的事如何了，还说如果能当上售货员那就太好了，怎么也比当教师强。大宝说相信那个狗屁主任的话，除非太平洋里没有水，撒哈拉沙漠里没有沙粒了。

第 六 章

大宝就像落水的狗、下汤的鸡一般待在张街。薛大一靠当公社副书记老爸的关系，留在了县城，大宝对此羡慕不已，因而常去薛大一那里走动。俗话说：走比坐着强。还别说，大宝还真的有所收获。

惊蛰过后，春天的中午，阳光明媚，田野的油菜被强烈的日光一照，分外卖力地开花，急切如待嫁的姑娘，把花香随风四处地飘散。

大宝站在学校的操场上，闻着这浓烈的香味，熏熏欲醉。不远处，几个顽皮的小学生正在用嫩草儿垂钓洞里的小虫。那些小虫如此贪吃，柔软雪白的身躯死死咬住草儿不放，一钓一个准。大宝看了好玩，心想：这虫如此呆笨，怎这样禁不住诱惑？校长张大土把头伸出窗外，一只手高高地扬着，扯着老鸭嗓子喊他去接电话。大宝飞奔过去，才知是薛大一的母亲杨兰芝让他星期天去家里吃饭。大宝受宠若惊，果断干脆地接受，声音撞钟般洪亮，震得屋檐下一对正在调情的小麻雀儿夫妻叽叽喳喳地飞走了。放下电话，大宝内心激动不已，只等打预备铃，那样就可以在办公室里大声地宣布：自己星期天有事。再等别人来问他什么事，那时他就可当场宣布："乡里薛书记请他吃饭。"

第二天早晨，大宝精心地打扮了一番。出门时，二姐望着他那可以当镜子照的头发，说苍蝇爬上去恐怕都要摔成骨折，问是不是

160

去相亲。大宝赶忙把头发揉乱，一口否定道："怎么可能？"

到了薛书记家，杨兰芝的热情超出了他的想象，不断问长问短，不但关心他的工作，而且关心他的学习、生活。十点整，薛家来了个姑娘，杨兰芝拉着她的手，笑着喊她丽萍。那姑娘很瘦，使大宝想到初中课文《包身工》里的"芦柴棒"。"芦柴棒"羞涩地笑了笑，露出黄米粒一般的牙齿，然后就到厨房里躲了起来。

吃饭时，杨兰芝指定他们俩坐在一起。大宝闻着她身上的香水味，就联想到田野里的油菜花香——浓烈而廉价，局促得不知饭菜其味。杨兰芝一个劲地在夸赞丽萍这姑娘，什么什么的优点，如何如何的特长，话语里无不透露着：这姑娘打着灯笼也难找，谁要娶了她，那真是祖上八辈子都积德了。

大宝听出了这话中暗藏的玄机，想："莫不是给我介绍对象吧？"不禁多瞄了那姑娘几眼：刀条脸上挺着个细小鼻子，上面天女散花般散落着几朵小麻雀花，薄薄的嘴唇……正要再细观下去，不承想那姑娘扭过脸来，和自己的眼光碰个正着，嫣然一笑，慌得大宝赶忙把眼睛转移到桌下自己的脚尖上，脸上挂着大红瀑布，嘴里含的炒鸡蛋只当是鱼肉，慢慢细嚼，生怕里面有刺。胸腔中宛如揣了一窝小兔子，闹腾得大宝只用鼻子还不够，还要借用嘴巴来呼吸。这散发着强烈男性荷尔蒙的气息在空气里发酵着传播开来，近水楼台先得月，那姑娘肯定是大量吸到了，胸脯膨胀丰满了许多，且不断起伏着。

吃过饭，大宝稀罕地站起要帮收拾碗筷。杨兰芝不给，只允许那姑娘帮着收拾，好像这是女人专有的权利，而不是义务。那姑娘进了厨房，只听得里面传出杨兰芝哈哈哈的笑声。

杨丽萍不再露面，客厅只留下大宝一人。他站起艺术家般地欣赏着墙上的字画，只是像上课不专心听课的学生，用余光不时地瞟向厨房，兔子样地竖起两耳。一会儿，杨兰芝出来，叫他坐下。

"大宝，你觉得刚才那个姑娘怎么样？"

"还、还不错啊。"

"嗯，告诉你，她是我娘家侄女，属马，在县里的麻袋厂上班，你如果觉得可以，我把她介绍给你，将来把你调到县里一小。"最后一句特别慢且加重了语气。

不知是不是那个"嫁妆"起到了作用，大宝随口答应道："好啊，只是，只是她同意吗？"

"她不同意我能跟你说这事吗？她刚才看了你，觉得还可以。"

就这样，大宝和杨丽萍认识了，且二人的关系如这春天的天气——温度越来越高。大宝三天两头往县城跑，只把杨丽萍的家当着自己的家了。一天，大宝把自己的心上人带回老家王洼。宋老牛老婆看后，惦记着自己家地里的那些水稻啊，麦子啊，小声地在宋老牛耳边嘀咕道："这姑娘，太瘦了，怎能干活？"宋老牛瞪了她一眼，冲了一句："你还指望她帮你干活？"

对于杨丽萍，王洼庄说什么的都有。三瘸子等人说就像个猴子，母猴子；王大头说像芦柴棒——真是一语道破天机。原来他念过初中。而李菊花呢，想想杨丽萍的长相还不如自己的女儿呢，心里不禁千滋百味，又私下里和宋老牛说，要杨丽萍做自己的干女儿。宋老牛一口答应了下来，然后告诉儿子。大宝试探性地问了杨丽萍，被一口否决，这事也就不了了之了。气得李菊花大骂大宝是白眼狼，宋家忘恩负义。大宝赶忙上门谢罪，告诉了原委。

"哼，我看你找的那杨丽萍不是什么玩意儿，一看就不是什么正经货色。"李菊花训斥地说。

还别说，真的不幸被李菊花说中了。

杨丽萍所在的麻袋厂是镇里办的，里面的职工大多是邻近水田县城菜农的子女，其地位介于商品粮和农村粮之间，相当于鲁迅先生笔下的"假洋鬼子"，我们本地叫"二洋子"。杨妈有先见之明，料知这家麻袋厂五六年后要关门，趁自己家的侄女还算"工人"，四处托人找个"铁饭碗"的婆家，县城里找了很长时间也没找到，于是做下市之蔬菜，可以让价出售——到乡镇去寻找。亏得这一高明之招，才认识宋大宝，并且宋大宝这人也不赖，自从认识他后，宋家的鸡、鸭、鹅及其副产品杨家没少得。杨家十几口人，算大家庭，大宝不但替杨家干了诸如买煤、劈柴、烧饭、洗衣之类的活，还主动承担了辅导杨家第三代学习的重任。

日子过得飞快，转眼又到了冬日。周日上午，大宝拎了一篮鸡蛋，例行公事地来到杨家。中午时分，杨家来了个表亲。这位表亲豪爽而健谈，说教书匠工资低，没有钱，农村更可怜之类的话，说得大宝只翻白眼，脸色如这冬天阴沉的天空。杨妈吩咐大宝道："大宝，去把你同学薛大一请来，反正添人不添菜，加双筷子罢了。"

十一点半左右，薛大一来了，还带了个姑娘，中等个儿，圆脸，杏眼，烫了菊花头，穿着花格呢大衣，显得雍容华贵，光艳照人。经介绍她叫姚艳，在县人事局上班。那位表亲见了姚艳就像见了久别的亲人似的，直着嗓子喊叫杨丽萍过来倒水。杨丽萍在姚艳面前一站，瘦弱的身材就像大宝家那块盐碱地里的庄稼——营养不良；瘦削的长脸被寒风一冻，苍黄中泛着乌青，宛如大宝娘蒸的没有发好面的馒头，而姚艳的脸就是城里饭店里的大馍，圆润，雪一样白。大宝看了绝望，可是又忍不住要看，因为觉得她好面熟。哦，想起来的，她有点像项老师。

有了美女相陪，那位表亲喝酒来了兴致，几杯酒下肚，冲着厨房喊道："表姐，来，我敬你一杯……"话还没说完，杨妈一巴掌狠狠打在他身上，说："这孩子，喝多了，丽萍是你表妹，怎么变表姐了？"一个劲地眨眼。

也许是酒麻醉的，那位表亲并没有注意到使来的眼色，说："丽萍是1963年的，我是1966年的，6比3大啊？"说完幽默聪慧地哈哈大笑，红灯笼似的眼睛直勾勾地盯着姚艳，恨不得把她就着酒吃了，而杨妈恨不得用臭袜子堵住他的臭嘴。

大宝心疑起来，难道杨丽萍隐瞒了岁数？还是薛大一聪明，接

163

过话茬来让大家猜姚艳多大了。大家只把心底的岁数减去了三四岁，并夸说她长相如何如何漂亮，工作又如何如何好等等。姚艳本来对杨家鄙夷得满脸不在乎，话儿也如这冬天里的爬虫，不见了踪影，这时被恭维得满面春光，冬虫也适时爬了出来，肯屈尊地问大宝："你会跳舞吗？"大宝正要回答，薛大一抢先说："他怎会？"

回到了张街，天色已晚。大宝被酒闹得一觉睡到十点就再也睡不着，脑子里放电影似的把白天发生的事重放了一遍。杨家的阴谋、那位表弟的冷眼、薛大一的无所谓……化作一个个小蚂蚁，不时在啃噬着他的心。

大宝起身走到学校的操场上。月牙儿镰刀似的挂在西天，让人看了心寒；周围散落着几颗冷落的星星，星光微弱，遥不可及。脚踩在结了冰的枯白的草上，咯吱咯吱作响，远处偶尔传来几声狗吠，告诉大宝他不是此时唯一醒着的动物。大宝漫无目的地走着，走着，四周一片混沌，自己也迷失了。

想来自己现在一个人，孤独地待在这偏僻的地方，薛大一他们也许正在跳舞，真可谓应了那句话：人比人得死，货比货得扔。想到这儿，大宝不禁吁了一口气，姚艳那俊俏的脸儿就如远处小楼里透过窗帘的余光，掠过大宝的心头，让他莫名地加快了脚步。

"我宋大宝只能配杨丽萍这样的女子？他薛大一才能有资格交姚艳那样的女朋友。要是自己和姚艳……"大宝不敢也不愿再往下想，只是对着西下的嫦娥大骂道："狗×的薛大一！狗×的张街！"

夜深了，大宝就这么徘徊着，徘徊着，宛如一只丧家的狗、流浪的狼。

好长好长的夜啊。

今年的冬天特别阴冷，特别漫长，大宝的心沉重得就如这冬天一样，整天闷闷不乐，慵懒得如正在冬眠的大狗熊。校长张大土见属下如此颓废，自然要关心关心，告诉大宝炒两个菜，晚上要到他宿舍来喝酒。

　　一瓶白酒二人下肚，大宝的话如决了堤的洪水，把心中储蓄的怨气外加了利息全部泄出。张大土自然要把堤的决口堵住，劝慰大宝要知足常乐：人是分三六九等的，不要想得太多，并配以自己这些年的人生感悟说："男人找老婆就像犁田，至于犁什么样的田是天生注定的，我张大土就配犁石头妈这样的田，而你宋大宝只能耕杨丽萍那样的地，你能犁那个叫什么的姑娘吗？噢，叫妖（姚）艳是吧？除非你升了大官，发了大财。"说着把酒杯中的酒一饮而尽，用手抹着嘴继续说，"美是有阶级性的，林黛玉美吧？可是咱们农民看看可以，如果真的要把她娶回家，还真不行。林黛玉能栽秧？能割麦子？能挑担子？这样的除非七仙女，可七仙女是神不是人。我老婆——石头他妈虽然不漂亮，但是家里地里一把手，还给我生了六个女儿一个儿子，你看我现在有吃的，有喝的，不是很好吗？再说女人地位高了不好驯服，别骑马不成反被马儿掀翻了，看看我老张，在家里永远是这个。"说着大拇指高高跷起，且不断向上移动，直至越过头顶。

　　一番充满真理的话，说得大宝没了脾气，频频点头称是，最后叹道："校长，真有你的，听君一席话，胜读十年书啊。"

　　按照校长张大土找老婆的标准，三丫是最适合自己不过的了。假如她还活着，也许自己已经和她成亲了，还可能有了孩子。其他的自己不敢保证，三丫永远喜欢自己，永远听自己的。这样地想，大宝不禁拿杨丽萍和三丫做了对比，觉得还是三丫要好些。

　　张大土见大宝如此好哄，抿了一口酒，四下里瞧了瞧，把嘴伸过来，对着大宝的耳朵宛似要告诉他一等国家机密大事地说："你看我年龄也不小了，几年后就要退了，到时校长的位子我来推荐你，好好干啊。"说着手突然猛拍了大宝的屁股一下，差点没把大宝拍倒。

　　领导如此抬举，大宝不由得受宠若惊，把盘中所剩的最后一块鸡屁股也夹给他了，而他自己只是望着那如月亮似的空盘子痴痴发呆。

校长张大土伸出的胡萝卜让大宝这头懒驴恢复了士气，教书格外地专心努力。只是姚艳所说的跳舞就如她那雪白大馍似的脸一般，大宝还久久忘却不了。跳舞这是新文化运动中的新生活，这是与时俱进。张街有一个前沿小伙子，舞跳得顺溜，大宝寻了个机会请他来喝了酒，酒后拜他为师；又去买了舞曲录音带，把学校的录音机抱回了家，关了门来练习。只要功夫深，铁杵磨成绣花针，不长时间，他跳的舞就有模有样了，只待有机会可以发挥。过了两日，杨丽萍来探望，大宝抱着她跳了半夜。像此类的娱乐消遣，妻子、女朋友是最好的试验品，然后才施与别的女人。

春节来了，普天同庆。这几年光景不错，大家纷纷走亲访友，巩固旧有的关系，拓展新的关系。为了关系，大家愿意慷慨解囊，俗话说：有人好办事。又有很多"出类拔萃"的人常常仰着头道：咱上头有人。令在场的人侧目。可见关系的重要性。大宝也不例外，积极参与其中，按规矩送了准岳母家年礼，又进行了往年酒。忙完了亲戚忙朋友，忙完了领导忙同事，忙得不亦乐乎，忙得钱包空空。

和领导不同，朋友、同学之间的往年酒是要回请的。大年初八，薛大一电话里告诉宋大宝，晚上去他家吃饭。

晚上，大宝早早地来到薛家。薛大一新近搬了家，家里装潢一新，全套崭新的家具，新添了21英寸彩电、四喇叭录音机，这年头买这些可不容易。大宝看了犹如掉进万丈深渊，心里暗自庆幸没带杨丽萍来——她看了会睡不着觉的。

"这些东西需要多少钱啊，可自己连一样也没有。"大宝不敢再往下想，为了赶跑这些思想，他坐在那里不停地喝水，吃瓜子，这样那些东西好像就不存在了。

不多时，陆陆续续来了许多人，大宝一个都不认识。其中有一个姑娘，看样子有三十来岁，高高的个子，皮肤苍白，脸上满是疙

166

瘩，坐在那里一言不发，心中的心思就像她的脸一样满是沧桑、起伏不平。大宝认为这样的人其地位和自己差不多，同病相怜啊，不免多了亲切感，给她倒了水，把瓜子递与她。那姑娘笑了一笑表示感激。

排座吃饭了，主人一一介绍客人，轮到介绍那姑娘时，薛大一说："这位是范蓉小姐，她哥是我们县组织部范部长——范部长想必大家都知道吧？"说着环视一周——"范小姐是妇联的科长，本来有事的确不能来，可她还是来了。范科长能来寒舍，我们家可是蓬荜生辉了，欢迎！欢迎！welcome，welcome。"说完呵呵地伸着脸冲着范蓉笑，两个巴掌鞭炮似的啪啪作响。女朋友姚艳杏眼变成了柳叶刀，且冒出凛冽的寒光。

大家肃然起敬，目光齐集于范蓉身上，好像她是倾城倾国的大美女似的。不愧为部长的妹妹，处变不惊，镇静自若地接受大家的目光，微微一笑，算回敬了大家。

大宝如被甩进云雾里，又被雷电击了一下。组织部范部长何许人也？广播、电视里频繁出现。他的妹妹，还是妇联的领导，天！刚才自己还……大宝目瞪口呆地盯着范蓉的脸，像看天书一般。范蓉明显感受到了那目光的威力，脸热身颤，心里的湖面拂过一缕春风，泛起一片涟漪，多少年来都没有这个感觉了。冲动地抬起头，迎着大宝的目光笑了一下，倒把大宝捎了个大红脸。

喝酒时，大家众星捧月一般，轮番敬范蓉酒。有一人事局的矮胖男子首先站起，高音喇叭似的说："今天能认识范小姐，真乃三生有幸，三生有幸，我祝范小姐愈过愈年轻，愈来愈漂亮，来，我先干为敬。"说罢，一饮而尽，然后把酒杯口向下，高高扬着，酒分子恐怕都没有一个。其他人有说范部长有魄力的，有说范小姐年轻有为的等等。这样高地位的人大宝是第一次碰到，一时不知如何是好，呆呆地坐在那里，只把话当作菜吃进肚子里了。倒是范蓉主动找他说话，问了他的一些情况，还站了起来敬了大宝酒，眼光X光似的

167

扫描了他好几下。

　　吃过了饭，薛大一和姚艳提议跳一会儿舞，大家纷纷表示赞同。大宝心虚，迟迟不敢入池，其实也没女性陪他，那几个姑娘早被他们如狼似虎地抢了去。几曲过后，范蓉主动过来找大宝跳一曲。大宝机械地和她跳了起来，平时所学忘了个一干二净。好几次还险些踩了范蓉的脚，一不留心，手忙脚乱，手碰着了她的胸脯，就如阿Q摸小尼姑的脸时所说的，"又柔软又细滑"。大宝触了电似的缩回，脸早已红到耳根。范蓉面带微笑，大方地用眼神鼓励着他继续跳下去。

　　晚十一点许，大家散去，大宝主动留下帮助处理善后事宜。收拾停当，姚艳打趣地说："宋大宝，我看范蓉对你特殊得很啊，是不是看上你了？"

　　薛大一像见了鬼似的看着大宝，自言自语地说："不可能吧，我怎么没注意到啊？"

　　"你只感觉到你自己了，还有你的那个什么妇联科长，还能感觉到其他人啊？哼哼。"姚艳如刀似剑地说。

　　薛大一明显被刀剑伤着了，嗯地呻吟一声，咂着嘴低下头去。

　　大宝一看苗头不对，赶忙岔开话题，问："那个范蓉在妇联是干什么的？看样子已经结婚了吧？"

　　"人家分管妇女工作，一心把精力放在我们妇女身上，到现在还是孤家寡人，还做妇女工作呢，哼！"姚艳嗤笑着说。女人对女人的刻薄可见一斑。

　　"不要瞎说，做妇女工作就一定能把自己的事解决好了？照你这么说，老师家的孩子学习成绩就一定好了，心理医生就不得心理病了，上次报纸上说，心理医生得心理病的多了去了。"薛大一说。

　　三人都笑。大宝问薛大一是如何认识范蓉的。薛大一回答道："我是通过姚艳，姚艳通过她的哥哥，而姚艳哥哥和范蓉是同学，你又通过我，这样大家都认识了，此乃关系也。大宝，你好好巴结范蓉吧，让她找她哥哥把你调到县城小学上班。"说着得意地一张口吐了个圆圆的烟圈，在空中婀娜地飘着，再把舌头轻轻地一卷一吐，一道烟棍正射中圈心，慢慢地扩散开来。大宝望着那白白的烟圈，眼睛里亮堂了许多，心里也亮堂了许多。

从薛大一家出来，已是晚上十一点半了，街上行人稀少，猜想人们大多已睡去，倒是路两旁的路灯白天休息好了，这时精神十足，鼓足了劲睁大了眼，发出耀眼的光芒，撑开了夜的庞大躯体，揭开了她神秘的面纱。

大宝慢慢地走着，他并不急于赶到杨丽萍的家里，他还沉浸于今晚的兴奋之中，不想让这欢乐尽快地退去，就像受贫受苦的人，一下口袋里装了百来元钱，要时不时地用手去摸摸，生怕丢了去或被偷了去。他在慢慢地回忆和范蓉跳舞时的情景，不放过一丝一点的细节，她的脸、她的眼、她的手、她的衣服和衣服里面的那个，大宝又想起姚艳和他所说的话，又细细地琢磨着、品味着、分析着，一不留神，差点撞到电线杆上。

不知不觉中，大宝到了杨丽萍家门前，刚想敲门，不禁想到了杨家给他准备的那张破床，心里泛起一阵厌恶。原来杨家并没有把大宝当上等客待，只是在客厅破沙发上临时搭了个床铺，大宝身材如此魁梧，那破沙发怎经受得住？夜里一翻身，那沙发吭吭作声以表抗议，还不时地把大宝的棉被掀落到地上，气得大宝一夜起来安抚它好几次，可它并不接受，到天亮时，还绷着个冷脸。想到这儿，大宝扭转回头，朝着县里的那家小旅馆走去。

正月十五到了，娘叫大宝把杨丽萍接来过节。大宝借口说她要上班，敷衍过去。宋老牛夫妻看人家都抱上了孙子，不禁眼红，晚饭时，二老嘀咕着说："看看人家喜旺、三毛、小翠他们，小孩都会走路了。"说着的时候，嘴啧啧作响，然后提议大宝是不是把婚期定了。大宝把白眼珠一翻，没好气地说："我的事不要你们管。"吓得二老再也不敢吭声了。

饭罢，大宝来到村东喜旺家，那里正在玩牌九，众人一起推举他坐庄，没几下子，口袋里的钱输了个精光，还欠了不少债，快快而回。家里的那只猫酒足饭饱后，不知好歹地喵喵来到他跟前找宠。大宝一脚飞踢过去，那只猫哇哇地叫着跑了。

有道是：赌场失意，情场得意。不几日，大宝接到薛大一的电话，说有人请他到县城去做客，且一定要去，口气硬得像钢钉。大宝听后莫名地兴奋，猜想可能还会遇到范蓉，连忙去澡堂洗了澡净了身，又去理发店理了发美了容，再盘算着当天到县里商店买些衣服。夜里，大宝躺在床上筹划着和她见面时该说什么话，以及该注意的细节等等。

万事俱备，只等那一天快快到来。

周日的早晨，东风和煦，霞光满照，柳叶青黄，鸟儿鸣唱，虽然这时还是初春，但田野中早已有勤劳的农民忙活开了。

大宝喜气洋洋地独自走在前往车站的路上，崭新的皮鞋又新擦了油，油光可鉴。只是这新鞋经看不经穿，大宝脚后跟被磨得牛疼，终于人皮磨不过牛皮，还没出村子，脚后跟的皮磨去了一大块。看样子今天的约会是要出点血了。

村外遇到王喜旺在往自家田里担粪，虽然关系不是太好，可以说很差，但大宝竟然主动地打了个响亮的招呼，搞得喜旺一愣一愣的，眼斜着，目送他老远。

到了车站，那里空无一车，抬手一看手表，居然还早，于是百无聊赖地在那儿等着那没规没矩的三轮车。左等不来，右等不至，等得大宝心中只冒火，才深知什么叫煞时间，什么叫煞死人。好不容易来了一辆，那车主好耐心，把车停了，悠闲地坐在车上等人，好不容易凑了几个人，大家齐劝车主能开车了，那车主唯唯连声地答应，只是光打雷不下雨——就是不发动车子。远远地又来了两个人，大家招呼亲戚似的热情招手叫他们快点来。

到了县城，大宝独自奔向自由市场，今天的饭局大宝不想让杨丽萍知道，甚至害怕她知道这事。"人家请我赴宴，又没说宋先生携女友。"大宝心里这样说。到了商店，首先买了双袜子，自己脚上的早已"破壳而出了"，两个脚指头小燕子一般伸出头来，不保证后面还有更多的，接着大宝又看上了一条红色领带，付了钱，打了好几下，只是打得结像小时候所系的红领巾，售货员看了窃窃地笑，拿了过去，打了个结像八十岁老太太的脸——皱巴巴的皮包着嶙峋的骨头，底下又宛如大姑娘的长辫子一般粗而长。大宝看不上眼，散开领带揣在了怀里。

"水上人家"好名字，又是好地方，它是水田县城最负盛名的饭店。这年头，能进这样的饭店可不容易，进去的人雄赳赳，气昂昂，目不斜视，可见其非同一般。十一点许，大宝来到"水上人家"三楼，这里早有了四五人在打牌了，大宝真是神明，如其所料，范蓉范大小姐——我们今天饭局的主人——我们水田县组织部长的妹妹，早已在那里恭候多时了。

范蓉见宋大宝进来，抬眼盈盈一笑算是招呼。大宝见了，心里恍如浓春。

不一会儿又来了两人，范蓉吩咐大宝给他们倒水，整得大宝好像是主人似的，即使不是主人，也可见他们俩的关系非同寻常。其他人见范蓉如此厚待大宝，都不由得对他另眼相看了。

不知怎么了，今天来的客人除范蓉外，其他的大宝一个也不认识，连薛大一和姚艳也没来。大宝感到有点孤单，好在范蓉抬爱，没把他当外人，所以倒也不十分拘谨。吃饭时，范蓉把他拉在自己身边封作酒司令，大宝不免感到受宠若惊，渐渐地也不把自己当作外人了。

开吃之前，照例要介绍客人，范蓉一一道来，有教育局梁副局长的三公子、组织部李副部长的二小姐、公安局甄局长家的四丫头及其丈夫，另外两个是范蓉调到省城的女同学，临到介绍宋大宝时，范蓉只介绍说是自己的同学。范蓉说得一点也不假，大宝是她同学的妹妹的男朋友的同学，约等于同学，且今天大宝是男同胞中最帅的一个。今天可谓女多男少，阴盛阳衰，保不住一会儿他是很吃香的。

今天的场合，众美女相陪，适合于表演，尽显风流才华。梁公子首先站起，文人雅士一般，开口唱道："年轻的朋友们，今天来相会，举杯……"唱罢一饮而尽，把个酒杯向各位一照，示意大家也都干了。甄女士不干了，说我们女人平时在家被你们使唤欺凌惯了，现在喝酒倒要我们这些弱女子和你们大老爷们对等喝，不公平，万万不行。言下之意，要给几千年来女同胞所受的屈辱洗刷掉，接着又温柔地来了一刀说："你们这样好意思吗？""吗"字又绵又长，可以和今天所喝的二十年古井贡酒相媲美了。梁公子问她怎样才算公平。甄女士望着其他女同胞诡秘地一笑，说："除非你们仨男的喝我们五位女的，否则二两棉花——免弹（谈）。"其他女士高声附和，纷纷把胳膊举起，如五颜六色的旗帜一般摇摆着，手多势众，三男拗不过，再者他们还要怜香惜玉，于是点头同意。

"不相信你们几个小女人能奈我何。"梁公子豪气冲天地说，其他两男也跃跃欲试，要维护天下男人的脸面，吩咐服务员拿了十六个大杯来，斟满，八杯放到五女面前，八杯放到三男面前，各找对象，轮番轰炸。

几轮下来，三男不禁傻了眼。《水浒传》有说，弟子初出江湖，临行前，师父千般吩咐：论武功要对两种人特别注意，一是和尚道士，二是女人。女人有武功可能身怀绝技，比如身揣绝命暗器。今天这几个女人有暗器吗？贾宝玉说："女人是水做的，男人是泥巴糊的。"那五个女子抱成一团水，个个争先，抢着喝酒；三男倒是三块干泥巴，彼此推来推去躲避着。那二男看宋大宝老实，鼓动大宝不知多喝了多少酒。范蓉瞧见了，不知桌下用脚踢了他多少下，又暗地里给他使了多少眼色。

大宝可不是傻子，心里明白得很啊。他深知这些公子小姐的傲

172

慢，如正午的日头，高而热，自己只是沾了范蓉的光而已，承蒙她看得起，能够坐在这里。现在的自己好比瞎子戴了眼镜，秃子戴了帽子，猪鼻子上插了根葱。人家看得起，给面子，不能不识好歹，于是奋勇向前，拼命地喝酒。

一会儿，大宝只觉得胸中翻江倒海着，有几波浪尖还翻卷到嘴里，只好气沉丹田，强行咽了下去。范蓉瞧他不行了，指着那两个男的说你们就会欺负老实人。大家趁着酒气，可以肆无忌惮，嚷道："范蓉，今天来的都不是外人，你可要公平公正地对待，他是你什么人？怎么这样心疼他啊？怎么不心疼我们？"说完哈哈大笑。只说得范蓉脸色赤红，苦笑着说："你们乱说些什么？"也就不敢再多言了。

大宝又喝了几杯，只觉身体发轻，头发重，要沉下去，沉下去，迷迷糊糊感觉有人架着自己在腾云驾雾着，以后就再也不知道了。

当他醒来时，只觉得头拉锯似的痛，身体棉花似的轻，想动又不听使唤，只好躺在那里，眼睛到处瞧，不知自己身在何处。看着窗外黑乎乎的，是晚上了吗？

房门吱呀一声响，范蓉进来了。倒了水递与大宝，柔声关切地问："醒来了，难受吗？看你喝了多少酒啊，怎么这样老实？"

大宝问："这是什么地方？"范蓉回答说："县招待所。"说完把毛巾沾湿了，放在大宝的额头上，说："你下午吐了好多，外衣我已帮你洗了，来，吃个橘子。"说罢从包里掏出几个橘子放在大宝的面前。女人这个尤物，其温柔宛如熨斗，把大宝的难受都熨跑了，身体被这温柔填充着，填充着，感觉有股东西在不断地膨胀着，膨胀着，眼睛痴痴地盯着范蓉的脸问中午喝了多少酒。范蓉被看得不好意思，告诉他说一共喝了七瓶。大宝诧异地把嘴张成 O 形，惊叹道："怎么喝了这么多，你们几个女人真能喝啊。"范蓉神秘地一笑，说："君在梦中啊。你看我们几个女人喝了酒后，都用手帕擦了嘴，那是真擦嘴吗？那是擦嘴里的酒，还有，我们喝酒后都端杯喝水，只是杯里的水没少，反而多了，你知道为何？"大宝如梦初醒，想："这

173

几个女人暗器真多，而自己这般糊涂，就如曹操睡梦中所杀的那个侍卫。"杨修同情被杀的侍卫，叹说："非丞相在梦中，汝在梦中啊。"

想到这儿，大宝睡不下去了，想起来可又无力。范蓉慌忙用手来拉，一个趔趄，一下躺在大宝怀里，脸正好贴在大宝脸上，俗话说酒能壮胆，胆大呢？出色！大宝喘着粗气，一下抱住她，范蓉象征性地挣扎了两下，也就不再动了……

有云：三十如虎，四十如狼，二十四五岁呢？那就是饥饿的猛虎。大宝青春激荡，猛烈地翻腾着，排山倒海一般。范蓉是大家小姐，现在改革开放了，和国际已接了轨，所以自己的岁数也和国外的女士一样，从不向外人道也，并且随着青春的流逝，把岁数看得越发珍贵，保密的等级属于绝密，但从她的动作来看，是由虎向狼过渡了。她温顺地慢慢牵引着大宝，逐渐迈向高峰……

那事完罢，大宝心满意足地起身想拿支香烟，瞧见范蓉脸露厌恶之色，赶紧收回手，再准备来抱她，没想到范蓉一跃而起，手盒子枪似的点着大宝说："宋大宝，没想到你原来是这样的人啊！"说完呜呜地哭了起来。

风云突变，大宝被吓傻了，一时不知如何是好。

范蓉瞥了他一眼，起身迅速穿好衣服，不顾大宝企求哀怜的眼神，冲出门去。

大宝一个人坐在那里呆呆发愣。刚才发生的一切就如在做梦。范蓉怎么了？开始的时候她并没有反对呀，可这才过了多大一会儿工夫，就翻脸了？简直比翻书还快。大宝左思右想，就是想不明白。

大宝不明白就对了。范蓉算是大家闺秀，又身居高位，心思缜密，深不可测。像大宝之类从草窝里爬出来的乡下毛孩子怎么能懂这些啊？一时间，他诚惶诚恐着，意识里猛地蹿出范蓉刚才所说的话，不禁恐惧起来。

"她不会说我强奸她吧？"大宝潜意识里这么想，全身汗毛竖立起来，一动，才知道出了一身的冷汗。

大宝仔细地琢磨着，用千万个理由来驳斥自己刚才的念头："不会的，不可能的。"马上又有一个意识冒出："可能，有可能。"

一段时间里，这两种意识激烈搏杀着，不分胜负。

深夜了，四周一片寂静。那盏破旧的日光灯沉着黑白半边脸在呜呜作声，宛如范蓉刚才的哭泣声，这更加重了大宝的焦躁，于是不停地抽烟。这烟倒是同情他，愿意为他献身。烟火点点地燃烧着，一支香烟，几口就把自己奉献了，不多时，只留下空空的烟盒，张着大嘴仿佛告诉大宝说："完了。"

"完了，一切都完了。"大宝仰天长叹道。本来，他觉得范蓉就是神女驾着七彩云霞下凡来拯救他，没想到原来是肥皂泡。现在肥皂泡砰一声爆炸了，他的希望也就破灭了。

真的就没有一点希望了？不会的，绝对不会的。大宝不甘心地否定着，然后四下里寻找理由来支撑。范蓉对自己笑，范蓉在桌下踢自己，范蓉为自己说话……又延伸到上次见面，不放过任何一个细节，再一路返回。他就这样来回找寻着，一直到天亮。

理由很多，能装满几大仓库。可是这些理由都不能足以抵消范蓉临走时的哭哭啼啼。一想到这儿，恐惧便笼罩住全身，于是赶紧收拾东西，仓皇逃回老家王洼。

回到家，大宝如热锅上的蚂蚁，惶惶不可终日。宋老牛夫妻见儿子这样心神不宁，不知道发生了什么事，也不敢多问，只是默默地关注着。

儿子这是怎么了？夜晚，老两口躺在床上猜测着。到了半夜时分，二老英雄所见略同地认为一定和杨丽萍吵嘴了。对此，二老并没有十分放在心上，有道是：天上下雨地上流，小两口吵架不记仇。小两口子是如此，未婚夫妻恐怕也是这样。话是这么说，可是米是米，饭是饭，只有生米煮成熟饭才保险，于是二老开始商量尽快把婚事办了，最好是放在五一。

175

"就怕大宝不同意。"娘不无担心地说。

"明天我去找王书记、张校长、李菊花，让他们出面说，我想大宝不会驳他们的面子。"宋老牛聪明地说。

"我看媒人就他们三个吧，再加上那个杨兰芝，正好四个，好事成双的。"

"找李菊花当媒人合适吗？"

"那就另外找一个，谁呢？"

接下来，二老开始就这个问题开始磋商，可是半天也没有什么结果，因为王洼庄能担任这个角色的实在没有几个。

"唉，以后再说吧。"最后宋老牛无奈地说。

"唉！"大宝也是长叹一声。现在，他躺在床上，四周漆黑一片，心里也是漆黑一片。他怎么也没有料到事情会是这样。但是无论怎样，大宝都决定不会放弃。因为他深知一个人一生的机遇是不多的，所谓机不可失失不再来。现在，范蓉也许就是他今生唯一的机会，必须抓住。只要抓住了这个机会，前途一片光明。自己会跳出张街，自己会跳出教师这个臭老九的圈子，王洼庄的人怎么看自己？他们还会看不起父母吗？大宝想着想着，心里亮堂堂的，可是向窗户一望，那里还是漆黑一片。

接下来的几天，大宝就这么在希望和绝望之间挣扎着，挣扎着。

这边的大宝是如此焦虑，可是那边的范蓉却是那么悠闲自得。从招待所回来之后，她便一头扎进被窝里好一个睡——彻底放松地睡。自从那年那事以来——现在想起来心还隐隐作痛，还没有这样深睡过，想来自己这么多年遭受过的种种磨难，不禁长长地叹了口气。

原来范蓉也不是什么金枝玉叶。她和大宝一样也是出生在农村贫下中农家庭。读书时学习成绩不好，初中毕业以后，只好在家务农。亏得自己的哥哥范彬当了兵，升了营长，转业回来在水田县梁田公社（后改为乡）当书记。过了几年，父母去世，家里只留下最小的范蓉，俗话说：长兄如父。照顾她的责任责无旁贷地落在了哥哥的身上，于是把她叫到自己的身边，烧锅、洗碗、带小孩，和当今社会富家的小保姆没什么两样，只是她不领工资罢了。又过了一年，范蓉的嫂子张云在丈夫面前吹起了枕边风，说给她寻个好人家嫁出去算了。丈夫没有吭声，他在等机会。一年后，机会终于来了。那几年粮食出奇地多，多得人们为了争抢卖粮而打架。于是粮站要扩大，要招聘人员。范书记作为乡里的一把手，安排一个人进粮站那不是小菜一碟？可是他心眼多，害怕把妹妹放在自己乡粮站有人说闲话，于是采取"曲线救国"的方法——用范蓉和相邻乡书记的儿子进行了等量交换。就这样，范蓉来到水边乡的粮食分站——水拐粮站上班了。那年夏天她正好二十二岁，扎了两个小辫，脸蛋儿像两片绽放的桃花，两只大眼睛清澄得像用石灰浸泡的井水。穿着个小红褂，紧裹着凹凸有致的身体。

这个水拐粮站和大宝的家乡王洼庄的偏僻程度不相上下，粮食堆不少，远远望去和鬼子的炮楼一样醒目。职工五人，同事中有一中年男人叫黄有才的，家在很远的地方，丢了老婆孩子置身在这上班。此人长得人模狗样，中等个，猪腰子脸，小眼睛，宽鼻梁，喜欢穿黄色军服，性格豪爽而不失心细。此人最大的特点是嘴上功夫，能说会道不算，流行歌曲唱得特别好，尤其是港台歌曲。凭借这个勾引小姑娘一勾一个准。

范蓉来后，黄有才主动靠近她，不但给予生活上帮助，而且还给予精神上的关怀。范蓉哪经得住他那两下子？只两年便成了他的俘虏，并且肚子就像粮堆最底层的麦子，得了水分，发了芽。

二人之间的事大家都知道，只不过范蓉还天真地认为密封得不透气。可是她忘了那句古话，天下没有不透风的墙。

不知谁通风报信，黄有才远在家里干农活的老婆陈凤丫知道了此事，这还了得，气势汹汹地杀了过来。这妇人可不是什么等闲之辈，她有苏格拉底夫人的泼，有林肯夫人的辣，有母夜叉——孙二

177

娘的勇，有母大虫——顾大嫂的敢，范蓉哪是她的对手？几个回合下来，范蓉的衣服被撕个稀巴烂，头发被揪成了个水鬼头，脸被抓成了个大花猫，可又不敢回去和哥哥说，只是一个人躲在屋子里哭泣。直到此时，她还执迷不悟——指望黄有才离婚，然后娶了自己。

以后几天，陈凤丫每天堵在范蓉的门口指天跺地大骂，声音比安了扩音器还要高不知多少倍。不外乎就是范蓉不要脸，勾引他男人诸如此类。

范蓉哪里敢出门？工作自然也就耽误了。本来指望黄有才能驱离他老婆，可是接连几天，居然连他的鬼影都没有见着，也不知道他躲到什么地方去了——实际上，他就在自己的屋内。

水拐粮站的站长梁大嘴眼看事情越闹越大了，于是要尽到领导的责任，把黄有才叫去一顿狠训，让他无论如何都要把他的老婆弄回老家去。黄有才哭丧着脸说自己没办法，让站长给他想方法。梁大嘴倒是深谙此道，交代说："你天天玩女人，怎么这个都不知道？其实女人就是一头驴，光会哄也不行，你还得打，还得吓唬，你回去告诉你老婆，就说再闹下去你的工作就丢了，看她还敢闹。"

还别说，这一招还真的管用。陈凤丫虽然还在闹，但已经不是狂风暴雨，而是毛毛细雨了。接下来，梁大嘴又来做范蓉的工作。他动之以情晓之以理地劝说着，口水虽然说掉几大碗，但一点效果也没有。范蓉像着了魔似的一定要和黄有才在一起，大有祝英台对梁山伯般的执着。梁大嘴没有办法，只好拎了两只鸡，揣了两包烟来到范书记家，将范蓉之事告诉了哥嫂，并赌咒说自己一点都不知道此事，又说自己知道后是如何处理黄有才的，又是如何劝范蓉的等等，这样可谓一箭双雕——既撇清了自己的责任，又可表明自己的领导才干非同　般。

本着家丑不可外扬的原则，范书记没有作声，第二天就用车把自己的妹妹接回家来。以后范蓉就再也没去水拐粮站上班。一年后，范蓉来到县妇联上班。在以后的几年里，男朋友谈了几个，可纸里

178

包不住火，以往的情史被他们知道，一一借口推辞了。世事的沧桑埋藏在心里，显现在脸上，让一个人成熟了许多。深夜里，眼泪啊不知沾湿了多少枕巾。

在妇联的这几年里，范蓉学习到很多男女间的事，比如结婚前女人一定要降服男人，要让他俯首帖耳，这样以后就好驾驭了，否则让男人占了上风，那就用十头牛也拽不回来的。现在她就理论联系了实际，在宋大宝身上小试牛刀，只等大宝把头伸过来任她宰割。再说了，在她看来，我范蓉现在就是七仙女，你宋大宝就是穷光蛋董永，七仙女嫁给你董永，哼哼。

大宝哪里知道这些？现在的他油锅里煎着似的。又过了几天，再也受不了了，心里寻思着，与其坐以待毙，不如主动出击。告诉父母说去找杨丽萍，来到县城。可他并没有去找她，只是在街上溜达，眼睛四下里巡视，期望能遇到范蓉。

大宝在街上流浪狗似的逡巡着，猛然见到前面小吃摊位边站着的姑娘好眼熟，杨丽萍？再仔细一看，可不是她？带着她的侄子正在买东西吃。大宝有心转回头而去，无奈杨丽萍已经看到了他，向他招手，于是只好往前走去……

中午吃饭时，杨妈问大宝是不是把婚事办了。大宝听了，吓得吃在嘴里的饭不愿去他的胃里了，生生地又喷回到碗里。太突然，大宝来不及想出更好的来回答，只好用最硬的硬件来对付，说家里暂时没有钱。杨妈听了眼皮拧成麻花状，脸拉成长坂坡；杨丽萍听了，眼斜到一边，鼻子哼哼作声，似老式蒸汽火车头在喷汽。

吃罢饭，大宝害怕时间待久了惹事端，借故说要到街上办事，逃出杨家。来到县图书馆，一直磨蹭到两点半，想机关也应该上班了，于是直奔县妇联而来。

来到妇联，大宝的心抑制不住地激动与不安，脑子呢，一片空白，连东南西北也分不清了，又不敢问人，只好一个房间一个房间地找。他小心翼翼，探头探脑地找着，宛如电影中的特务一般。有两人看到他的模样，以为是小偷，提高了警惕，过来喝问他是干什么的。大宝只好如实地说是来找范蓉的。那两人听了，态度来个一百八十度大转弯，马上赔着笑，抢着要带大宝去。

范蓉刚来到办公室，泡了茶，屁股才坐下，心莫名地嗵嗵跳了起来，好像要发生什么事似的。什么事呢？正在惴惴不安，突然听到外面声音："范科长，有人找。"大宝的身影随即出现。

都说女人的第六感觉非常准，这几天，范蓉已经预感到要见到宋大宝了，但现在见到了他，还是大吃一惊。本来平静的心湖被大宝这颗石子丢进，涟漪四下扩散开来，扩散开来，为了封锁住涟漪，不让同事看出来，她上牙紧咬着下牙，但还有细小的涟漪突破这两排利牙的封锁，浮现在脸上，变成红晕。那两个同事看着红晕，推说自己有事，窃笑着走了。保不住办公室马上要开新闻发布会了。

"你怎么来了？怎么找到这里的？"范蓉保持着战略上的一致性，冷冷地问。冷得好像二人从不认识似的，抑或二人已经非常熟悉了，比如很多老婆就是这样对其丈夫的。

大宝一时找不到理由，也找不到话题，宛如犯了错的小学生一般站在那里一声不吭。

范蓉见了心疼，老师的慈爱、女性的温柔涌现出来，冲着大宝一笑，示意他坐下。

大宝受宠若惊地坐下，低着头，看着自己的脚尖。

"呆子。"范蓉心里说道，然后问大宝什么时候来的，最近在忙什么，话语中带着关切。大宝心中的石头慢慢下落，脸上的冻土层也开始融化，心儿也像这春天的小虫开始蠢蠢欲动了，并且换了一个舒服的坐姿，难得地灿烂一笑，回答说："我一直都在想你。"

"想我？我有什么好想的？"范蓉若无其事地问，眼睛看着桌子上的台历，心里计算着离别的天数。

听着这硬邦邦的话语，大宝刚才消失的担忧、苦恼、焦虑、恐惧随即又出现了。

"那天喝多了，干了蠢事，我、我……"后面的大宝不知道如何说了。

"什么，哪天？什么事？我怎么不记得？"范蓉厉声质问。

"我、我……"大宝回答不上来，只是可怜巴巴地望着范蓉。

范蓉见了心里得意，然后貌似若无其事，轻描淡写地问："听说你已有女朋友了，是吗？她是哪儿的？干什么的？"说着不时瞟着办公桌上的那本《恋爱、婚姻、家庭》，好像不是在问大宝，而是在问那本杂志。

"这些她怎么会知道？谁告诉她的？"大宝心里道，嘴里却本能地脱口而出说："刚刚才认识，我和她不合适的。"

"哦。"范蓉答应着抬头看了大宝一眼，这也是今天她第一次郑重看他。

也许是对自己的情敌不屑一顾吧，也许是吃醋吧，抑或是自信满满。接下来，范蓉并没有问及杨丽萍的事，办公室里陷入寂静，寂静得能听到对方的呼吸声，雌雄荷尔蒙和着这春天下午温暖的阳光，发酵着，膨胀着。二人都沉浸其中，温馨而浪漫。

"你有什么打算？"范蓉问，再郑重地看着大宝。

"我要和你在一起。"大宝不知哪里来的这么大的勇气，响亮地回答。

"是、是吗？"范蓉哆嗦着问。看样子大宝的话已经触动了她的内心。

"是的。"

"那你说说我有什么好？"

"你什么都好。美丽、漂亮、热情、淳朴、善良，没有架子、会体贴人，善解人意。"大宝脑子一边竭力搜索词语，一边回答。亏得读了不少书。

"呵呵。"范蓉低头笑着，女人都喜欢听这样的甜言蜜语，特别是年轻男性所说，但还没有被这些甜言蜜语灌醉，知道谦虚地说：

181

"我哪有这么好？"

"你有，我都亲身体会到了。"大宝说着眼睛直勾勾地盯着范蓉的脸，好像他说的话比真的还要真。

事实胜于雄辩，看来就是真的了。范蓉不再说话，只是手在不停地拨弄着钢笔。大宝看着那纤纤玉手，心里痒痒的，有一种扑过去握住的欲望，刚要起身，突然外面传来一个声音："范科长，李主席让你去她那里一趟，现在。"

范蓉答应着站了起来，今天的谈话看样子到此结束。大宝快快地站了起来，恋恋不舍地往外走。

春日迟迟，西边天空仙女们织出的轻纱，被风神轻轻地、慢慢地一缕缕送到太阳公公面前，太阳公公不顾一天的劳累，赶在下山回家之前，把这些羽衣霓裳染成粉色、红色、黄色，整个世界辉煌耀目一片。

大宝兴冲冲地走在回往老家王洼的小路上。路上的小草已露出毛茸茸、黄绿绿、亮晶晶的身躯，给路儿铺上了一条柔软的地毯；各种各样的野花五颜六色，点缀其中，宛如嵌在上面的宝石，熠熠生辉，使人眼花缭乱；两旁一望无际的麦苗青翠欲滴，清风拂来，这绿海里一浪追着一浪，浪浪不绝，送来阵阵清香，沁人心脾。

"春天真美啊。"大宝不禁感叹道。其实不是春天美，而是他现在心里很美，因为就在昨天，他还忧虑不堪呢。

大宝一边走一边回想着刚才和范蓉的谈话，兴奋和激动伴随而来，而且越积越多，身体里盛不下，要发泄出来——有一种想放歌的冲动。空中的鸟儿许是猜着了他的心思，飞翔在半空为他伴奏，那声儿婉转、悠扬，和着大宝的《恋曲1990》。不远处，农家菜园的水沟旁，站着一排整齐的柳儿，如懵懂的少年，披着长长的嫩绿的斗篷，向立在园中央的一株含苞待放的桃儿频频招手。这伊人，宛若高贵的公主，孤傲地立在那儿，丝毫不为所动，把自己的花心紧紧地裹在层层的花瓣之中，只露出羞羞答答粉红的容颜，有"犹抱琵琶半遮面"的意趣。这样的景色,大宝见了不止千百次,可以说是熟视无睹了,可今天不一样,径直奔了过去,折了最漂亮的两枝,把花蕾当作范蓉的脸,抚摸着,亲吻着。

到了家中,大宝去喂了猪,又把牛牵去饮了水。娘见了,高兴得像吃了唐僧肉;宋老牛见了呵呵地笑,嘀咕着说:"今天日头不是从西边出来的呀。"忙吩咐老婆去炒几个菜。

一会儿,村里的王支书竟然来了,宋老牛夫妻赶忙热情地打招呼。大宝只是冲着自己家的那条大黑狗说:"来啦。"

几杯酒下去,王支书摆出领导、长辈、媒人的姿态,一脸严肃认真地说:"大宝,我们已经商量好了,你和杨,杨什么?"娘在一旁赶紧提醒。"噢,杨丽萍,你们俩的婚事就放在五月一号好了,我看这事就这么定了。"

宋老牛夫妻俩在旁边陪着笑,四只眼睛望着大宝,小心地附和着支书,说:"五月一号是好日子,你们都不小了,还是把事情办了吧?"

大宝明白了,原来他们今天商量好了,于是没好气地说:"现在我还不想办,家里没钱。"

"没钱就不结婚了?"那王支书手指敲着桌子当当响,训斥着。

大宝端起酒杯,也没经支书的批示,自干了一杯,对着桌子上的炒鸡蛋说:"没钱怎么结婚?以后再说吧。"

王支书看大宝端起了酒杯,自作多情地认为要陪自己干一杯,伸手去端自己的酒杯,没料到那酒已在大宝的肚中,心里刮起东北风,寻思着:这小孩儿怎么这样不懂事?简直是不知天有多高,地有多厚。但又不好意思发作,情急之下,慌忙把手转了方向,奔向自己的筷子。可他没去夹菜,而是把筷子停举在半空,点着大宝的鼻子说:"没钱不能借啊?"

"向谁借?"大宝说着,眼睛瞧着王支书,"你借给我?"

王支书不再吭声了。宋老牛见自己的儿子如此顶撞支书,赶紧端起酒陪他喝。大宝也就起身回到自己的屋里，再也没有出来。王支书今日威风扫地，寒着个脸，喝着闷头酒。宋老牛恭卑地敬他酒也不能把他的兴奋拉回来。娘躲在厨房不敢出来，心里寻思着儿子得罪了支书，这下怎么得了。

夜慈祥地来了，安抚着这世界，像慈母一般抱着自己睡着的孩子，摇啊摇的。起雾了，薄薄的，笼罩着这小乡村安静而平和的夜。从门窗缝隙中透出的昏黄的灯光，招引来了许许多多细小的虫儿向这里涌来。好宁静的小村的夜晚啊。有谁在恩恩爱爱？有谁在情思绵绵？

大宝一人待在屋子里，他怎能睡得着？父母的话倒提醒了他，这些天自己把全部的心思都放在范蓉的身上，把杨丽萍忘了个一干二净。一想到杨丽萍，他心里就烦，嫌她不漂亮，嫌她年龄大，嫌她穿着不合体，嫌她……太多，干脆不去嫌了。我们的宋大宝今非昔比了，俗话说："人往高处走，水向低处流。"孟子曰："鱼和熊掌不可兼得。"杨丽萍是鱼，而鱼在低处的水中，熊呢，在高处的山上，所以大宝要舍鱼而取熊掌了。

大宝参加了"行政管理学"自学考试，知道事情的轻重缓急。目前自己和范蓉的事情就是重和急，他急切地要把范蓉这个阵地攻克下来，其他的先不管。于是拿起了笔，给范蓉写起了情书。

大宝常教育学生说书到用时方恨少。今天自己确实领会其内涵了。拿起笔不知从何处下手，恨平时自己没多注意，现在又找不到《情书大全》之类的参考书，硬着头皮开了头，写下了："亲爱的范蓉……"

写着写着，大宝的胆子就大了，什么海誓山盟、海枯石烂、天涯海角、天崩地裂、天老地荒、地动山摇，只让那些科学家啧啧不断，寻思：难道要发生自然灾害了吗？写范蓉的美丽，什么羞花闭月、沉鱼落雁、倾国倾城……使得长眠在地下的这些美人都睡不安；又写了自己是如何地惦念、想念、思念、挂念，而引起的身体的种种变化，可谓：为伊消得人憔悴，帘卷西风，人比黄花瘦等等，大宝这些天确实瘦了许多，范蓉不知，那是他担忧、恐惧造成的。不知女人听了男人的这些话有什么反应？反正招引了许多的小虫来学习，点点地爬满了大宝的信纸。

写好后，他嫌自己的字写得不好看，就如学生写作文一样，权且是打了草稿，他又认真地誊抄了一遍，写完装入信封，只等第二天发出去。一切准备妥当，一看手表已晚上十二点半了，身旁的烟灰缸小山似的，难怪作家们大多没有好身体。

第二天，大宝来到学校上班，刚进办公室，同事们纷纷来要喜烟喜糖吃，搞得他莫名其妙，一问才知是校长张大土宣布他即将在五月一日结婚。大宝慌了神，赶忙矢口否认。众人哪能听得下去？坚决地要求他晚上请客，并说不请也得请，请也得请，就这么定了。说完大家不等他开口，一一溜开了。留下大宝哑巴吃黄连——有苦说不出。上课进了班，同学们都望着他笑，好像小脸上都写着：宋老师要当新郎官了。大宝心里大叫：这下坏了，哪还有心思上课？一上午都在想着这件事。

解铃还须系铃人。中午时分，大宝来到校长张大土家。张大土正在家里等着他呢，看大宝进来，扯开老鸭嗓子说："宋老师，结婚这样大的事也不跟我说一声，还要你父亲告诉我啊，怕我吃你十大碗吗？"哈哈地大笑，震耳欲聋。大宝哭笑不得，赶忙坐下来解释。

首先，大宝把杨家的不是添油加醋地说了一通，系统地分析了自己家的条件，又假设了和杨丽萍结婚以后的状况，意思那真是秃子头上的虱子——明摆着，无论如何自己现在还不能结婚。这一番缜密的逻辑推理，只把张大土说得口服心服，晚上的请客也就像那名不正言不顺的胎儿——流产了。

从校长家出来，大宝去了同事小张那里借了一本《情书手册》。回来之后仔细研读，只把那些勾人心魄的词句记下来，晚上参照范文又连夜伏案给范蓉写情书。以后的每个春宵，大宝和着这春风，

185

就着这春光，蘸着这春景，只把这春信当作日记一样来写，春心被酝酿得一天天纯厚，春潮翻滚涌动，三五天去买信纸和邮票，只把街上商店里的信纸买断了货。

最近一段时间来，杨丽萍的妈妈看大宝没有登门送东西，心里很是不快，于是在杨丽萍的哥嫂面前吹起寒风："哼，钱没钱，地位没地位，图他什么？"又私下里在杨丽萍面前嘀咕说："教书匠简直连街上的补鞋匠都不如，一个月只有百来块钱，你看菜市场那些小贩，哪天不赚个二三十块？"

杨丽萍心中的温度随着这股寒风而陡然降落，这春天的寒潮来了是要下雨的——她开始流泪了，只不过如这春天的雨细而密。仔细想想，可不是吗？母亲说的可谓一针见血，教师的工资太低了。这年头，知识，廉价，就是造原子弹的都不如贩鸡蛋的，更别说教师了。于是大宝在杨家人心目中的地位像黄昏的日头——逐渐下落。明天，日头照样升起，不知是否还是那个日头。大宝不知此事，假如知道了，他会高兴得搂着枕头跳舞的。

宋老牛夫妇好像感觉到了亲家的不快，赶忙来修补两家的外交。瞒了大宝，宋老牛挎了一篮鸡蛋，拎了两只鸡来到县城。

歌曰：乡里老汉进了城，东南西北分不清，东张张，西望望，厕所半天找不到。宋老牛很少来县城，也是第一次登未来亲家的门，找了大半天，只找得他晕头转向也没找到，最后经过 N 次打听才找到。杨妈见了宋老牛的模样，嘴只撇到耳边；杨丽萍哥嫂看了，懒得搭理，躲进屋内不再露头。原来宋老牛的模样和油画中的老人差不多，脸上的皱纹如大寨的梯田。可见现实中的人物风景永远没有图画中的美。杨妈倒了一杯水给宋老牛，居然连茶叶都没放，然后冷冷淡淡地坐在那里，爱理不理的。

宋老牛给了杨妈一千块钱，说是聘礼，然后和杨妈商议能不能在五一把二人婚事办了。杨妈只是说等女儿傍晚下班回来再说。以后就示威性地坐在那里，金口不再开了。宋老牛在王洼庄受惯了别人的白眼，所以今天在亲家所遭的冷遇也没放在心上。他默默地坐在那里，默默地抽着烟卷。

春末，槐树的花瓣儿簌簌落下，留下斑驳的果实；春燕夫妻来来往往地飞，恩恩爱爱地忙着做窝了。大宝望着那些燕子发愣，盼望着飞雁传书过来——范蓉的回信。一连去了几十封信，只是肉包子打狗——有去无回。

周三下午，终于收到了期望已久的回信，赶忙躲进屋里，关了门。范蓉的回信并不长，只是说收到了他的信，最近很忙，所以没有回，含蓄地说了她已知晓了大宝女朋友的事，结尾客气地说没事时来玩。就这一句，大宝看了差点像范进看了中举的喜报。"没事来玩"也就是说她愿意继续和自己交往。大宝看了一遍又一遍。看来，希望大大的。出了门，嘻嘻哈哈地和同事开着玩笑，肆无忌惮地把自己的高兴传播开了。上课了，路遇五十多岁的肖老师，放肆地把他的帽子摘了下来，露出斑驳陆离的秃头。秃头有人护着，有人无所谓，而肖老师属于前者，摘他的帽子和打他的脸差不多。肖老师翻着白眼，说大宝没大没小。

晚上睡觉，大宝又情不自禁地把信儿拿出来分析课文一样地研读，不禁大吃一惊，白天的高兴宛如正在烧着的沸腾的开水，只把水中的小颗粒也吹了起来，现在水面平静了下来，那些小颗粒也就沉淀下来——他盘算着范蓉信上所说的关于女朋友的事。

她知道了是如何打算的？是继续和自己交往还是退出？这是大宝最想知道的。可是一直琢磨到半夜也没有琢磨出所以然来。夜半，四周一片平静，银色的月光从窗口倾泻进来，大宝恨不得骑上月光飞到范蓉那里亲自问问她。

虽然没有琢磨出来范蓉的心理，但是大宝是吃了秤砣——铁了心了要追求她，于是拿起笔来，像写检查一般，向范蓉述说了自己和杨丽萍之事。首先表白自己如何纯洁，纯洁得像一张白纸；长这样大，所结交的女人何其少，简直如在深山里寺庙里长大的孩子，如果不是上次和范蓉在招待所那个了，大宝就要说自己还是童子之身了。接着又说明了自己和杨丽萍相识时间何其短，了解何其少，交往何其浅，只是如读书一般，厚厚的书才打开第一页呢，又进一步阐明了自己和杨丽萍绝无肌肤之亲，自己这样正派，连她的手都没拉过一下，更不用说其他的了。大宝说得一点也不假，他是没拉过杨丽萍的手一下，而是拉了几十下、几百下，上次杨丽萍来，他们俩还同床共枕呢。想到这儿，大宝的脸儿不由得变色，强吐了几口烟，把自己的脸淹没了。

大宝觉得最近自己说谎的本领越来越大了，连自己都感到惊诧，拿起镜子照了照，只见自己一脸的憔悴，额前的头发分成几缕，向上翘着，歌星似的；头顶几座"山峰"连绵起伏；胡子几天没刮——如针似刺，锋芒毕露。唉，这就是爱的代价。想想古时无数英雄豪杰舍了江山来爱美人，自己这点牺牲又算什么呢？再说，自己如果和范蓉好上了，以后会是什么样？恐怕难以想象。

"宋大宝啊，宋大宝，你就是于连，中国版的于连。"大宝对着镜子中的自己说，再噗的一声吐了一口烟，镜子里的自己面目全非了。躺下，继续想着刚才写的回信，只嫌自己的语言过于苍白无力，无以表明自己的清白与纯洁，他绞尽脑汁、搜肠刮肚地去推敲，想起一句，爬起来记下，可谓"语不惊人死不休"。一会儿，原先的那封信被解剖得支离破碎，面目全非了，又花了好长工夫重新整理好才满意地重新躺下，可是怎么也睡不着，脑子里尽是范蓉看过信的模样，猜想她一定很羞涩很高兴。想到这儿心中一阵窃喜。大宝如此这般熬夜，也许有几个学生写作文时要写道：我们的宋老师，深夜了还在备课，批改作业，可谓"春蚕到死丝方尽，蜡炬成灰泪始干"。大宝累有，"丝"也有，只是全用在范蓉小姐一人身上罢了。

信邮寄出去后，大宝冥冥感到这次范蓉肯定不会无动于衷。果然不错，周五上午正在上课，校长过来叫他去接电话。大宝急忙跑了过去，一听是范蓉的声音……

三月的雨，四月的花，五月的麦子，六月的瓜。四月里，春和景明，阳光灿烂，各种植物为了吸引异性，博取爱恋，使足了劲绽开花朵，于是整个世界花团锦簇，香飘万里。一时间，忙坏了小红娘——蜜蜂，累坏了大媒婆——花蝴蝶。

在这个美好的时光里，靓女帅男们也没有闲着，城里的愿意向乡下跑，乡下的纷纷向城里拥，忘却了辛苦和劳累。有人说打麻将能医百病。我说谈恋爱能疗万病。要不，你看那些热恋的男女，一个个兴奋得如吃了兴奋剂。爱情可不就是一味兴奋剂，一味最好的兴奋剂。

周日早上八点多，大宝来到省城公园门口，看了看手表，比预定时间足足早了一个半小时。这里车水马龙，人山人海，熙熙攘攘，好不热闹，他没心情去欣赏这些，而是急切地向远处望去，可又望不到尽头，满目都是人头，蝌蚪一般，恨不得去借来《西游记》中的千里眼。

料想所等之人暂时还不会到来，于是站在一旁，翻看着手里的书，哪里能看得下去？看几行，向远处张望一下，又看了看手表，时间才过去两分钟。

好不容易熬到九点，所等之人还是不至，大宝有些慌了，一个意识：该不会不来了吧？另一个赶忙来否定：不会的！不会的！怎么可能呢？可是她怎么现在还不到呢？脑子里涌现出各种理由：塞车啦，班车误点啦，等等。大宝有心寻着爱人来的方向去迎接，又担心万一她来了找不着自己怎么办。于是只好原地待命坚守。坚持就是胜利，正在抓耳挠腮、胡思乱想之时，猛一回头，他的心爱之人——范蓉范大小姐姗姗而来，真可谓：众里寻她千百度，蓦然回首，那人却在他身后。

看到范蓉，大宝嘿嘿地站在那傻笑。范蓉大大方方过来，再大大方方地打了声招呼，然后上来大大方方地挽住大宝的胳臂，向逍遥津公园大门走去。这是大宝第一次在大众场合下和女朋友如此亲

189

昵，一时间只觉得周围有千百双眼睛在盯着自己。

公园近处都是些夫妻带着小孩子在玩耍，他们完成了围城的任务，可以明目张胆地展示自己的成果，别有用心地留下公园最深处，让后来者继承他们的光荣传统，完成"革了自己命"的使命——使他们快快地进城来。范蓉领着大宝径直往公园深处走去，九曲十八弯后，到了一丛小松树后面，这里安静得很，老母鸡下蛋恐怕都不会受到打扰。旁边有一凸起的石头，冷淡了半日，见有人来了，睁开眼要看，大宝赶忙掏出手帕把它的脸盖住，还嫌不够厚实，又把带来的书加在手帕上，这样范蓉就可以舒服地坐在上面了。

安顿好范蓉，万分激动的大宝对地上的灰尘视而不见，不顾那条棱角分明的新裤子的感受，一屁股坐在她身旁的土地上，扬起头，盯着范蓉的脸，傻傻地笑。

"今天天气不错。"大宝说，这开场白像白开水，但白开水也是很必要的，比如在正餐前可以润润嗓子，开开胃。

以后里，范蓉只是问，大宝只是回答，如同在进行毕业论文答辩。大宝把自己的简历一一做了介绍，忘了自己所学的唯物主义思想，渗入不少小资产阶级唯心论情调，吹了不少肥皂泡在空中，比如谈自己的童年，只是说很快乐，避而不谈所受的欺凌；谈到工作，强调了自己的骨干作用以及领导的重视、学生的爱戴，以及将来的可能，而舍去了自己的满腹牢骚；谈到学习，只谈了自己参加的本科自学考试如何深奥，以及自己如何刻苦用功，而舍去了一年只通过了一科。怕范蓉不信，恨不得把自己胸脯拍得咚咚地响说：我说的这些可都是真的。

大宝的这一番表白如同不远处悬挂的大红气球，在春天灿烂阳光的映照下，于空中随风摇摆着。可他不知，他的这个人红气球给他的小学生看看还可以，范蓉常进城，见过比这个更大的气球。再者，她这样身份地位的人，有更大更绚烂的大气球，只不过不想把它悬挂起来罢了。她只是坐在那里，望着远处，不时呵呵笑几声，以示她在听。

　　谈恋爱当然要谈书籍了，有云：读书可以齐家。现在是家的前奏，为了确保未来家的兴旺，这个当然要重点考察了，并且保不住以后还要治国、平天下呢。范蓉问大宝读过什么书。大宝把自己所知道的书的名录报了一通，从中国开始，到俄罗斯、法国、英国，再到美国，世界周游了一遍，只说得地下的托尔斯泰满脸通红，以为自己有笔误，因为《安娜·卡列尼娜》大宝没读完，根据自己的猜测，帮托老篡改了安娜的结局。又把巴尔扎克老先生说得只吹眉瞪眼，因为大宝的嘴像天漏了个大窟窿，连天上的云彩也当雨倾泻下来，说他老人家的作品有着深刻的反封建反资本主义思想，他老人家没想到自己的作品还有这样的主旨，只佩服大宝的创新思维。大宝问范蓉喜欢谁。范蓉只是说自己看的书不多，只喜欢三毛和琼瑶，特别是琼瑶，太好了，好得让人流眼泪。说到这儿就不敢再说了，怕勾引起水拐粮站的旧伤。

　　周围的树上，不知什么时候飞来一群麻雀，叽叽喳喳地提着意见，好像对他们俩老霸占着那地盘表示不满，叫嚷着让他们腾出地方。二人终于醒悟过来，抬手一看时间，呀，下午五点多了，天，连午饭都忘了吃。不由得会心地相视一笑，权且把彼此当红颜知己了。大宝赶忙说要到外面买点东西吃，范蓉只说不饿。实际上，他们何须还要吃东西呢？对于范蓉来说，男朋友那么多出色的高谈阔论自己可以引以为豪，只把肚子填饱了；而对于大宝来说，女朋友如此漂亮，简直秀色可餐了，除此之外，女朋友的温柔又如喝了美酒，大宝早就熏熏然了，此可谓：酒不醉人人自醉，色不迷人人自迷。

　　二人出了公园门，范蓉问大宝怎么回家。大宝知道现在的张街已没有车光顾了，只好如实报告。范蓉说她哥哥的车马上来接她，一会儿叫司机顺便送他回去。大宝听了受宠若惊，又自豪不已。他什么时候受过如此的待遇？于是跟在范蓉身后，如同狗一般摇头摆尾着。

有专车就是方便，一个小时不到便到了张街小学大门口。大宝站在车前拦着，死活不让车走，执拗地要请范蓉和司机吃饭，那阵势好像是这车撞了大宝，被强行拦下不给走了。大宝反复说到了这里自己就是主人，当然要尽地主之谊喽。他用了我们这里挽留客人的流行语说：到了家门口，怎能让你走？走，这不是打我脸吗？说着可怜巴巴地望着范蓉，乞求施舍给他这个花钱的权利。范蓉禁不住如此热情的纠缠不休，千金难买地答应了。在她看来，大宝已经不是外人了，就给他一次花钱的机会吧；再者，就自己这样的人，到哪里不是高高在上？自己能在这个小地方吃饭，那是给足了他面子。

三人向街上走去，不远处，校长张大土正在散步，见大宝坐了小轿车，疑惑、好奇、羡慕地望着，眼睛一直热情地把他们送到饭店。

小街上的饭店和小地方的人一样，敦实得很，乌漆漆的门面说明烟火很旺，就如抽烂烟之人的牙齿和黑黄的手指；油光满面的大方桌宛如《范进中举》中胡屠户的手，一巴掌拍下去恐怕能刮下二斤猪油；所上的菜实实在在让城里的人认为他在做善事而不赚钱。大宝只把饭店的好菜摆了满满一桌还不够，只加了二层楼，还一直抱歉地说小地方实在没有什么好菜，说着只摇头叹气，连自己也看不起，那真是身在小地方而感到不幸了。范蓉看了，感觉大宝太铺张浪费了，就如借了高利贷的人掏出高级的香烟，乞丐要去装金牙一般。范蓉对自己未来的地盘看得重着呢，她要替大宝捂紧口袋，看来自己以后有责任有义务好好地调教调教，庆幸的是还有时间，又转念一想，大宝这样做是为了自己，可以佐证自己在大宝心中的地位，想到这儿，心里的高兴就如像刚上的菜——腾腾地冒着热气。

几杯酒下肚，大宝看范蓉的眼神有些异样了。那个司机已经在场面上滚打摸爬惯了，心理学不须看书就能考试过关，见范蓉舍了

192

自己的高贵愿意端起酒杯，借故要开车，快速地吃了饭躲进车内，只留下二人孤单地去面对那些猪儿、鸡儿、鸭儿、牛儿、狗儿……

大宝殷勤地向范蓉面前碗里夹菜，并不停地问菜是否合口味，要不要喝水，恨不得把自己也给范蓉吃了——只要她愿意。他这样殷勤照顾，只引来窗外青蛙阵阵的喝彩，让墙角的一对小春虫情侣琐琐屑屑地争吵不休。

季节的温暖、菜肴的热腾，外加浓酒的提升，特别是眼前这个男人的温柔体贴，使得范蓉的脸儿像燃烧的云彩，身体如烘烤的山芋。热得难耐，于是脱了外套，露出鼓鼓的胸脯，蒙古包一般。

这两个蒙古包大宝跳舞时触碰过，上次在招待所他揉过，大宝情不自禁地多瞄了几眼。范蓉许是也想起那天的事了，脸上泛起红晕，眼睛低垂下去，那两个蒙古包起伏着，连绵不断，成崇山峻岭了。

大宝只觉得自己就如那熊熊燃烧的火炉，而鼻口是这火炉的烟囱，呼哧呼哧地响。二人都不说话，空气中弥漫着温馨浪漫的气息。大宝有一种扑过去的冲动，可是又没这个胆，只好慢慢靠近过去，借递给范蓉餐巾纸的机会，猛地抓住她的手。范蓉象征性地挣扎了几下，也就不再动了。

两只手儿犹如两块磁铁，紧紧吸在一起。范蓉眼里的扑朔迷离就像黄山顶上的云雾翻滚着、飘逸着。大宝恨不得跳进去融化了自己。这时，那饭店老板要学圣人一日三省，走进来问宋老师饭菜是否合口，大宝只想一闷棍下去让他永远瘫痪不起。

"大宝，我们走吧。"范蓉站起来说，现在她不叫宋老师，改叫大宝，说明关系有了更进一步的发展，说不定大宝就是她的私有财产了，桌子上剩菜也是她的私有财产，要大宝打包。大宝只把自己当作百万富翁了，鄙夷地瞄了瞄那些剩菜，嗤声地说："不要了。"

范蓉上车后眼睛幽幽深深，比这夜还要深邃，内容也更加丰富，对着大宝道："你回去吧，以后我打电话给你。"大宝哎哎地答应着，依依不舍地跟在车后面，就像家里养的狗，主人要出门，送了好长好长的一段路。

这一顿饭，足足吃去了大宝两个月的工资，但一点也不觉心疼，只是对饭店老板打断了自己的好事儿耿耿于怀，结账时硬是少给了五块钱，当作对他的惩罚。大宝不知，假如他把这么多钱花在杨丽萍身上，她高兴得会晕过去的，只是她没这命罢了。

大宝回到宿舍，开了灯，招来很多小飞蛾，满桌子乱飞，大宝正要说讨厌，校长张大土趋光赶来，不断问这问那。大宝喝了酒，坐了部长的车，底气大增，只把香烟撂到桌子上要校长自己取，而他自己则靠在床上，吐着烟，满脑子都是范蓉的影子。

"宋老师，不简单啊，小轿车送回来的，是谁啊？晚上吃的什么？"张大土酸酸地问。对于宋老师今天来客没有叫自己这个领导去作陪，张大土大为不悦，这不悦卡在嗓子眼处，如鲠在喉，不吐不快。

"是组织部范部长的车，晚上我请客。"大宝响亮地回答，他本要说来同学了，但看见校长阴沉的脸色，临时改了口，他要用部长的高级轿车撞校长一下。

"组织部？范部长？你、你怎么认识的？"张大土坐正了身子，瞪大眼睛问，随即又往后靠了靠，眯缝起眼睛，怀疑地看着大宝。

"只准你们领导认识领导，我们老百姓就不行了吗？"大宝半开玩笑地说，"告诉你，他的专车从省城一直把我送回来。唉，那车坐着真是舒服，我可是第一次坐那样的车啊。"大宝说着爽朗地笑着，笑声荡出老远，二里路外的鬼恐怕都能听得一清二楚了。

以后，张大土小孩捉迷藏一般，说下午看到大宝和一女子在一起，问是谁。大宝回答说是自己的同学，和部长一起来的。就大宝目前的状况来说，应该用高音喇叭公开自己和部长妹妹的恋情，这样好让人羡慕，好让人刮目相看。之所以隐瞒，大宝觉得现在还没到公开的时候，就比如一般家里有非常值钱的宝贝，轻易不敢拿出

194

来，怕惹是非，除非一切安排妥当，比如杨丽萍。张大土看像找老婆藏的钱一样难寻，也就不再问了，心想明天去问一下饭店就知道了。

张大土走后，大宝躺在床上，想着今天自己的表现，不知是否及格，遂爬将起来，拿起镜子，批判性地审视着自己，瞅了半天，没挑出什么毛病，又放心地躺下去想范蓉的模样。想着想着，白天兴奋的余部和身体的疲惫厮杀起来，因为有酒的助战，到底抵挡不住，迷迷糊糊地睡去了。一会儿醒来，又想着范蓉的模样，心里温泉似的，白天的画面只把这夜分成好几截。

第二天中午放学的时候，宋老牛夫妻带着半袋子米、几十鸡蛋来到大宝学校。平日里，夫妻二人很少出门，他们把家里的那几亩地当作宝贝一样看管着，整天伺候不歇，只怕有所闪失。我们这个地方，如果哪家的庄稼长得太差，那是要遭人背后戳脊梁骨的；再者儿子办事将要花一大笔钱，夫妻二人更不敢有丝毫怠慢，现在正是春忙季节，今天二老同时出门，肯定有什么重大的事情。

大宝现在还没为人父，心又要强，并且正在为将来的飞黄腾达而奋力地追求着，自从认识范蓉后，他特别关注自己的形象，见父母来了很不高兴，嫌他们太土气，不能给自己争面子，连招呼都没打。二老像做了什么错事一样小心地坐在那里，宋老牛只是一个劲地吸着烟袋，心事重重的。娘本想帮儿子烧锅做饭，但又怕自己烧的菜不合现代的时髦，只好站在那里，手闲得无处放。

吃饭时，宋老牛嘴唇动了动，到底没有敢说话，几杯酒下肚，胆子大了起来，咳嗽了一声，说道："大宝，我和你娘来和你商量一件事，你和杨丽萍是不是在五一把婚事办了，你也老大不小的了，你结了婚，也了却了我和你娘的一桩心事。"

"听说你很久没有去杨丽萍那里了，怎么了？闹别扭了？"娘小心翼翼地问。

大宝一听，头脑里嗡的一下，想自己的事情他们怎么知道的，平日里怎没见过父亲这样聪明啊，于是没好气地说："我的事不要你们操心。"

"到底怎么了？"

"你们少问。"

宋老牛见儿子这样，牛劲也上来了，额头的青筋暴起，红灯笼般的眼睛瞪着儿子，吼道："我们怎么就不能问了？老子偏要问。"

见父亲发火了，大宝终于软了下来，解释说："告诉你们吧，我不一定和杨丽萍结婚。"

"啊！"娘的嘴张成 O 形，里面的饭粒簌簌地落下，滚了一地。

宋老牛听了大宝的话，好像一头栽进水塘里，自己的美好计划只被淹得全军覆没，吼道："那你说说和谁结婚？"

"和谁都不结婚。"

"小老子哟，你可不能这样。"娘哀求说。

"家里容易吗？我和你娘鸡刨食一样，一年到头在地里刨那么一点钱，可你一下花了那么多，说不干就不干了？你啊……"宋老牛想着送给杨家的一千块钱，心疼得只把桌子当作大宝，用筷子点得咚咚响，"到底怎么了？说。"

大宝很少见父亲对自己这样发火，不由得心虚，斗志衰弱下来，低着头小声地回答："反正不和她结，你们不要操心了，我会结婚的。"嘴里这样说，心里涌出范蓉可爱的模样来，一阵温暖涌来，重又坚强了斗志，大声说道，"和谁结婚都不会和杨丽萍结婚。"

宋老牛听了，知道这么多天的心血全白费了，简直是鸡飞蛋打，送给杨家的能要得回来吗？

知儿莫过娘。娘听了，知道儿子可能有新的目标了，谁呢？可怜巴巴地望着儿子的嘴巴，大宝偏偏又不说。娘心里痒痒的，宛如几十只毛毛虫在里面爬着，要不是自己的儿子，真恨不得采用电影中审讯犯人用的老虎凳、辣椒水强逼他说。

以后三人都不再说话了，空气凝固住了，让人透不过气来。校

196

长张大土闻着酒香而来，一进门，不把自己当外人，自己搬了个小板凳坐下，哈哈笑着和宋老牛打着招呼，爽快地叫大宝拿酒杯，说要好好陪宋老哥喝两杯，还半开玩笑地说，自己这个媒人要吃宋家一百大碗，你们躲都躲不掉的。

大宝害怕娘、大大说漏了嘴，对着他们又是摇头又是挤眼。

"哎，宋老哥，你家宋老师真是不得了啊。"张大土夸赞道。原来，今天上午他到饭店去打听了，知道昨天晚上大宝请了范蓉——妇联领导兼组织部长的妹妹吃饭。大宝能结交这样的人物，他这里当然要多来转转了，这不，现在端着饭碗来串门了，并且还好处多多——有酒有菜的。

领导如此通达、豪爽，承蒙他这样看得起自己，宋老牛简直要感恩戴德了，于是重新振作精神陪张大土喝酒，只喝得天昏地暗。途中宋老牛几次欲提婚事，大宝赶忙把香烟塞了过去堵住他的嘴，紧接着岔开话题。张大土似乎嗅到什么，眨着眼看着宋老牛。大宝端起酒杯，一连气灌了他好几盅酒，只让他的大脑语言中枢系统中毒失灵。

宋家终于没有燃起战火，这一切都归于张大土的功劳，校长灭火如此高明，连隔壁家的那只黑猫也过来喵喵地赞叹不已。

娘知道事情闹大了，心里有所不甘，有道是：女儿是娘心中的蛔虫，是娘的半个臂膀。于是下午不辞劳苦，长途奔向大女儿家来搬救兵。娘儿俩唧唧呱呱商量了半夜，最后终于想好了计策，只等明天来对付大宝。

第二天早晨醒来，大宝只觉得头重脚轻，刷牙时简直把胃也刷了一遍，一股酸水涌出，啊啊作声，赶忙草草作罢。正要洗脸，大姐宋大群风尘仆仆地赶来，说要到县城去找杨丽萍，要她帮参考一下买件新衣服，现在来张街赶车，顺便把新布鞋送给大宝。大宝只把自己看作现代的摩登青年了，正如许多偏僻小地方的摩登青年一样，对这些自己及祖辈们曾经穿戴的这些乡下的着装看不上眼，简直是嗤之以鼻。大宝又不好直接说不要，含蓄地说自己有皮鞋了，以后没时间就不要做了。那双布鞋受了冷遇，耷拉着脸躺在角落里。

宋大群今天身负重大使命，本来要把开场的话当作引火用的干稻草——烧出杨丽萍。见大宝没反应，感觉火不够旺，于是要往火堆添柴。她告诉大宝说今天中午去杨丽萍家吃饭，并且要把杨丽萍叫到自己家过上几天——帮自己家栽西瓜，反正是自己的弟媳妇，不用白不用。这一招果然奏效，大宝明显被这火烧得架不住了，央求大姐千万不要去她家吃饭，也不要让她来，一来她上班没时间，二来她不会干农活。

宋大群见大宝这条鱼上钩了，心里不由得欣喜，看来昨晚的心血没白费，不禁要对自己烧火的本领要跷大拇指了。戏还要演下去，她又往刚才的火里加了点油，开玩笑说大宝只知心疼自己的女朋友，不关心自己姐姐的死活，她把这么多年的陈年旧账一一翻出，外加了利息：自己小时候怎样带大宝，如何疼爱他，自己可怜，没能念书，把机会让与了弟弟，要不自己现在也许和大宝一样，有正式的工作，不会在家累得要命。并且还把小时候吃蒸鸡蛋的事情讲了讲。本来要拿这些话来激大宝的，没想到真的勾引起自己心中的酸楚。酸楚越倒越泛滥，洪水般的，肚子里盛不下，要从眼里溢出来——大群流泪了。

大宝开始时就被旺火烧得体无完肤，现在又溺水奄奄一息了，慌忙来安慰，说自己不是负心之人，大姐的好处自己都记得，将来肯定是要报答的。其实大宝心里无数次在空中吹了肥皂泡。念书时，看人家好不吝啬地买好东西，羡慕而无奈，但可以用阿Q的精神胜利法来搪塞过去。可是到了晚上，阿Q不在了，寂寞难耐，于是心中像写幻想小说一样，在深山老林中得到大宝藏，自己、父母、两个姐姐都得到相应的宝物，过上奢侈美好的生活。近来认识了范蓉，肥皂泡反倒吹得小了，主题也相应地从暴富转向做官，比如调到县城或转到其他行业，当然了，大姐、二姐他们也相应地得到了好处。

"那你为什么不让杨丽萍帮我干农活？"宋大群质问，现在她已经缓过神来，看大宝着急，乘胜追击过去，不给他以喘息机会。

"只是……只是……"

"只是什么？我看就是真的，有了老婆就忘了你这个穷大姐。"

"我马上就要和她吹了。"大宝像那温水煮青蛙——不知不觉中就交代了。

"啊，你要和她吹？到底怎么回事？"

"大姐，实话对你说吧，我另有他人了。"

"我的娘呀，原来是这么回事啊。"大群惊讶地说。这次惊讶倒是真的。昨晚，大群和娘猜测了小半夜，最终英雄所见略同地认为是杨家人对大宝不满意，要打退堂鼓，又料想大宝好面子，传出去好说不好听，于是要使出恶人先告状这一招，告诉别人是自己不愿意的。现在好多失恋的人不都这样做的？不但掩盖住自己的无能，同时还往自己脸上贴了金子，这样可以对别人炫耀地说："哼，她（他）那样的啊，坚决不能要，趁早拜拜。"

接下来，大宝把自己和范蓉之事春秋笔法地说了一遍。宋大群听了兴奋得要跳起来了。如果这事成了，宋家以后就有指望了，自己免不得也要沾光。霎时间，感觉周围无尽的好处滚滚而来。

"可是，我和杨丽萍的事情还没有结束呢，就怕不好弄。"大宝小声地说，似自言自语。

"直接和她说，快刀斩乱麻，免得夜长梦多。"宋大群跺着脚说，看样子她比大宝还着急。

"你们不要出去乱说，范蓉还不知道这件事呢，如果她知道了就麻烦了。"大宝小声地说，眼睛小心地四处望，好像门外、窗外有一百双耳朵在听。他本要说"她就不愿意了"，但觉得太晦气，自己不愿也不敢往那方面想。

"那是，那是，千万不能乱说的。"

预备铃响了，大宝拿起书去了教室。宋大群出了学校，当然不去县城了。她马不停蹄地向王洼庄赶来。

十来里路，大群从来没感觉到这么近过。以前回来，心里总是别别扭扭的，自己小时候的遭遇像那跳蚤，时不时出来叮咬一口，痒痒的、痛痛的。现在才知道甄才学真正的年龄，比自己大了好几岁。胡屠户骂范进：烂忠厚没用的人。大群没机会学这篇课文，可她偏会用这句来骂自己的丈夫，家里两个儿子嗷嗷待哺，马上要上学花钱，只恨不得把夜也当白天一样使。

到了娘家，铁将军把着门，一打听，才知父母在二道湾栽南瓜，于是又往那里赶，离老远，火车进站鸣笛似的喊："娘、大大！"

宋大群的嘴机关枪似的把大宝换女朋友的事告诉了父母。又臆测范蓉如何如何漂亮，家是又是如何有钱有权势。宋大群没见过范蓉，在她眼里，城里人都漂亮，并且范蓉还是当官的，肯定不是一般漂亮。

宋老牛昨天喝高了，没有说服儿子，看来抱孙子又要晚些日子了，所以今天有些慵懒，宛如初春的爬虫，有气无力地干着活。娘因为听了大宝的话，惦记着送给杨家的钱和物，在丈夫面前唠叨着，清算着物资的清单和价格，责怪着杨家的不知好歹，爱怜着自己的儿子。在一切母亲的眼中，自己的儿子永远是天底下最好的。

听了大群的一番话，二老都激动不已，居然肯停下手里的农活了。他们怎么也没想到他们的儿子竟然还有如此的本事。宋老牛简直不敢相信自己的耳朵，一个劲地问："是真的吗？是真的吗？"当得到确定的答复后，一连气呵呵地笑，撑破了脸上的皱纹，被阳光一照，红光满面，犹如旁边怒放的南瓜花。娘高兴得只抹眼泪，可她死活不承认，说是风吹的。她还把大宝小时候算命瞎子说的话搬了出来。大家十分肯定地认为指的就是大宝。于是二人感到这是祖宗积德显灵了，议论着清明节要好好祭奠一下。今天实在应当庆祝一下，所以农活暂停下来。宋老牛临走时跑到祖坟前，拔去了上面的杂草，好像把宋家在王洼庄这么多年所遭受的屈辱一并拔了，抹着眼泪跪下嗑了几个响头，嘴里念念有声："列祖列宗，我宋家真要翻身了。"

回到家里，为了感谢大群带来的好消息，宋老牛嚷嚷着把家里的那只老公鸡杀了。可是哪里捉得住？一时间，宋家鸡飞狗叫，猪哼牛哞，一片喜气洋洋。娘兴奋得过了头，一时不知干什么好，在旁边站着，脸上抑制不住地笑。给鸡拔毛时，宋老牛看着那公鸡红红的鸡冠，突然想起什么似的问大群，组织部长是多大的官。大群说自己也不清楚，恐怕相当于乡里的书记吧。三人又是一阵兴奋。于是大家又议论妇联科长是什么官位。宋大群傲立群雄、见多识广地说："当然是管我们妇女工作的喽。"

吃饭时，大群突然想起大宝交代的话，告诉父母这件事千万不能张扬出去，要等大宝把杨丽萍的事情解决以后方可公开。二老唯唯连声，只把这件事当宝物一样锁在心里。只是在夜里没人之时，老两口才敢拿出来欣赏，而对于杨丽萍来说，她就是买来的赝品，让人不愿再提及，害怕勾起当初出的高价。王支书在没有酒喝之时，过来问了两次，说难道你们家真的不在五一办事了？怎么一点动静都没有啊？都被宋老牛冷淡地搪塞了过去。

第　七　章

　　大宝这两天比较忙，清明过后，温度升高得很快，上级指示要在学校进行肝炎抽血化验，包括老师在内。大宝班里有一个学生化验出得了急性肝炎，按规定要他回家治疗。周四上午课间休息时，大宝正在向校长汇报此事，电话铃响了，大宝潜意识认为是范蓉。果不其然是范蓉的电话，问他周日是否有时间。大宝听了欢喜得犹如家里的狗被主人在身上挠痒了两次，只把尾巴翘着来讨好主人，急切回答说有时间。他不知电话那头的人是看不见自己表情的，满脸堆笑着问范蓉干什么，声音嗲嗲的宛如孩童向妈妈讨要奶吃的语气。旁边站着的校长张大土听了，又是挤眉又是弄眼又是咧嘴，像吃了青梅，这还不算，伸手去佯装挠痒。大宝强抑制住才没笑出声来，然后嗯嗯地答应着。等大宝丢了电话，张大土打趣地说："你们这些年轻人啊，太黏糊了，我这老头儿哪能招架得住？你看这满身鸡皮疙瘩起的。"说着要把衣服掀开——"如果我感冒生病了，是会向你讨要医药费的。"说完哈哈大笑，接着问是谁。大宝嘿嘿傻笑不止，不敢说是范蓉，只说是杨丽萍。

　　水田县是新成立的，早些年，以阶级斗争为纲，响应号召提高警惕，防范敌人。县城很小，四条街围成"口"字形，防患于未然——易守难攻。这些年，改革开放，那几条公路向外延伸了不少，宛若这城守得久了，敌人没来，把手和脚伸出去了，"口"字形因而变成"井"字形，路两旁新开的商店林林立立，给这小城带来不少人气。

202

大宝站在全县最热闹的自由市场大门口，东张西望地等着范蓉——他们约好九点在这儿见面，然后去逛商店。女人喜欢逛商店是其本性之一，并且坚持要丈夫或男朋友陪着，以检验他们的大方程度，借以考验自己在他心目中的地位，验证着爱的分量。

　　又过了大约十来分钟，范蓉来了，居然没迟到。她今天刻意地打扮了一番，白色的皮鞋，肉色的高筒袜，火红的连衣裙，瀑布似的长发用一桃红的丝巾约束着，免得它们放肆，还嫌不放心，头顶又用一红色发卡牢牢地夹着。这样的装扮，范蓉今天真正成红人了。

　　因为是周日，自由市场内人很多，这和国营、集体的大商店截然不同。国营、集体的商店是旧社会人家的大老婆，高贵得很，可以不看别人眼色。而这里的个体户就是小妾，商铺小而商品多，要挤到路上，售货员也热情，他们不停地向路过的行人打着招呼，推荐着自己的商品。我们这小地方的人特别是农村来赶集的农民，受惯了大商店售货员的白眼，这些热情对于他们来说，感觉有些过了头，居然一时还不能适应。

　　范蓉轻车熟路地逛着，享受着当上帝的滋味，她对这地方熟悉得好像这些店就是她自己开的。大宝前后左右伺候着，不敢有丝毫懈怠，但这勤奋是有回报的，因为范蓉身上的桂花香水味全让他闻了不少，权作给他的小费。

　　走到一家卖鞋处，范蓉停了下来，让售货员拿一双红色的皮鞋来看，在脚上试了试，左顾右看着，半天也不能决定，于是来征求男朋友的意见，问大宝如何。大宝只感到满眼的红跳跃着，连声说好看。范蓉像那负责人的老师提问学生一样，随口深究了一句好在哪里。大宝没想到还有如此一着，猛然间傻了眼，可他毕竟是老师，大大小小的考试经历了不少，知道答题的战略战术，先敷衍地说："这鞋光泽强，很耀眼。"又摸了摸鞋面，使劲拽了拽鞋帮和鞋底，竟然没拽开，夸道，"嗯，质量也不错，粘得紧。"一边绞尽脑汁去搜寻更好的理由。大宝在师范时学了些作画的皮毛理论，掌握了一些基本技能，知道一幅画要有一个主色调，比如画花草，连天上的云也要带点绿，灵机一动，分析说："这鞋的颜色和你的裙子很相配，和你头上的丝巾发卡也遥相呼应，这样你全身的穿着、配饰就构成一个红色的主题，使身上的穿着和谐一致、浑然一体。"并用作画的理论做根据，说范蓉就是一幅美丽动人的人物画。大宝本来是信口开河，可经过这么一番有理有据的分析，简直要上升到理论的高度了，不禁自己对自己也佩服得无体投地了。

这一番高汤只把范蓉灌得欣欣然、飘飘然，接下来的一个声音简直要让她飞了起来。

"真漂亮，漂亮得像新娘子。"那售货员急着要把鞋子卖出去，恭维了这么一句。

"是吗?"范蓉嬉笑着问。

"是的，这鞋穿着喜庆，好多结婚的人都来买。"

做新娘子是每个少女的梦想，何况还是一个三十来岁的老姑娘呢。范蓉听了脸上洋溢着笑比这仲春的鲜花还要灿烂。而大宝听了，如坠地狱。

原来去年夏天，大宝和杨丽萍也来这个商店买东西。当时，杨丽萍看中了这款红色的鞋子，拿在手里摩挲不已。大宝要她买了，杨丽萍说离结婚时间远着呢，现在买了，恐怕到时候变旧了，不吉利的，等到婚期的前几天再来买。没想到这一等只把他们的婚期推向了无期。大宝这些天高兴得昏了头，哪想起这些? 刚才那个售货员的话勾起了自己的回忆，想到这儿，心里不禁担心起来，脑子里一个意识：千万不能碰到杨丽萍了。心里这样想，眼睛四下惶恐地望，俗话说：怕鬼有鬼。远远地站着一个姑娘，可不是杨丽萍。

大宝本能地往范蓉后面躲，后脊梁直冒冷汗。假如杨丽萍发现自己和范蓉，后果不堪设想。怎么办? 怎么办? 大宝诚惶诚恐着，连自己男朋友的职责也忘了，因为范蓉自己掏了钱付了鞋款，等他反应过来已经来不及。范蓉白了他一眼，说："走吧。"这声音看似平淡自然，而大宝听了，只觉像一发重炮弹射向自己。有心"粗暴"地把那售货员手里的钱夺回来给范蓉，自己掏钱来补救，可又害怕那样会闹出动静引起杨丽萍的注意。

　　以后里，范蓉像那沾了水的火柴，任大宝怎么摩擦也摩擦不出火花来，三番五次，自己心里冒起烟火来，只恨自己大意，又怕杨丽萍走过来，那样会两面夹攻、腹背受敌的。

　　范蓉刚才心里确实不快，这么多年来的感情波折，使得她把自己的感情看得越来越弥足珍贵，就如花大价钱买来的衣服，舍不得穿，搁在箱里，等待机会拿出展示，好炫耀一番。年龄已经容不得自己像小姑娘那样大方，刚才买鞋，她本不要大宝付钱，只要他的一句话、一个掏钱的动作，自己就会心甘情愿地把钱抢先递出，谁知大宝这木头人一点浪漫情趣都没有，完全打乱了她的计划，折损了她高傲的尊严，想到这儿，哪还有心思继续逛街？折回头往回走去，大宝跟屁虫似的跟着，看他那惶惶恐恐的样子，范蓉心里又想笑，心里的万丈怒火灭了一些，但面上还是不肯原谅。书上说男人不能太给他上脸，惯坏了，他们会得寸进尺的。

　　大宝见范蓉带着自己离开那危险之境地，心里不禁要念阿弥陀佛了。唉，刚才太凶险了，假如杨丽萍再往这里挪几步，自己就会死无葬身之地。咦，刚才杨丽萍好像和一个男的在一起，那是谁啊？自己好像不认识，不管他，现在最重要的是范蓉，嗯，一会儿好好哄哄她。对于自己哄人的本领，大宝还是信心满满的。

　　仲春的阳光就如十五六岁的少年——开始盛气凌人了，路上的行人已开始躲避。有几个摩登女郎，长发飘飘，穿着花花绿绿的衬衫，戴着太阳镜，手拎录音机在街道上走着，让人看上去好不羡慕，趋步过去，不禁大吃一惊，哪还是什么摩登女郎？都是一些当地小痞子。于是头也不敢抬地躲开了。这年头，因为多看一眼而大打出手的事件还少吗？这个小县城就如歌曲《小城故事》里所唱的那样故事多多，不停燃起春秋战国似的硝烟。

　　范蓉的心潮湿了，身体也软弱无力。大宝看了看头顶的骄阳，问范蓉是否渴了，不等她答话，径自去买了两瓶汽水来。可这热情并没有烘干范蓉那颗潮湿的心，问大宝中午怎么办，自己现在要回家了，大哥他们还等着自己回去做饭呢。大宝强盗似的说坚决不能走，无论如何要给自己一个机会，请她吃饭好补救自己的过失。范蓉白了他一眼，问什么过失，你犯错误了吗。大宝嘿嘿地傻笑不止。范蓉见了，本已潮湿的心开始有所回干。男人，有时候需要装傻的，特别在女人面前。

大宝四顾寻找饭店，可是眼前都是一些小饭店，都不足以弥补自己今天的过失，于是想到了水田酒家，一把拉起范蓉的手，说去水田酒家。范蓉被大宝掳掠着走，可是并没有生气，反而那颗潮湿的心彻底干了，嘴上说着讨厌，心里却说："嗯，总算还有点心。唉，给他一次改正的机会吧，男人犯错也是难免的，以后自己管教管教就是了。"猴子的屁股，女人的脸，善变啊。

到了水田酒家门口，范蓉却站住了。大宝问怎么了。范蓉说："你就是穷大方，这里一顿要吃掉你一个月工资的。"

"给你吃，我乐意。"大宝豪气冲天地说。

天下的女朋友恐怕都喜欢听这样的话，范蓉当然也喜欢听了，但她要替大宝和自己未来的家省钱，嗔怒道："你呀……"说着折回头，向招待所走去。

二人来到县招待所，按常规是要在大厅吃的。这里的主管认识范蓉，破例给了一个包间，大宝感觉自己就是秃子跟着月亮走——沾光了。

大宝要范蓉点菜。范蓉说两个人吃不多，点两个就行了。大宝哪里听她的？对着菜单，龙飞凤舞地写了几个，然后也没给范蓉批示，直接递给了服务员。

等菜的工夫，大宝问范蓉是否还记得这里。范蓉说不知道，可是脸上的红已蹿到耳根。大宝见了好笑，然后回忆了二人在这里见面的情景，写文章一般，加了许多心理描写和细节描写，比如自己如何激动，清楚地记得范蓉那天穿的什么衣服、什么样的鞋子，如果有可能，他就会把范蓉那天穿的袜子说出来，只可惜没看到，或记不得了，还夸了那天她如何如何漂亮，其他的女人都不如，不，

206

简直没法比。大宝说着脸也没红，在旁人看来，范蓉那天不算最漂亮，可能要算最差，但对于大宝就算另外一回事了，大宝是她的情人，情人眼里出西施，这是有科学依据的。

男人和女人不同。男人会开空头支票，总是信誓旦旦地说我会怎么怎么样。而女人总是幽怨地说我过去怎么怎么样。女人对于自己的过去珍惜而留恋，甚至有点沉湎。结婚以后，婚姻好比苹果，放的时间长了，干瘪了，此时，恨不得天天要自己的丈夫把婚前的浪漫重演，把对自己的承诺每天背诵一遍，好给这干瘪的苹果注入水分，使其重新鲜活起来。女人对于自己的第一次，比如初恋或处女夜，特别地在意和印象深刻，用刻骨铭心来形容一点不过分。范蓉就是如此。那天的场景她都记得清清楚楚，没事的时候拿出来晒一晒，以慰藉那颗冷落受伤的心。

大宝能把那次见面叙说得如此翔实入微，充分说明自己在大宝心目中的分量。范蓉本来那颗潮湿的心不但干了，而且现在要燃烧起来，温柔地一笑，说："你真记得啊？"

"记得，当然记得。"

哦了一声，范蓉不再说了，因为后面就是招待所的一幕了。竭力控制住自己不去想，可是脑子就是不听话，有几个场景不请自来，脸上泛起红晕，填补上了脸上的空缺，现在，她真正成为"漫山遍野一片红"了。

见范蓉恢复了春潮且楚楚动人，大宝欣喜若狂起来，往门口瞧了瞧，伸手抓住范蓉的手摩挲着。摩擦能生热，能生电。这热这电迅速涌遍全身，使得范蓉热血沸腾、心潮澎湃，瘫坐在那里，沉浸在羞涩、温馨、甜蜜、浪漫之中。

该死的服务员，早不上菜，晚不上菜，偏在这时进来。二人弹簧似的分开，正襟危坐在那里，似在用行动告诉她："我们可什么事情都没干。"虽然这样，但范蓉还是没敢正眼看服务员——怕看见她脸上的笑。

服务员走后，大宝长叹一口气说："我命好苦啊。"范蓉不解，疑惑地看着他。大宝说："上次在我们那边饭店也是……"范蓉心领神会，心里涌现一阵甜蜜，可爱地望了他一眼，再痴痴地一笑，算作对他的同情和奖赏。

一会儿，服务员端来当下的时令菜——泥鳅炖豆腐。大宝指着说："上好的，上好的。"服务员不解地问："菜不够，还要加菜吗？"

范蓉赶忙说："够了，已经吃不完了。"然后示意服务员下去。待服务员走后，范蓉寒起脸来，郑重地说："大宝你太浪费了，上次在你那里……"后面不说了，因为看到大宝一直在笑。瞧他那一点也不在乎的样子，这让她更加生气，于是拿起当家女人的本分与职责来，教训地说，"你怎么能这样乱花钱？你有钱吗？"

"我说的是'尚好的'而不是'上好的'。"大宝说，怕亲爱的她不明白，用筷子蘸了水在桌子上比画着。范蓉看了会心一笑。

"范蓉，我给你讲个真实的故事吧，我们学校有一个老师，口头禅就是'尚好的'。一次我们老师到一学生家吃饭，快要结束时，主人当然要说没什么菜，酒也不够好，请各位老师原谅。这位老先生听后连说'尚好的，尚好的'。只把主人搞得愣站在那里吧唧着嘴巴，还真以为自己的菜不够好要求上好的菜呢。从此以后，只要我们在一起吃饭，大家都要说这两句话来调侃。知道的，一笑了之，不知道的，真会让主人很尴尬。"范蓉听后，哈哈大笑着，只把脸上的红震得闪闪发亮。男朋友如此幽默，快乐都来不及了，哪还能想起刚才的不快？剩下的也只有"满园春色关不住，一枝红杏出墙来"。

饭罢，范蓉要回家，大宝说要送，她默不作声地在前面走着，大宝权作她同意了，屁颠屁颠地跟在后面。可是范蓉并没有回吃饭的地方——哥哥的家，而是来到了县妇联——她的单身宿舍。现在，大宝也不是外人了，自己的处所也应该让他了解、熟悉一下，以后还要他全身心地投入经营呢。

范蓉虽然是单身，但住房倒是家庭的标配。前面两间小平房，一间做过道，另一间可做厨房，因为平时不在这儿吃饭，所以空着，暂借一家老鼠用着。里面一只小老鼠，打着饱嗝，剔着牙，听到有人来，伸出小尖头来，绿豆眼打量了一下大宝，像欢迎未来男主人，又一溜烟忙去了。院子很宽敞，一根细钢丝一分为二，上面挂着花花绿绿的衣服，和底下的月季、玫瑰花交相辉映，折射出主人浪漫的情怀。后面两间大房间，一间是客厅，另一间是闺房，看样子单位已经给她做好了成家的准备。大龄青年的婚姻也是领导分内之事，这其中恐怕还有领导的关怀之情，保不住我们的组织部长打了招呼，因为无论按怎样的标准，范蓉也得不到这么大的住房。

客厅里的摆设可以概括为少而精。一张枣树大八仙桌，上了清漆，犹如喝了酒的领导的脸——黄中带红，映着光亮，透着威严，四平八稳地坐在那里，一边靠墙，墙上端端正正挂着一幅大红牡丹画，像是高级领导在做报告，映照着全屋，满堂地喝彩。两旁各一条幅陪衬着，篆书"红花映照红花笑，富贵人家富贵春"。大宝对着这些扫了一眼，觉得这里简直就是宫室殿堂，而自己的那间破草屋，唉，不能提，一提起来伤心。但又一想，自己以后就会成为这里的主人，不免增长了底气，大踏步走进里屋，感觉温馨多了，一张单人床，向来者表明主人依然为孤雁一只，雪白的床单，粉色的棉被，告诉大宝在这里躺着肯定舒适而温馨，于是一屁股坐了下来，那小床顽皮地弹了一下，只把床头前的一本《家庭》掀落下来，忙拾起放到旁边的书架上，书架上面还有许多的此类杂志和报纸，如《知音》《文摘周刊》《恋爱、婚姻、家庭》等十来种，说明主人平时是多么爱学习，有了这么多理论做指导，将来的家肯定会和谐而幸福。

范蓉端着水进来，看大宝坐在自己的床上，那可是非一般人所能坐的，心中轻云般飘荡，小溪样地流淌，低头垂眉地把水递给大宝。大宝伸手去接了水，可他并不把手缩回，猫望鱼地看着范蓉。范蓉被这探照灯一般的眼光探照着，呼哧呼哧地喘着粗气。大宝胆子大了起来，一把将她拉了过来，搂在怀里。范蓉云扑太阳，溪归大海，感觉自己要燃烧了、要融化了。

范蓉把脸深深地埋在大宝的怀中。大宝这浑小子很是有劲，搂得她有些透不过气来，可她愿意这样，喜欢这样。男人和女人之间就是这样奇怪，时常突破力学的常规原理。道家认为，世界上最大的力量是水，女人是水做的，难怪范蓉能承受大宝如此大的力量。

范蓉就这样一动不动，这么多年来，感情上的坎坎坷坷、曲曲折折，幽闷在心里，上了锁，一朝爆发，飞流直下三千尺，直溅得满地开花。

范蓉把脸深深嵌入大宝胸脯里，两个肩膀不停地抽搐着，宛如小孩子受到了极大的冤屈。现在她真正地融化了，云中，雾中，风中，雨中，一片翻腾。

暴风骤雨过后，二人都精疲力竭。范蓉把脸枕在大宝的胸脯上，轻轻地抚摩着他的胸脯，像一切的女人一样问着简单而又深刻的问题，那就是：你爱我吗。

"爱，当然爱了。"大宝刚才全力以赴，现在筋疲力尽地躺在那里，半眯着眼，有气无力地回答说。

范蓉感觉到了这种有气无力，猛地坐起来，把背对着他，表示着无声的抗议。她平日里受到那些杂志的"毒害"，加上吃了黄有才的亏，这一正一反的教育，使得范蓉把自己的爱情看得神圣而高贵。

大宝见范蓉不高兴了，慌了神，赶忙侧身抱住她，宣誓般地说："我爱你！爱你一辈子！"然后用最原始最直接的方式来表达——不停揉搓着范蓉胸前的"馒头"。

范蓉被揉搓得柔情袅袅，涓涓细流又现，眼睛扭过来望着大宝，问："你怎么爱？"

"我愿意伺候你一辈子，给你当牛做马。"大宝想不出其他狠语，小时候读书知道贫下中农给地主当牛做马，想象地主的享受是最高的了，他愿意给范蓉以这样的待遇。

范蓉本要听大宝的浪漫情话，诸如，我愿做你的眼睛——天天随着你，看着你，愿做你心中的一块玉——天天相映着你，温润着你"，等等。此类的语言大宝不是想不出，他毕竟读过不少文学书籍，但刚才太情急了，来不及去编造这些文学语言。

范蓉刚才使劲压榨才压榨出这么一点油，现在看真的压榨不出什么了也就不再强迫了。但还是十二万分地不甘心，落水之人还企图抓根稻草呢，嗯，好好开导开导他，于是说："现在城里的人订婚都是要……"后面的话不说了，等情人回去自己想，想不出去问别人——问人该会吧，没吃过猪肉还没见过猪跑吗？

"原来你们城里和我们那里不一样啊？那我明天去打听打听。"大宝说，现在似乎明白了，这份上还不明白，那老师岂不白当了？范蓉听了，心中满天的云被刮去一块，露出巴掌大的一片蓝天，唉，总算没白费自己的一片苦心。

"你回去吧，时候不早了，还要坐车，明天要上课吧？"范蓉说着欲起身。

"不嘛。"大宝像孩子一样撒娇地说，翻过身来，压住范蓉，以后只听到她"哼哼啊啊"的呻吟声了。

大宝没有回到学校，而是回到了老家王洼。很久没有回去了，作为宋家唯一的儿子也应当适时回家看看，自己又不是什么薄情寡义之人，再说今天又是那么高兴，对于高兴的事情，憋屈在心里太浪费了，宛如好处，别人是不配施与的，只能和家人来分享。这叫肥水不流外人田。

到了王洼已经是傍晚。霞光万道，炊烟四起，小村庄沉浸在一片宁静之中。大宝进了村，扑鼻而来的依然是那种令人厌恶的气息——稻草腐烂和着猪牛尿屎的味道。只不过今天太高兴，太兴奋，所以厌恶程度没有平时那么大罢了，他只是鼻子哼了哼。

到了家，宋老牛见了儿子依然默不作声。娘瞧着儿子，脸上的笑沸水似的，蒙娜丽莎的笑算得了什么？然后一如既往地钻进厨房，又出来喊丈夫，说没有水了。

宋老牛答应着准备去挑水，大宝抢先一步过去，担起水桶向村外走去。路遇从地里回来的王大嘴。此人以前和王黑蛋是一伙的，

211

没少欺负过大宝。大宝不想搭理他，低着头自顾走路，佯装没看见。

"咦，宋老师回来啦，见了我怎么不吭声？裤头改汗衫——上去喽。"王大嘴阴阳怪气地说。

大宝只好说自己没看见，然后掏出香烟递与他。王大嘴抽着烟，半开玩笑地说："这才像话。"然后扭着屁股走了。大宝吃了苍蝇似的用眼斜望着他的背影，心里恨恨地说："哼，等老子有本事了，老子一定不会放过你这个王八蛋。"想到本事，自然想到范蓉，感觉这是不久将来的事。

吃饭了，娘心疼儿子，说学校里没什么好吃的，好像自己天天在家吃山珍海味似的，然后一个劲地把炒鸡蛋往大宝碗里夹。大宝不要，说中午在县城饭店吃多了。二老互相交换了一下眼色，会心地一笑，心里的美啊像泉水，咕咕地向外涌。只可怜大女儿、二女儿不在，不能分享这快乐。

吃过饭，一家人难得地坐在一起拉家常。大宝问父亲水稻秧苗应该移栽了。宋老牛并没有回答，只是默默地抽着烟袋。娘插嘴说："没有水怎么栽？生产队水塘里的水都被二蛋、王三瘌子他们霸占了。"

这是明目张胆地欺负人，可是宋家毫无办法。屋子里一片死寂，白天的快乐被这夜的黑淹没得无影无踪，吞噬得无声无息。那满脸污垢的十五瓦电灯微微叹息着，发出昏黄的光，映着一家三口短短的身影。家里的那条大黄狗不服气地张着大嘴，露出锋利的牙齿。

"狗×的，看他们能欺负我家多久？"大宝大骂，啪一声使劲拍了一下桌子。电灯上的灰尘簌簌下落，随即屋内亮堂多了。那条大黄狗吓了一惊，抬头望了望大宝。

"还是忍着吧，打又打不过人家，他们人多势众。"娘说。

"哼，我们骑驴看唱本——走着瞧，等我……"后面的大宝不说了，他还在犹豫是否把自己和范蓉的关系告诉二老。

"小声点，小老子哟，别让他们听见了。"娘小声地说。眼睛胆怯地望着门外，好像自己家在做着什么见不得人的事似的。

"让他们听见好了，老子才不怕他们呢。"

这话底气十足，宋老牛夫妻不由得又对视了一眼，联系大群的话，看样子那事是真的了，心中窃喜不已，可又不敢问，他们在等，等儿子自己说出来。儿子大了，有出息了，出息大的人脾气大，招惹不起的。

"人家有王书记给撑腰，我们家有什么呀？"宋老牛说。

"王书记算个屁，就他那芝麻粒大的官，哼哼，我要让他干不长，等着瞧。"

"大宝，你这话从何说起啊？"

"娘、大大，实话告诉你们吧，我最近在外面新谈了一个女朋友，她叫范蓉，是组织部范部长的妹妹。"眼睛四下一扫，像领导做报告般，等着底下的惊叹和鼓掌。可惜听众太少，家里的犁儿、耙儿不知道算不算，大宝说的事情关乎宋家的前途，他们也是宋家的一分子，有权利和义务伸出手来狠劲地拍巴掌的，反正那条大黄狗听见了，汪汪地叫着，飞跑着告诉它的情人去了。接下来，大宝把自己和范蓉的事情向父母做了简要的通报。语气里无不渗透着骄傲与自豪，只让家里所有的东西都沾光了，那三间破草房沾光最大，因为大宝振奋人心的话可在其梁上绕上三日还余音不绝。

"天啊，真有这么一回事啊。"娘惊叹着说，不停揉着自己的额头，看样子是天上掉下的馅饼砸的。

宋老牛没有说话，他在想着一个问题：组织部长是什么样的官儿？上次没能从大群口中得到满意的答案，心中一直牵挂着这事。这事对他来说太神秘了，神秘地如同宇宙，也太重大了，只怕亲家的官太小，不足以让宋家翻身得解放，于是问："组织部长是干什么的？"

"是专门管干部的，也是县委常委。"

"听你大姐说和公社书记差不多，是吗？"

"公社书记？公社书记算什么？组织部长想让谁当公社书记谁就会当。"

213

"这么大！这么大！我的乖乖！"宋老牛惊叹着。自解放以来，他所见过的最大的官就是公社书记，没想到自己亲家的官比公社书记还要大，天啊！宋老牛激动得想抽烟，哆嗦着拿起烟袋，再哆嗦着拿起火柴，哆嗦着划，居然半天都没划着。

娘最为关心的是自己未来的下属，于是问："你说的那个姑娘是干什么的？"

"是妇联干部科的科长，管人事的。"大宝回答，料想父母是不知道人事一类的名词，解释说在单位与组织部长类似，最后又补充了一句："她以后还会升的。"

我的老天爷哟。宋老牛浑身颤抖着，含着烟袋的嘴巴咔咔响。娘手托着下巴，游魂似的，仿佛自己的儿子开着小轿车，带着媳妇，当然还有孙子——这不可缺的，回到王洼庄来，大家都来围观，只羡慕得要死。

以后里，宋老牛夫妻又要问这问那，比如怎么结婚，婚后在哪里住等等。大宝担心父母榆树的脑袋、枣树的思维恐怕跟不上时代，懒得与他们讨论，说瞌睡了，洗了脚，回到自己那间破屋里了。

斗大的月亮爬上树梢，搅得夜不安分起来。小虫恋人窃窃地说着情语，青蛙呱呱地向情人表白着。大宝躺在床上，刚才有点兴奋过了头，现在，那兴奋的余部还没退去，这让他有点燥热，掀开被子，仰脸躺在那里抽着烟。

大宝住着的老屋很有年头了，屋顶所铺的高粱秆子饱受风雨，历经寒霜，有的已由黄变黑，像老烟鬼长久没有洗刷的牙齿，上面挂满了蜘蛛网，如同老烟鬼烟瘾发作时流淌的哈喇子。大宝腾云驾雾着，回想着白天的一幕，一身都是满足。那老烟鬼闻着大宝的烟味，面目狰狞，龇牙咧嘴地看着大宝。大宝瞧了只觉恶心，转过脸来不再看他，可这并没有使他摆脱困境，四周的土墙，宛如乡下没人管的野孩子的脸，上面尽是灰尘。上面张贴着一张电影女明星的大画像，被大宝外甥用黑色钢笔实实在在地按上了浓密的胡子，身上做手术似的打了两个×，可是依然冲着大宝甜蜜地笑。大宝张口呼的一声让她享受了一口烟，那个女明星面容模糊了，却受看多了。

　　唉，看看范蓉的住所，再看看自己所待的地方，真是天壤之别啊。

　　想到范蓉，大宝兴奋起来，"咦，她说的城里人求婚是怎么回事？嗯，明天就问问老同学薛大一，这个骚男应该知道的。"大宝这样想，只把棉被当作范蓉，紧紧地搂在怀里，把自己的脸深埋其中，享受着她的温存。

　　今天发生的事太多，接下来，大宝脑海中过电影一样回顾着。唉，自由市场那一幕真是太惊险了，假如二人相遇怎么收场？唉，今天太幸运了。大宝嘴里这样嘀咕着，把手向着那盏电灯轻轻地一扬，算作对幸运女神惠顾的道谢，接着又开始盘算：自己和范蓉已经这样了——生米已经煮成熟饭，和杨丽萍绝对不能再拖下去了，可怎么张口呢？寻找什么理由呢？大宝翻来覆去地想着这个问题，慢慢地疲劳战胜了问题，不知不觉地跌入茫茫的睡梦之中。

　　第二天一大早，大宝来到学校，赶在上课之前给薛大一打了电话。他只说：现在我们这地方春光正浓，鸟语花香，广大革命群众干劲正高，祖国形势一片大好，特邀请老同学到基层来指导革命工作，深入到广大的贫下中农中接受再教育，进行思想改造，伟大领袖毛主席教导我们"流水不腐，户枢不蠹……"薛大一听了半天才明白，原来是大宝请自己明天晚上到他学校喝酒，说："我非常愿意做这样的革命工作。"放下电话以后才觉得大宝这小子今天有些反常，以前他和自己说话，总是群众巴结领导似的，严重地底气不足，今日说话绕着道儿，居然能侃侃而谈，不知这小子吃了什么壮阳药了。薛大一不知，正是自己给大宝喂了壮阳药，因为大宝是通过他认识的范蓉。

　　放下电话，大宝也为自己今天的滔滔不绝、引经据典、唱浪笑傲而诧异，进而开心起来，只觉意犹未尽，用眼角余光扫描着周围，想看到别人惊诧、赞叹的表情，只可惜只有校长张大土一人在场。

　　"宋老师，真可谓人逢喜事精神爽啊。"张大土开口说道，因为

215

大宝明天晚上有宴会，所以首先恭维了一句，也不知道明晚有没有自己，于是放出探子打探一下，"要做新郎官了，说话都不一样了，可喜！可贺！咦，明晚来客人啊？"说着眯笑地望着大宝。

大宝听了心中苦笑不已，赶忙掏出香烟递了过去堵住他的嘴，以免事态扩大，像上次一样闹得沸沸扬扬，让全校都知道了。

"明晚来的是谁？"

"县里的同学。"大宝说着走出办公室。张大土心里、肚里正在冒着酸水，真可谓：山重水复疑无路，柳暗花明又一村。没想到大宝又折了回来，说："张校长，你明晚如果有时间也来吧。"张大土听了容光焕发起来，老公鸭似的嘎嘎叫着答应道："有时间，有时间，太有时间了，我一定去，唉，干活的事我可以不去，吃饭喝酒怎么可能不去呢？傻啊？呵呵。"见大宝磨磨蹭蹭地在办公室不走，于是问还有什么事。大宝不好意思地说自己的工资早花完了，要校长借点活动经费。张大土心里叹道："谈恋爱真费钱啊。"只为自己不在其列而庆幸万分了。

晚上，大宝坐在办公桌前整理学生资料，脑子里开了小差：嗯，第一件事已有点着落了，可是杨丽萍的事怎么办？怎么开口呢？直接说自己不愿意？不行。说自己有了范蓉？更不行。去找媒人薛大一的妈杨兰芝，让她和杨丽萍说？也不行，杨兰芝非骂死自己不可。怎么办？怎么办？大宝不由得烦躁起来，手不停地拨弄着资料，突然学生名单中一串红映入眼帘，心中一喜，心中叹道：踏破铁鞋无觅处，得来全不费工夫，真是天无绝人之路。

大宝马上把那些资料推在一旁，拿起纸笔，稍一思索，奋笔疾书起来。写完之后，甚觉满意，自觉语气委婉，道理充足，可以泣鬼神，感天地了。

"轻轻地我走了，正如我轻轻地来，我轻轻地招手，作别西天的云彩。"大宝念叨着，伸嘴亲了亲那封信，算作与杨丽萍最后的吻别。

两件事都有了眉目，大宝要庆贺一下，于是关上门，踏着朦胧的月色，踩着浓郁的春景来到校长家寻人打麻将了。

周二下午放学时，薛大一来了。同来的还有一人，此人西装革履，一尘不染，雪白的衬衫、紫红的领带，饱满得让大宝看了绝望。经介绍是县实验小学的教导主任梁彬，长年累月，一心为公，偶得闲暇，便生雅趣，愿意随薛大一到乡下转转。

梁主任表情严肃，神情兀傲，不苟言笑。一望便知属于那种正统正派的风范师者，治学严谨，训练学生有莘有素。

有朋自远方来，不亦乐乎。校长张大土本着圣人的思想迎了上去，哈哈笑着和梁主任握手，恨不得像情人似的拥他入怀；而梁主任只是蜻蜓点水，宛如吃了亏的漂亮女人害怕好色男人借握手之名揩油，冷冷淡淡地碰了张大土的手一下，让张大土实实在在地感受到了县城领导的冷与热。

梁主任到了张街小学后，当然没忘了考察，于是像美国的国家总统视察贫民窟一样，提纲挈领地东瞧瞧，西看看，嘴中啧啧有声，竟没想到大宝所在的学校是如此小而偏僻，破旧不堪。一阵野风吹来，只把那厚重的眼镜取下，掏出手帕擦拭着眼圈，算作对大宝等教师之不幸的同情。

校长张大土看了不悦，自己的学校好比是自家的孩子，自家的孩子自己打是可以的，而别人打那是万万不行的。他咳咳地吐了两口痰，回应着梁主任的眼泪。

吃饭时又来一人，是校长张大土的远房表侄，叫戴欢，是属于那种丢到人群中再也找不到踪影的人。大宝因他老实，看得起自己，所以彼此交往甚密。五人来到饭店，梁主任没等张大土来请，径自去了上座款款而落。张大土翻着的白眼，像秋天田地里绽开的棉桃，上碗筷时，他最后一个递与梁主任，当作对他的鄙视。

上了菜，大宝开了酒，给每人斟满，说今晚不喝多，只喝一斤。没等众人反应过来，紧接着说美（每）人一斤，丑人免谈。大家哈哈笑着，只说不行，纷纷动手开吃。

农村宴席上的上座只是有名而无实。服务员上菜，只是把菜放

217

到最次要的席位——屁股向着门外的人面前，就不再过问了。等到大家夹了菜，轮到上座时，那菜早已容貌不齐——犹如受了玷污的大姑娘，可味道却更全了，因为保不住掺进了他人的唾液。张大土也没请示上座，自给自足，大快朵颐着，咔嚓咔嚓作响。梁主任自认为自己是文明人，同时要保持县里领导及上座的风范，吃韭菜炒豆芽，徐徐地只夹一根，还要细嚼慢咽。这种吃法，我们本地叫蚂蚁吃食。

一斤酒下去，大宝要来开第二瓶。梁主任说："我上午喝多了，不能再喝了。"说着把酒杯宝贝似的攥在手心。大宝哪里肯让？赶过来就夺，戴欢也过来帮忙，三人一抢一夺一躲，好个热闹。那小酒杯市场上一毛钱两个，没想到今日如此珍贵，真是浮沉有运在，沧海变桑田。看来大宝之类也不可妄自菲薄了。

忽听得啪嗒一声，那小酒杯正得意忘形时，猝然落地，玉骨粉碎。张大土瞧了，仗着酒兴——喝过酒说过的话可以不算数的，大声地说："就你上午有酒喝，我们就没酒喝。"梁主任脸变猪肝色，以后再也不抵抗了，只管喝酒。张大土没想到自己的这两句话威力如此之巨大，看来还是校长厉害，更让他没想到的是，他的这两句话竟成了张街乃至整个水田县酒桌上的经典名言，以后每每遇到今日梁主任之情况，大家都拿张大土这两句话来呛他，被呛的人吃了这话，还要吃酒，让后来者莫不敢言，于是张大土这两句话真正成了劝酒的万能钥匙了。

张大土常常以擅长察言观色而自居，今日见教导主任吃菜的模样，以为他对今晚的酒菜不满意，于是要为张街的饭店争回面子，说："上次县里组织部范部长的妹妹也来这家饭店吃的，她还夸赞说这儿的菜烧得不错呢。"

一鸡爪正向薛大一嘴里迈进，听了这话，止住脚步，停在半空，那落空的嘴巴惊讶地问："范蓉来过了？"说着一脸疑惑地瞧着大宝。

大宝听了大脑中咔嚓一个响雷，响雷过后，余音嗡嗡，机械地答道："是来过。"稍稍停顿，"只是从这里路过，不说她了，来，喝酒。"说罢站起，端起酒杯，向众人探照着。

范蓉——组织部长的妹妹，和眼前的这个宋老师有来往？梁主任深深地看了大宝一眼，可仔细一想，就这穷乡僻壤的，相信他们关系不会深厚，于是说："姚艳本来要来的，她也是很久没到农村来了，只是晚上不方便才没来。"

不知为什么，听到姚艳的名字，大宝心中一颤，雪白馒头俊俏的脸随即潜水艇似的浮现脑海，瞟了一眼薛大一，怪罪地说："大一，你为什么不让她来，农村不就是旧了点、破了点吗？"大宝喝了酒，众人都把"大一"听成"大爷"了，嘻嘻地笑。

薛大一忙说："下次，下次一定带她来。哎，范蓉来没事吧？"后一句特别响亮。

"没事，没事，能有什么事？"

"你们在来往？"

"怎么可能？她能看上我？那天她路过这里，恰巧我遇到她，所以请她吃顿饭。"

薛大一听了也就不再问了。

四五斤酒下去，五人中三人舌头不知跑哪里去了，两人倒是多了几只舌头——大声嚷嚷着，一刻不歇，可是腿好像不在了——瘫在那里。梁主任的腿尚在，咚咚跑了出去，黑暗中蹲在那里抽搐成一团。

一个半小时后，五人打醉拳似的回到大宝学校。按照张街惯例，酒后还要在麻坛上再较量一番。校长家有围墙，较安全，他职位最高，年龄又最大，体恤下情，要培养年轻的麻坛后起之秀，于是叫其他四人上阵，自己则在一旁督战。

四人喜、笑、怒、骂、唱、念、坐、打，只玩到十二点多。薛大一手不顺，输了一百来块钱，干着急，心上火，有劲使不上，要做缓解，出来尿尿，以解解晦气。大宝瞧了赶忙跟了出来。

校园里一片寂静，月亮宛如未长成的少女，清新而略带稚嫩，但已能自成风景；花坛中的月季、玫瑰，白天尽显风流，现在卸了

219

妆，浴着风，在三三两两闲聊着。大宝开玩笑地说："老同学，姚艳批准你打麻将吗？"

薛大一四下里瞧一瞧，小声地说："赌钱好比找情人，明的不行，只有来暗的。"大宝哈哈地笑说："扯淡，哎，结婚后的感觉怎样？"薛大一问："大宝看过钱钟书的《围城》了吗？"大宝回答说："当然看过，笼内笼外的事。哎，当初，你怎样向姚艳求婚的？县城里现在流行什么样的仪式？"薛大一说："那时我给她买了个戒指，带着她去看了场电影，回来后又把她抱上了床。哎，大宝，你看过那么多外国的书，这事问我干什么？"大宝赶紧说："没事，只是问问而已。"

"我以为你们俩掉到厕所淹死了呢。"梁主任远远地喊，今晚，他的手气正顺，等了半天还不见大宝二人踪影，急着出来寻。二人只好停止了谈话，往回赶。

周四上午九点，太阳公公的脸黄中泛着灰色，好像昨天晚上打麻将熬夜时间过长，没休息好似的，懒洋洋地挂在半空，少了平日的趾高气扬，不可一视（世）。北风徐徐地刮着，空气弥漫着干燥和腥气。沙尘暴即将来了。

水田县城的小公园里冷冷清清的，只有几个老人在散步。偶有路人经过，也只是行色匆匆，无心欣赏这里的风景。

按照约定，大宝早早地来到公园。他快步走到约定的地点——公园拐角处的花坛旁，这里不靠山不依水，地势平坦，视野开阔，就是那些失意失恋的人想寻短见，恐怕一时都难得逞。

他站在那儿，四下里望了望，见无人，于是掏出一支烟来，坐在花坛的边沿上慢慢地吸着，脑子里开始思考起来，他要把昨天晚上所打的腹稿仔细地温习一遍，犹如临进考场的学生的心态，虽然平时准备很充分，但自知现在事关重人，总疑心某些地方有疏忽之处，放心不下，所以要抓紧现在有限的时间，抱抱佛脚，把那些重要的部分以及须注意的事项再过筛一遍，只盼时间过得再慢一些。

一会儿，杨丽萍远远地来了，只一人，瘦瘦的身材穿着时下流

220

行的健美裤，愈发显得单薄柔弱，好像一阵风就能把她吹倒。大宝心虚，不敢望她。杨丽萍走近，一话不说，只孤单地站在两步之外的地方，用那安了马掌的皮鞋，不停地踢着花坛黑黝黝的边沿，好像那是她的情敌，阻隔了她和大宝之间的关系，细弱的手不停地揪着道旁树的叶子，揪一点，丢一点，好像那树和她有不共戴天之仇似的。

二人都不说话，只是默默地站在那里，时间好像停住了，定格在那里，只有远出偶尔传来几声汽车的喇叭声音，尖而厉。

半天，大宝小声地打了一声招呼："来了。"这迟来的招呼犹如水面上漂浮的油——贵而无用，救不了这尴尬冷漠的气氛，更添了凝重，但是能带动水面稍稍移动一下。

"你在信上说你得了慢性肝炎病，很严重吗?"杨丽萍问，并没有看着大宝，只是死盯着自己那晃动着的脚尖。

"这病不就是那样，治不断根，不能累，还活不大。"大宝回答，头愈低，声音愈屡弱，似马上就要断气了。

"听说得了这病就不能教书了，是吗?"

"肝炎是传染病，按照文件规定是不能再教书了。"大宝嘟哝着回答，紧绷着嘴巴，不敢太放开嘴巴上的肌肉，只恐表不得意，言不由"衷"。来时已做了精心打扮。肝炎病嘛，要脸色蜡黄，形神疲惫，这两天酒喝多了，又打麻将熬了夜，昨天晚上考虑今天的事情，处心积虑地让自己睡不着，脸色不用化妆也和那病鬼差不了哪儿去；头发没梳，像老母鸡下蛋的窝；胡子三天没刮，像春草一般欣欣向荣。今天早晨临来时，又把过去的破衣服翻出来穿上。可以说现在的大宝和乞丐差不了多少。早上向校长请假，张大土问："回家干农活吗?"

大宝本来还要说："我也不知道以后干什么。"可是怕说多了会露出破绽，所谓盐多必咸，话多必失。

此后二人又都沉默下去，地上的碎树叶被风吹着满地翻滚着，黑灰色的花坛水泥墙面已被杨丽萍的脚生生地划出一道道印来，乳白色的，如疮包里的脓。

"所以我给你写了那封信，我们还是分手吧，我不能害了你，治这病需要很多很多的钱，工作还不一定保得住，你还年轻。"大宝说这些的时候，手插在裤口袋里，手指甲宛如刀子一般切着自己的大腿。古人有下棋刮骨，大宝今天反其道而行之——生生逼出自己的痛苦来。用心良苦啊。刚才的表演，真可谓惟妙惟肖，大宝没去演电影真乃电影业的不幸而是电影演员的万幸了，他本身不是老师吗？在表演方面也可教学生的。一只苍蝇在他面前嗡嗡徜徉着不肯离去，看样子是要拜他为师。

杨丽萍没有说话，只是低着头站在那里，手不再撕树叶。

大宝恐慌起来，后悔刚才自己的话太缠绵、软弱，万一杨丽萍像古代的贞女烈妇一般来个忠贞不贰，岂不坏了大事？这个结果他都不敢去想。

可是事情偏偏向他不敢想象的方向发展，只见杨丽萍眼睛半眯着，宛如夏天远处滚滚乌云后面的灰色部分，熟悉天气的人都知道那里正在下着大雨。大宝慌了，只怕她真会下起大雨，因为他看到杨丽萍从口袋里掏出一方手帕——眼泪的陪伴品。

万没想到的是，杨丽萍瑟瑟地打开手帕，露出一块手表、一沓钞票。手表大宝知道，那是自己给她的定情物，可钱呢？

杨丽萍把钱和手表递了过来，有气无力地说："这些本是你的，现在还给你，希望你保重，我……走了。"说完缓缓地转过身去，又回头深深地望了大宝一眼，宛如殡仪馆里对死去的亲人做最后的瞻仰告别。瞻仰完毕，慢慢离去，瘦长的身影印在光硬的水泥路上，身后几片碎树叶跟着送了几步也就止住了。

大宝捧着手表和钞票，望着杨丽萍消瘦的身影慢慢地消失在远处，他倒像真失恋了，眼角一点潮湿，模糊了一片，他用手擦拭了一下，转过身来，快速离开了。

大宝混混沌沌地走着，刚才看到杨丽萍凄楚孤单的背影，心里的五味瓶倒了，毕竟和她相处了这样长的时间，今天如此对待她，觉得很对不起她。可自己真是无奈啊。大宝这样解释着。大宝还是骗子中的新手，既有得手以后的兴奋，又有良心上的不安。

这种不安只是在大宝心里停留了片刻，随即而来的是高兴、得意。他万万没想到今日会如此顺利，顺利得让他感觉有点假，心中不免有点惆怅，宛如夏天午后没下完雨的天气，依然闷热憋屈，只觉不酣畅、不淋漓尽致。想象中，杨丽萍今天应该多么多么痛苦、绝望，多么多么撕心裂肺、痛不欲生，死活不肯离去，坚决要和他宋大宝厮守在一起。而自己是如何如何决绝，一切为了她的幸福，简直是义薄云天，学我佛舍身喂虎，上演一场催人泪下、感天动地的电影。结果当然是自己说服了杨丽萍，她只被感动得泪如泉涌，几欲昏厥。大宝要学那优秀的商人了，既赚取了别人的钱，又要赚取别人的谢。

走到一个没有人的地方，大宝掏出那一沓钞票，一五一十地点着，正好一千块。大宝今日好处得多了，尽往好处去想："嗯，这可能是她给我治病的钱。"于是心中得到一丝安慰，由此推知：杨丽萍对自己还是有感情的。由此可见我宋大宝是多么有男人魅力。大宝没把自己比作周润发、万梓良就算客气的了。范蓉范大小姐——我们的组织部长妹妹不就被他征服了吗？他捧着那个安慰奖，心中一阵欣喜，一千块钱可不是小数目啊。自己不正欠着债吗？大宝痴迷地想，一不留神，脚一滑，一下摔倒，满身的泥水，爬将起来，四下一望，大吃一惊，怎么跑到这里来了？

原来大宝不知不觉中已走到离县城很远的小路上来了，这小路正好通向自己的老家——王洼庄。这也许是在外干了不光彩事人的通病——躲回老家去。

他本能地想往车站走，转念一想，一身的泥巴怎么见人？况且已走这样远了，索性不回去了，刚才受了压抑，走走可放松一下，反正也就二十多里路，坐汽车要五十多里呢。既赚了它二十多里路，又省了几块钱，何乐而不为呢？

大宝不紧不慢地走着，眼睛四处望，欣赏着原野的风景。油菜已经成熟，金灿灿的，这是成功的标志，不管它经历了怎样的痛苦和磨难，但结果是完美的；麦子很是羡慕，伸出长长的脖子，睁开眼睛来看，抓紧了时间开花、灌浆，不顾一切地向那成功迈进。

小路很窄，很多地方只是水田的田埂，但很光滑，两边的小草越地不过来，想必是走的人多了的缘故。还有的地方原本不是路，是麦地，人们为了少走点路，舍了原来好端端的路不走，硬从麦地里开辟一条笔直的小道来。尽管主人采取了挖、堵等办法，免不了还大骂了几句，但丝毫不起作用。可想而知，人们为了少走点弯路，多走点捷径，挨几句骂又有何妨？这样的人社会上还少吗？

"其实地上并没有路，走的人多了，便成了路。"大宝诵读着鲁迅的名言，"我知道我在走自己的路。"

大宝晃晃悠悠地走着，这条路他太熟悉了，熟悉得那双鞋子不要腿都能回到家。至今，大宝依然记得第一次走这条路的情景。那年他十三岁，冬天，不知怎么了，大宝家喂了一年的大肥猪死了。第二天鸡叫头遍，父亲宋老牛挑着一百来斤肉带着大宝向县城出发。大宝很是感谢那死猪，正是有了它的牺牲，自己才得以有机会第一次进县城。

到了县城，宋老牛浑身冒着白烟，就像刚从澡堂里出来似的。大宝一点也不觉得累，睁大眼看着，一切是那么新奇，只叹天底下还有这么好的地方。

到了中午，那一百多斤猪肉才卖了几斤，还交了五毛钱的管理费。宋老牛狠心花了两毛钱给大宝买了几个包子，而他自己只说不饿，然后带着大宝在住宿区叫卖。迎面走来两个戴红袖章的，押着几个外地卖粉丝的投机倒把分子。宋老牛吓得脸都白了，赶忙把担子放在路边，是自言自语，对自己的儿子说，抑或是对那两个戴红袖章的告白。

"不卖了！不卖了！回家！回家！"

可是这些告白一点作用都不起。那两个"红袖章"奔了过来，不由分说，恶狠狠地夺去了大宝手里的秤。大宝被吓得哇哇大哭起

224

来，这还不算，"红袖章""吏呼一何怒"，上来又要来抢夺宋老牛担中的肉。宋老牛扑通一声跪在地上，一句话不说，只是两眼可怜巴巴地望着那两个"红袖章"，宛如濒死的老牛。那两个"红袖章"不知是可怜父子二人，还是腾不出手来，拿着大宝的秤，押着那几个投机倒把分子走了。那几个外地人，满脸的泥灰，头上沾满了稻草，背着破而脏的棉被，不是在走，而是在挪。多少年来，大宝都忘不了这一情景。

北风逐渐加大，灰尘满天飞扬，太阳公公怕被这灰尘呛着已经躲了起来，麦子和油菜站立不稳，惊恐起来，交头接耳地说："沙尘暴来了。"

大宝加快了脚步，到中午时分才走了一大半。饥饿像那定了时的闹钟，认真负责准时地给大宝信号。大宝只后悔没有买点吃的东西带在身上。这饥饿像男女之间的相思，愈想愈强烈，从胃部生起，扩散到心脑，再蔓延至全身，大宝的脚步放缓下来，折了两枝青麦苗放在嘴里咀嚼着，清香中带着一丝甜，这清香与甜犹如催化剂，更加重了饥饿，大宝觉得自己快要饿死了。

没办法，只能用思想来挤跑那饥饿感。大宝开始用范蓉做材料，可是他不知：世界上的精神之享受，只能建立在丰裕的物质基础上。宛如富人才会拥有"三高"，而叫花子是不配的。范蓉只能在酒足饭饱以后才能有效享用，现在她只能使自己的胃口膨胀，更助长了饥饿的嚣张气焰，于是他自然而然地转而用苦水来冲淡胃中的消化液了。

他想到了父母在王洼庄所遭受的欺辱，想到了大姐、二姐痛苦的眼泪，想到了自己家那些丢失的鸡鸭、毁坏的庄稼……大宝涨红了脸，此时他倒是不饿了，因为苦水已经填饱了肚子。

"狗×的王二狗，难道你们的良心被狗吃了吗？"大宝对着王洼庄方向骂道。

讲到良心，大宝不禁扪心自问，自己有良心吗？对三丫？对杨丽萍？想到这儿，脸上不禁躁热起来，可这只是一瞬，他再次想到

225

了宋家所遭受到的欺辱，又想到了薛大一、姚艳、范蓉，他们过着养尊处优的生活，而自己呢，虽然是个教师，但又怎么样？宋家的境况并没有多大的改变，王二狗他们不是照样霸占着水塘里的水吗？张街的人不是照样看不起他吗？什么是良心？良心值几许钱？历史上一切干大事的人，莫不铁石心肠。

以后将会是什么样？大宝无法想象，反正一片光明。而现在的自己正处于黎明时刻。

于是大宝抖擞抖擞了精神，大步向前迈进。一棵歪脖子树呆头呆脑站在那里，大宝把它当作杨丽萍，轻轻地挥了挥手，说道："拜拜了。"接着对着旁边一棵婆娑的高大柳树大声喊道，"范蓉，亲爱的，我来啦。"

回到王洼已是下午三点多了，大宝一口气吃了两大碗饭。娘旁边站着，看着儿子满身的泥灰，疼得心揪着，又心满意足地看着儿子大口吃着自己做的饭菜。

风卷残云后放下碗筷，靠在那里，此时有一种肠肥肚儿满，余下皆奢侈的感觉。接着点燃一支香烟，享受地抽着。大宝娘、宋老牛巴望着他的嘴，喉咙动了几下，到底没有敢问。

大宝坐在那里大口地抽着香烟，烟下去，话出来，简要地述说了今天上午事情的经过，并拿出那一千块钱。娘看了那些钱，欣喜地问："还回来了？"大宝被问得莫名其妙，疑惑地看着父母，问怎么回事。娘说是给杨家的彩礼钱。大宝冲着宋老牛吼道："谁让你们给她家送钱的？我看你们是吃饱饭撑的，以后我的事你们少管。"说完冲进自己的屋子。

大宝躺在床上，肚子膨胀得如生气的河豚似的。现在，有一种被戏弄的感觉。原本以为这一千块钱是杨丽萍给他治病的钱，没想到原来如此。

"原来如此，原来如此。"大宝嘴里念叨着，对杨丽萍的愧疚消失殆尽，随之而来的是鄙夷。

宋老牛夫妇见儿子这样，认为自己做错了事，小心翼翼地出来，躲到田野里去了。

　　宋家这里没有消停，那边杨家也没闲着。杨妈在不停地数落着宋家，抱怨大宝不该收那一千块钱，埋怨着杨丽萍不该给那钱。因为按我们当地的风俗，男女两家如果男方先提出退亲，那么男方所给女方一切财物概不退还；如果女方先提出退亲，除退还男方所花的一切财物以外，保不住还增加了数目，因为男方只把那怨恨化作了利息。

　　杨丽萍回来后宛如干了什么见不得人的事似的，躺在床上，用被子蒙着脸，一动不动，死去一般。杨妈还在喋喋不休，一矮而胖的青年坦克似的横冲直撞地进来，她赶忙住了嘴。

　　这青年名叫程如峰，是县农贸市场的外聘管理员。平日好处多多，喝酒抽烟有人送，吃菜吃肉不要钱。这些好处像那商店高高挂着的招牌一样醒目，杨妈当然也看到了，愿意把杨丽萍许配给他，至于宋大宝那个穷小子，哼！

　　决心已定，杨妈对自己的三儿子杨金龙说了此事。杨金龙平时无所事事，整天和一群小混混惹是生非，偏偏程如峰也是他们那个圈子里的，于是杨金龙告知了此事。程如峰窥视过杨丽萍后甚是满意。杨丽萍起初不同意，杨妈于是发动全家老小连带亲戚朋友一起上阵。杨丽萍到底寡不敌众，背着大宝和程如峰秘密接头了几次，感觉是谈不上好，也谈不上坏。但有一样，那就是程如峰比大宝要大方得多，整天约杨丽萍出去吃喝玩乐。那天大宝在自由市场看到的和杨丽萍在一起的那个男的，不是他是谁？当时他正在给杨丽萍送糖衣炮弹呢。实际上那天杨丽萍又何尝没看到大宝，那时的她巴不得有个地缝好钻进去。真是谢天谢地谢王母娘娘，后来大宝离去了。杨丽萍仓皇地逃回家来，半天才回想起和大宝一起的还有一个穿红裙子的女子。她是谁？想想自己的龌龊与卑鄙，杨丽萍到底没有敢问大宝。

　　大宝用英俊和教师地位所构筑的防御工事，哪禁得住程如峰糖衣炮弹的猛烈攻击？只两个多月，杨丽萍便乖乖做了程如峰的俘虏，因为是心甘情愿，所以算是弃暗投明吧。

杨家和宋家秦晋之好是眼看着结不成了，但是杨妈心里的算盘精细着呢，顾忌着宋家送来的那些财物，所以用了以静制动的战略战术，只等大宝送上门来，那时就请君入瓮了。

大宝哪里知道这些？如果知道了，他会给杨妈磕一百个响头的。一千块钱虽然不是小数目，可是相比于自己的前途简直不值一提。

春天在疯狂生长着，家花野花正茂盛，蜂蝶一刻不停地忙碌着。

周日上午，大宝约范蓉去看电影。时间尚早，大宝提议到公园走一走。恋爱期间，与情人相携，漫步风景，倒不失为一种浪漫情趣。只是小地方的摩登浪漫，为落后的超前，公园里没什么像样的风景，情人们来观赏，殊不知他们自己也成为这风景中的一部分了。

公园幽深处有一棵古松，高大、挺拔，与见证七仙女和董永之间爱情的那棵相差无几。二人来到树下，闲聊了一会儿后，大宝要范蓉闭上眼睛。范蓉心中纳闷，但看到大宝温柔的微笑与坚持的表情，只得照做了。

"一、二、三，当当当。"大宝说唱着。范蓉睁开眼来，一看，简直不相信自己的眼睛，只见心上人单膝跪在自己面前，手中拿着一朵鲜艳的红玫瑰，直愣愣地望着她，可能是紧张的缘故，半天，赤红的脸上硬是挤出一丝笑，像小学生背书似的说："范蓉，我爱你！"

这个场景，虽然为范蓉梦寐以求的，思想里演习过上百次，也想好了应对的措施，但这一刻真的出现，居然一时不知所措了。她呆愣在那里，心儿跳，脸儿热。

"范蓉，我爱你！"大宝再次说。这一次，语调由小学生一下跃升至中学生——饱含深情多了。

范蓉终于被唤醒，把夺过那朵玫瑰，四下瞧了一瞧，只怕别人看到，又想别人看到。这样的场面，别人看了会发笑，身上要起鸡皮疙瘩的；另一方面，看的人恐怕要传播出去，这样有利于妇女工作，因为这等时髦的求婚也是和改革开放相接轨的。

范蓉站在那里傻傻地笑，周围的空气都不是空气了，那是什么啊？都是甜蜜，整个人儿都要变成糖人，被太阳一晒恐怕要融化了。可好戏还在后面呢。

大宝站了起来，从怀中掏出一个红色绒盒子，小心打开，金光闪闪。原来是一枚金戒指。大宝慢慢地把范蓉的手牵过来，含情脉脉地望着说："范蓉，你愿意嫁给我吗？"大宝这乡下小子哪里经历过这样的场面？他只不过是把电影、电视剧中的镜头剪接了过来，可他不是演员，所以他的含情脉脉也只是浮在冷水上的猪油，结了块，堆积在脸上，而声音呢，还依然停留在中学生的水平上。

可是这个水平足够了。

"嗯。"范蓉乖巧地答应了一声，头低下去，低下去，脸色喜蛋似的红。也许是太过于激动，高兴得昏了头，忘了说："我愿意。"但那一声"嗯"足以表白清楚自己的意愿了。大宝当然也听懂了，要把戒指戴在范蓉中指上，只是太过激动，手儿颤抖得像二人在握手。

大宝干这事当然是大姑娘坐轿——第一次。他哪里知道订婚戒指是要戴在无名指上的。印象中，娘和两个姐姐做针线活时所戴的铁顶针是戴在中指上的，于是照搬了过来。女人嘛，结了婚事要做针线活的，这戒指可以一物作两用了。真是物尽其用啊。

范蓉对这方面研究颇深，要不枉为妇联科长了。见戒指给她戴错了手指，但她并没有指出来，害怕那样破坏了气氛。今个儿太高兴了，不能让这小过失扫了兴。这个小瑕疵如小数点后面的数字，可以忽略不计。

范蓉眼里心里都是满足，宛若蓄满新水的鱼塘一样，鱼儿在里面不停地跳跃，而快乐幸福就是那些浪花，四处地扩散开来，于是公园处处荡漾着快乐幸福。

大宝变戏法似的又从怀中掏出一个盒子，在手里扬着，像大人逗小孩似的要范蓉猜里面是什么。范蓉一眼识破是项链，只是她不愿捅破，她要把这快乐幸福抻长，永远进行下去才好呢，于是像幼稚的小孩一般猜是发卡、头绳、胸针、手表等，就是不猜标准答案。大宝得意地笑着摇头，只为自己的精妙设计而叹息不已了。

见范蓉这个"笨小孩"实在猜不出了，大宝双手合十，眼睛微闭，嘴里念念有词："天灵灵，地灵灵，芝麻要开门。"打开一看，可不是项链？大宝取出拿在手里，在阳光的照射下，那条长长的金项链发出道道光芒，而在范蓉看来，道道都是浪漫，道道都是甜蜜，道道都是幸福。

不远之处，就是前天大宝和杨丽萍分手的地方，那里还残留着杨丽萍所丢的碎树叶，只不过已枯萎。转瞬间，旧人已凄悲离去，新人翩然而至，人间的喜怒哀乐、悲欢离合是这样地鲜明，不可捉摸，胜似一切戏剧效果。

看电影的时间到了，二人来到电影院，只拣那无人的偏僻地方坐下。整个看电影的过程中，范蓉的手再也没离开过大宝的手。《红高粱》的歌曲从一开始就萦绕在二人的心头，"妹妹你大胆你往前走啊，往前走，莫回啊头……"声音震荡着，震荡着，心儿也随着飘过去，飘过去。融化在那无尽的高粱地里，酿成酒，盛放着，满世界都是芬芳，满世界都是陶醉。

电影很快放完了，二人觉得时间不是在走，而是在飞。出了电影院，范蓉好像想起来什么来，问大宝这些首饰店从哪儿来的，县城好像没有。大宝回答说是自己昨天请了假，特地到省城大商店买的，保证都是真货，顶呱呱的。范蓉听了心中的甜蜜如那24K黄金一样纯，于是要带大宝踏上"金光大道"——二人向我们的组织部长家进发了。

去组织部长家，大宝有一种丑媳妇第一次去见公婆的感觉。半道上，大宝颇有人情世故地问要不要带点东西。范蓉轻描淡写地说没必要，言外之意他家缺什么，你带的东西哥嫂能看上眼？既然看不上，那还不如不带。

二人来到县委住宿区——我们水田县第一住宿区——让多少人敬仰的红楼。进了门，范蓉的大嫂张云正在做饭，看范蓉领着一个男青年进来，很是惊讶，小姑子什么时候领男的进过家门？冲着大宝一笑，算打招呼了，然后又忙着做饭去了。

范蓉对着厨房说："大嫂，中午多做一人的饭。"张云听了答应一声，会心地一笑，验证了自己刚才的猜测，把头伸出来，向着小姑子做了个鬼脸，这鬼脸颇有吸引力，超过了大宝的魅力，于是范蓉撇开了大宝，走进厨房。接下来，只听见厨房里姑嫂二人嘀嘀咕咕着，并不时爆发大笑。

我们的组织部长家的饭可非等闲之辈所能吃到的，除了县里几个头头以外，其他人只能隔墙兴叹。今天来了何方神圣？里屋正在看电视的范彬——范大部长闻讯出来看，大宝慌忙站起迎接。

范彬部长今年五十不到，四十颇有余，真是年富而力强，丝毫看不出身体有任何衰败的迹象，就像他的官职。中等个儿，微胖，头发粗而壮，根根精明强悍，就像他在部队的表现一样。转了业，身上仍留有鲜明的革命军人特点：一切行动听上级指挥，下级一切行动听我指挥。范部长有个特点，就是讲话像部队中的重炮发射，铿锵有力，振聋发聩。快活他的人赞赏说他有魄力，不快活他的人只道他理由充足——因为谁的嗓门大谁就有理。开会的时候，身先士卒，带头高喊革命口号，高唱革命歌曲，场面壮观而沸腾，颇受领导的器重。

那些年，流行伟大革命导师列宁的名言："学习，学习，再学习。"范部长是革命干部，当然要听导师的话，于是读了达尔文的生物进化论，结合为官之道，深刻领会"物竞天择，适者生存"的道理，于是像森林中的爬行类一样，总是能把自己融于周围的环境之中，比如和大队干部们喝酒时，来两句"他妈的、老子"之类，那些人听了大加赞赏，引以为同类。到学校视察时，做演讲，只把那些文人骨子里的虚荣鼓动起来，私下里嘀咕说："嗯，这个干部不错，尊师重教。"

近几年，范部长春风得意，平步青云，这得益于早些年的独具慧眼，站对了队伍，跟对了人，素有：干好干坏不要紧，跟对跟好

231

才要紧。当别人都紧随市里的一把手时，他偏看上了与之不和的二把手。没两年，一把手交换调离，二把手升为一把手，当然要重赏部下——范彬由公社书记荣升县里的组织部副部长，两年后再提拔为部长。组织部是干部队伍的摇篮，他稳稳地坐在这摇篮中，只要不过于麻痹大意——睡着了就行。

范部长这样精明，真是睡觉都睁着眼，官做得这样稳当，可见他把精力都放在工作上了。公而忘私，所以自己妹妹的婚姻至今没有着落，想来头都痛。社会主义社会不能采取逼婚的手段，所以手中有权使不上，干着急没办法。自从上次水拐粮站事件以来，更加小心地看护着妹妹，到头来使得她自己倒把自己紧紧地看护了起来，所谓的作茧自缚就是如此。什么时候春天才会来啊？老婆在后面只埋怨说不该把她放在妇联，那里大多是女的，接触的也大多是女性，这样下去什么时候才能嫁出去。

今天，范部长本要去陪市计划生育检查人员吃饭，只是时间还没到，蜷缩在家，考虑着准备把妹妹调到教育局，全县那么多未婚男教师总有一个适合她吧。嗯，这事宜早不宜迟，正在这么想，突然听到外面有动静，于是走了出来。

范部长看了一眼大宝，不认识，略一点头，算作招呼，又用手向下一压，要把大宝压回到座位上。可是大宝并没有坐下，而是掏出红塔山香烟，双手递了过去。范部长五指轻轻一扬，当作话语回应了大宝。那边厨房的笑声还在继续，范部长"舍远就亲"地走了过去，只留下大宝无可名状地待在原地。现在，他真正领会到什么叫高处不胜寒了。

一会儿，范部长出来，居然千金难买地给大宝添了一点水。大宝受宠若惊，一连声地说谢谢，好像那一点水值万金。接下来，范部长不经意地问起大宝的工作、家庭、学习来，似领导的关怀，又似家长的关切。大宝一一做了汇报，范部长嗯嗯地应着，脸上毫无表情，也不做任何的评价，这也是高级领导的一贯作风。厨房里的范蓉害怕大宝说错话，赶忙走了过来站在一边。

吃饭时，大嫂继续审查大宝。范蓉饭也少吃，只是睁大眼睛坐在那里。范部长的儿子好奇地问姑姑大宝是谁，张云笑眯眯地看着范蓉，说这是宋老师，以后专门看管你的。那小子瞥了大宝一眼，噘着嘴不说话了。

整个吃饭过程，大宝食而不知其味。部长家的碗小得如酒杯，他只吃了一碗。饭吃得这样糟糕，话也好不到哪儿去，只像那米里水放多了，煮出的饭也一塌糊涂的。饭后，范蓉把眼睛对着大宝向门口一扫，大宝会意，向部长夫妇告辞。出了门，长舒了一口气，只觉已是炼狱里走了一趟。男朋友出师不利，范蓉当然没有好心情，只是上午的温暖还没完全冷却，她自顾走着，大宝屁颠屁颠地跟在后面。

那边范部长夫妇二人开起了家庭会议。张云要维护自己长嫂为母的威信，只怪范蓉对自己汇报太迟。她刚才已经发现妹妹手上的新戒指和脖子上的新项链，知道二人已经私订终身了，这成何体统？退一万步说，自己又不是什么封建家长，她可是新社会商业局具有新思维的干部。

范部长不好说自己妹妹的不是，而要把这不是转移到大宝身上，说大宝没见过什么世面，说话结结巴巴的，也没有条理，恐怕教书好不到哪里去。可转念一想，他是自己亲妹妹的意中人，诋毁他不是给妹妹抹黑吗？只怕老婆以后会更加看不起他了，于是又补充说："能考上师范是不会差到哪里去的，以后锻炼锻炼就行了。"

张云可不会轻易放过自己的不快，她的脑子精明着呢，加上她的胃不是太好，消化得慢，说大宝教师地位低，工资也不多，自己现在已贴进去了不少，将来肯定还要贴补。范部长笑她故意找碴，说平日里怎么没看出你这么抠门，教师工资是低了些，以后还会让他继续当教师吗？以后儿子的学习就交给他了。张云听了这才不吭声。

大宝哪里知道，自己的前途就在未来哥嫂的争执中安排好了。真是十年寒霜苦，不如找个好老婆啊。

大宝跟着范蓉来到妇联住所，进了屋，大宝要来搂她。范蓉刺猬似的一抖身子，抱怨说："你今天怎么了？说话吞吞吐吐，和结巴没什么两样。"她哪里知道大宝从小就怕干部，听到公安来了就吓得要尿裤子，今天的表现已是超水平发挥了。

大宝觉得理亏，谁让自己没见过大场面呢？为了补救自己的过失，去给范蓉倒了一杯水。范蓉喝了两口，肚子里的火灭了一些，寻思着：这次表现欠佳，不代表以后不行，慢慢调教他吧。这样地想着走进里屋。

大宝刚才在部长家里出了一身的汗，现在凉了，那的确良衬衫像部长的冷脸一样粘在身上，很是难受，于是来到院子里擦洗着，想来只不过半天时光，真是冰火两重天，身体受了这水火的夹击，真是疲惫不堪。中午那点饭，在平时也就只够自己两口，填个肚拐子都不够，经过刚才的细细嚼慢慢咽，精细得恐怕一到胃里就没了踪影。

回到里屋，只见范蓉躺在床上，脸儿新擦了粉，嘴唇儿涂抹了口红，头发散着，几缕掩遮着脸，尽显妖媚。大宝倦怠的身子像那泄了气的皮球重新被充上气，冲上去搂她在怀，手儿顺势爬上她胸前的山峰。

接吻我们这里土名叫亲嘴，是舶来品。这种亲热方式在我们这个小地方很少见。前些年属于小资产阶级情调。这些年改革开放，在年轻人中逐渐流行起来，很多人津津有味地看着电视接吻镜头，心痒痒的，两眼冒火，开始东施效颦，于是很多恋人、夫妻开始啃嘴。范蓉今天要体味其中的情趣，也要帮大宝这个乡下小子学习学习，以丰富将来的夫妻生活，只是教会他后，不要放在别的女人嘴上就行了。

大宝开始脱范蓉的衣服，范蓉着力制止，只是嘴儿对着大宝的嘴吹着。亲嘴大宝当然是第一次，胡乱亲，胡乱啃，只把范蓉嘴唇上的口红啃去不少，满头满脸都是胜利的红。范蓉还要深入下去，张开嘴巴，大宝使劲啃过去，只把范蓉啃得生疼。恋人是如此不懂风情，范蓉被迫主动出击，舌头泥鳅一般钻进大宝嘴里。大宝是教师，领悟得快，抓住那泥鳅一阵强劲吸吮，只听到范蓉吭吭作声，看样子已深入领会了那些外国人的妙趣。

大宝照搬过去，要把舌头伸进范蓉嘴里。范蓉看杂志上说，接吻时，谁的舌头硬，结婚后谁说话就算，于是坚强地把舌头抵了过去。二人的舌头就这样牛抵头、羊抵角、猪拱食地顶着。大宝毫不相让，范蓉终于没有按照书上说的去做，因为此时的她全身都酥软了，像融化的糖块，瘫倒在床上。大宝一个猛虎扑食，压住她……

大宝刚才受了部长的压制，现在报复似的施与他的妹妹身上。范蓉只觉大宝如那春江之潮，激激千里，一会儿又像那夏季风暴，强悍凶猛。而她自己像那海燕，迎着浪尖而上。只道是："让暴风雨来得更猛烈些吧。"

一场雨后，花草树木开始疯长，于是春光更加浓烈起来。周三下午两点多一点，大宝正在上课，同事代老师来喊有人找。大宝答应着出来看，只见范蓉正站在学校门口欣赏着田野的风景。大宝如发情的狗似的奔跑了过去，把她领回到自己的宿舍。

范蓉进屋先巡视了一下，来之前已经做好了心理准备——想象大宝的住所不会好到哪儿去。但看过之后仍不免一惊。原来，大宝的宿舍只是一间破破烂烂的土坯房，宛若八旬老太佝偻着腰，四周墙上用报纸糊了，经过长时间的烟熏火燎，白、黄、黑你中有我，我中有你，十足的一个黄脸婆。麻雀虽小，五脏俱全，一灶、一桌、一椅、一小床，三二杯，四五碗，六七筷，八九书，实实（十）在在地穷酸。

大宝赶忙来看座，一瞧，隔壁邻居家的大花猫来瞻仰准新娘的容颜，已经捷足先登了。他忙又把它请了出去，拿了一张报纸给那宝座戴了防尘面罩，问范蓉怎么来了。范蓉笑着说："我是来突击检查你的，看你邋遢成什么样？"

大宝呵呵地傻笑，范蓉嗔笑说他傻，然后道出原委。原来她是到张街乡检查计划生育工作的，下午没事，顺便来看看。大宝听了，骄傲就像门外的月季花——灿烂而夺目。赶忙寻找茶杯给范蓉倒水，可是找了半天也没找到，正要去校长家借，范蓉说自己有，然后从包里掏出一个小茶杯放在桌子上。小茶杯很精致，放在土头土脑的桌子上，显得华丽异常，就如现在范蓉的身份。

范蓉对于自己的领地高度重视，望着屋子，问这问那。大宝一一回答，最后风趣地说"金窝银窝不如我这狗窝。"范蓉说："你是狗呀。"大宝龇牙咧嘴冲着她汪汪叫着。二人正谈得投机，校长张大土带着一帮人鬼子进村似的进来。有乡里的胡副书记、妇女主任杨海燕等五六个人。一时学校大乱，大家纷纷猜测宋大宝肯定出事了。违反计划生育了？不对，他还没结婚啊；打架了？不可能，就他那熊样的？打麻将被捉？肯定是的，这下够他喝一壶喽。

一伙人进了屋，霎时间，屋里酒气熏天。大家纷纷和范蓉打招呼，说上午招待不周，敬请多多原谅。

一下来了这么多领导，大宝慌了，赶忙要大家坐，哪里有座？校长张大土飞跑出去，长的、短的、高的、矮的搬来几个。范蓉坐在中间，大家众星捧月地围坐。大宝忙得像无头苍蝇，先一一散了香烟，又忙着去借茶杯、茶叶，准备妥当来倒水，偏又没水了，急得一身的汗。唉，领导家属原来是这样子的啊。

大家有事没事地闲聊着。范蓉体恤下情地说："你们是很忙的，这个我知道，耽误你们的时间了。"很委婉的逐客令。众人如果连这个都听不出来那么就不要在官场混了，一一赶忙站起来，说今天晚上千万不要走，给我们一个机会好好招待一下，然后告辞而去。

人去板凳多，女朋友今天如此体面风光，大宝肯定要犒赏犒赏，关上门窗，把她搂在怀里，热烈而漫长的吻。有道是一日不见如隔三秋，他们俩可是三日没见，已经九个秋啦。怪不得范科长要来视察呢。

校长张大土送走了乡里领导，心里惦记着县里大领导，匆忙回来作陪。推开大宝的房门，啊的一声扭头就跑。来到办公室，扯开老鸭嗓子把自己刚才看到的一幕说了。众人听了哪能相信？只当他在开玩笑。校长指天指地发誓，他们才相信。大家心里不禁疑惑起来："咦，宋老师不是和那个杨丽萍马上就要结婚了吗？怎么平地里又冒出了个范科长？还是组织部长的妹妹。"众人纷纷狐疑着，个个表情丰富：疑惑、羡慕、嫉妒、恨……掺杂在一起，心里感叹道："唉，宋大宝那小子怎么就撞上这日天大运了呢？"

张大土走后，范蓉只幽怨大宝太大意，连门也不闩。大宝不以为耻，反以为荣。心想：这倒省却自己的口舌去宣布了。大宝本来已经设计好了，大家肯定要问今天来的女子是谁，那时他就回答：县妇联的范科长——我们水田县组织部长的妹妹。再等大家问和他什么关系，他就正式宣布：她是我的未婚妻。

为了安慰范蓉，大宝又亲吻了她好几下，真恨不得抱她上床。突然想起还要上课，赶忙跑了出来向校长请假。张大土看着大宝，好像他是 UFO 下来的外星人，然后自告奋勇地说："我去帮你上，你们继续干吧。"大宝听出了话中的弦外之音，脸红起来，慌忙塞过去一支香烟堵住他的嘴。

小学的宋老师——王洼庄宋老牛的儿子谈了个县妇联的女朋友，据说她哥哥还是县里的组织部长。这个消息像长了翅膀，不到半天便传遍了张街。百分之七十的人半信半疑，咦，有这事？是真的吗？还有人嗤之以鼻，说："就他？哼，癞蛤蟆想吃天鹅肉吧？"但也有相信的，比如张街乡那些领导。乡党委书记金正好正在考虑什么时候请大宝吃顿饭。

傍晚时分，大宝要带范蓉去吃饭。二人正在商讨吃什么时，校长张大土进来，无论如何要请他们俩去饭店吃饭，只说这是学校的责任和义务。正说之时，金书记亲自过来请，并且说了饭菜已经订好，不去真浪费了。好像范蓉不去吃就是要他们犯错误似的。范蓉还在客气，金书记急得恨不得派几个人强掳了她去。

一群人来到饭店，金书记硬把范蓉推到上座，而他自己则坐了二座，大宝要坐下首斟酒，金书记大手一挥，用了气功似的把副书记赵有田推到一边，两眼一眯，带着他的领导风格笑着说："啊，这

237

个啊，宋老师到范科长这里坐，你们俩怎能分开呢？哈哈……"领导如此幽默风趣，大家也都奉公地陪着笑几声。大宝被笑得脸如赤霞，坐在那里手都不知道放哪里好。倒是范蓉针锋相对地说："金书记，你这个地方大员和我们这些乡下人开什么玩笑？我们这些乡下人可经不起呀。"明显地在袒护大宝。

上了菜，金书记河马似的脸满桌面一照，说："啊，这个啊，今天范科长不辞劳苦到我们张街乡检查指导工作，辛苦了，辛苦了，这个啊，赵副书记，来，我们大家共同敬范科长一杯。"大家纷纷端起酒杯。范蓉说自己不能喝酒，金书记把眼一斜，不怀好意地说，"你不能喝，有宋老师呢，你们俩谁和谁呀，他可以帮你喝，大家没意见吧？"大家纷纷说没有一点意见。见范蓉还是不端酒杯，金书记继续说："看看，我们今天每家可就来了一人，可你们家来了两位，你还不喝？"范蓉担心自己不喝，金书记恐怕还要说什么难听的，只得端起酒杯。

接着，张书记又端起第二杯酒，稍稍正色，假咳了两声，疏通了管道，望着范蓉说："啊，这个啊，组织部范部长——也就是范科长的哥哥，是我的老领导了，他真是个大好人啊，体恤下情，平易近人。平时呢，对我们乡照顾可不少，范科长和我们宋老师结了连理后，一定要在他跟前给我们乡多美言几句。张校长，你看是不是啊？"张大土万万没想到领导会请教自己，感到天大一般的荣幸，一连声地说："那是，那是。"

"啊，这个啊，范部长今天没来，那就由范科长代劳了，来，我们敬范部长一杯。"金书记说罢，一饮而尽，河马似的大嘴吧唧着，尽显其大队书记起家的英雄本色。范蓉不好再说什么，端起酒杯代替哥哥喝了。

金书记又端起第三杯，大黄脸上泛着红，闪着亮，对着范、宋二人痴痴地笑，厚嘴唇上的肉瘤颤巍巍的，说："啊，这个啊，这第三杯酒嘛，我们祝范科长和宋老师甜甜蜜蜜，和和美美，早得……"他本要说早得贵子，见范蓉的脸像乾清宫那两扇朱漆大门，想到了昨天晚上的电话，想玩笑不能开大了，于是不再往下说。但大家都接住了他的话，嘻嘻地笑着，闹洞房似的起着哄，要范、宋二人喝交杯酒。范、宋二人糖人似的，扭曲着身体喝下。

主人致辞完了，客人当然要答谢。范蓉大方地站了起来，对书记等人的热情招待表示了感谢，最后半开玩笑地说："宋大宝这人太老实，以后还得金书记您多指导，假如他有什么不对的地方，一定指出来，再狠狠地批评。"金书记哈哈一笑，说："宋老师是一个很能干的老师，为人师表，业务能力强，团结同志，这些我早就知道了。"旁边的张大土赶忙出声附和。大宝没想到自己有这么多优点，坐在那里好不自在。范蓉用胳膊捅了捅他，大宝会意，站了起来说今后一定要更加努力地工作，绝不辜负领导的期望。

今天，范蓉只对大宝这几句话比较满意，看来还有发展的潜力，于是意味深长地看着金书记，呵呵一笑，说："大宝，你以后就指望金书记了，哎，还不感谢金书记。"

这是命令，大宝哪敢不听？猛地站了起来，只是太慌乱，脚后跟撞到板凳上，生疼不算，板凳也被带翻了，咣当一声。范蓉脸上寒起百丈冰。金书记等人心里鄙夷地笑。

吃完饭，大家出了饭店的大门。金书记借着月亮的光，眼睛给范蓉的肚子一个超声波，说："啊，这个啊，今天晚上，我们就不安排住宿了，范科长是有地方休息的，唉，春宵一刻值千金啊，值千金。"说完，不待范蓉来分辩，哈哈笑着走了。笑声回荡在空空的街道上，只震得几扇窗户悄悄地打开，露出一两点黑影。这边校长张大土也知趣地溜开了，只留下二人于春末夏初的浓厚夜景之中。

今晚，饱满的月亮如孕妇的大肚子，是那样醒目，以至于每个人都不禁要多瞟上几眼。周边的星星害怕碰着了这孕妇，远远地躲在一边。夜风阵阵，送来新翻的泥土气息，路边杨树已初长成，在皎洁的月光下制造出一片风景来。好一个温馨浪漫的春末之夜。

大宝携着范蓉的手慢慢地走向学校，夜填补了地位上的沟壑，遮盖住白天的浮躁与气嚣，此时，二人才真正感受到了人生中最为

239

心醉的光景：执子之手，青春相伴；月之老人，拭目以待。二人都不说话，但都能感受到对方的温存，如这银白的月光一样轻而柔。

那一段路真不经走，不一会儿便到了学校大门口。二人都有一种意犹未尽的感觉，于是站在门口，四下里张望着。春虫窣窣，蛙鸣鼓鼓，听得心也鼓鼓地跳。进了门，开了灯，夜的朦胧被剥得体无完肤，大宝一把搂住范蓉，又是一阵热吻。

"大宝，你这地方真是块宝地。"范蓉笑着说，望着屋顶，木梁上面满挂着蜘蛛网，像老树着花，朽木新芽。

"是吗？那结了婚，我们就住在这里好了。"

"好啊。"

大宝听了，不知真假，看着范蓉，满眼里都是问号。

"呆子。"范蓉慈母般地望着大宝——"来时，我已和哥说了，趁我们还没办事，就把你的工作调动一下，免得到时候别人说闲话。你呢，以后也放灵活一些，这个圈子里的一些事你不懂的。"

看来范家已经把自己的前途安排好了，大宝心里的激动就如外面的蛙鸣，一把搂住范蓉，抱起放在床上。

二人享受地亲热着，范蓉突然停止了动作，猫头鹰似的竖起耳朵，说："外面有人。"大宝赶快放下范蓉跑出来查看，哪里有人影？只听到咚咚远去的脚步声。大宝心里好笑，猜测可能是校长张大土等来听"洞房花絮"。

进了屋，大宝骗范蓉说没人，问她对金书记是否熟悉。范蓉说自己不是非常熟悉，但自己的哥哥很熟悉。去年，金书记想到县供销社当主任，找过她哥。昨天晚上，二人还通了电话，哥哥还向他打听你的事呢。

"真的？真的？"

范蓉点头。

"那他们说我什么？"

"说你不懂就是不懂，这叫打招呼，告诉金书记你是哥哥的人，让他心中有个数。"

"哦，这样啊。"大宝如梦初醒地说。

接着范蓉说自己明天没事，想到大宝老家看看，认识这么长时间了，应该去拜访二位老人的，问大宝有没有时间。大宝听了，感激得简直要抱她上床。女朋友是这样体贴入微，考虑得是这样周到齐全，这样"屈躬下驾"，我宋大宝有什么啊？站起一根桩，躺下一根棍，哪辈子修来的福气？赶忙说自己明天可以请假，又忙着跑出去打水，给准夫人洗漱，寻思明天一早要尽快通知家人，把家里彻底打扫一下，免得脏乱得像个猪窝。

晚上是这样安排的，范蓉睡大宝的房间，他自己到同事汤老师那里去睡，反正他又不在家。临走之时，大宝对范蓉耳边说一会儿就过来。范蓉雪白的脚作势要踢他，说讨厌，嗔笑着把他推出门去，关上门，却没有上闩。

第二天早晨，张校长他们遇到大宝，看着他那蜡黄的脸，嘿笑着说："大宝，你屋里的老鼠真够大的，昨晚上闹的动静真不小，房子没塌吧？"大宝听了嘿嘿地笑，又把香烟掏出堵住他的嘴，然后请了假。

吃了早饭，二人开始忙活起来。大宝找不到像样的车，急得心里直冒火。女朋友是千金小姐，当然要坐好一点的车喽，如果在过去，那是要坐八抬大轿的。再说车子也是面子，也是声势，要让王洼庄的那些人看看，我宋大宝今非昔比了。范蓉得知没车后，要大宝带她去校长办公室打电话，让哥哥派一辆车过来。

众教师听了个个瞠目结舌，心里只感叹：乖乖，乖乖，真是了不得，唉，狗×的宋大宝怎么就走日天大运了呢？

大宝自己这样地高兴，忘了别人的感受，想别人也像自己一样的快乐，所以说话时脸上抑制不住地笑，如早上的太阳一样光芒四射，走路时两脚似安上了弹簧，让那些同事看了只觉得浅薄得很，大家一脸的鄙夷，心里却泛着葡萄酸。

儿媳妇第一次见公婆当然要带点礼物，范蓉要到街上买，大宝要带她去，范蓉坚决不肯，说人家看到了不好。大宝嘴上答应，心里却说：这有什么不好？有道是一桶水不响，半桶水咣当。范蓉地位高，见识广，当然桶中之水装得满满的，只有大宝之类桶里水没多少，只害怕别人不知道，要摇得咣当咣当响。

一会儿，范蓉拎着东西回来，大包小包把整个人都遮没了，看样着实买了不少东西。宋家所收到的礼物恐怕要打破纪录了。

八点多，车来了，崭新的黑色桑塔纳，迎着阳光闪闪发亮，只把校长张大土等人看花了眼。范、宋二人在众人复杂目光注视下上了车，迎着灿烂的朝阳，向着大宝的老家——王洼庄而来。

这边，宋老牛家里可忙开了。宋家何时有这样天大的喜事啊？宋老牛夫妻忙得东一头、西一头乱窜。大女儿、二女儿早派人去叫了，可到现在还不见踪影，宋老牛急得只骂娘。一会儿两个女儿女婿穿戴一新，风尘仆仆地赶来，只被宋老牛骂得狗血喷头。四人不敢吭声，赶快投入战斗：扫地、洗碗、抹桌子，逮鸡、捉鸭、洗衣、换床单……这个喊："新床单放到什么地方了？"那个叫："不要忘了买酱油和醋。"真正喜盈门了。一时间宋家人跑狗跳，鸡飞鸭叫，好不热闹，个个脸上都抑制不住地笑，个个都有使不完的劲。娘在灶下烧着火，松树皮脸上的笑映照着火焰在不停地跳跃着。邻居家不知发生了什么事，一一来询问。宋老牛像那老牛哞哞地告诉了他们。王洼庄重大新闻产生了。

十点半许，不知谁喊了一声："来了。"几百双眼睛望过去，只见远远一个黑点，后面拖着长长的灰色尾巴——烟尘。黑点滚滚而来，到了近处，放缓了速度，大家才看清原来是小轿车。

车一直开到宋家门口，二人下了车，范蓉对着司机说了几声，那车掉头开走了，只留下众人一脸的疑惑：咦，怎么走了？

范蓉迎着王洼庄几百双眼睛姗姗而来，迎接新娘子也不过如此，但她比新娘子更有风度、大度和热度。她是领导，比这更大的场面都见过。王洼庄和那些大场面相比，就是阴沟和大河的区别。范蓉的船够大，阴沟盛不下，根本不存在翻船的问题。她笑眯眯地走着，镇定自若地接受着大家的瞻仰。王家有几个人心里打起鼓来，比如村支书王书记、三瘸子之流，心里恨恨地骂道："狗×的宋大宝，哪来的这么大本事？勾引了城里的姑娘，还是个当官的，呸！"骂完了，王支书赶忙过来迎接领导，三瘸子等人怏怏而回。

宋老牛、大姐、二姐等过来打招呼，大宝像日本鬼子翻译官似的紧跟在范蓉后面一一做介绍。范蓉笑着点着头，嘴里大伯大姐二姐地叫着。结果欢迎仪式搞得像国家元首接见外国来宾。范蓉可不就是元首吗？宋家以后不就是有了顶梁柱了吗？他们今后一定会唯其马头是瞻了。

最后，娘从厨房里出来，过来嘻嘻一笑，招呼道："来啦！"范蓉已经猜出这是大宝的娘了，上前一步说："这是大婶吧？"过来搀住她向屋里走。众人个个都侧目以看，一一在心里赞叹道：真是八斤重的老鸭——呱呱叫。人家还是城里当官的，一点架子都没有。

范蓉把娘拉进了屋，把带来的礼物拿出几样来，只说自己没有准备，说着又从一个包裹里拿出一件灰色毛线外套，给自己未来的婆婆比着大小，发现娘头上有一根稻草，小心地摘去，丢在地上。大宝在旁边看着，感激像那热水瓶拔去了盖——热气腾腾地往外冒。没想到范蓉这样善待自己的母亲。在中国，婆媳历来不是宿敌吗？

不一会儿，范蓉来到厨房居然帮大群做起菜来。她拿起自己这么多年做妇女工作的法宝，毫不吝惜自己的赞美之词，连声夸赞大群刀功好，炒出的菜闻着就香，肯定好吃，说着竟然还用手拿起一块红烧肉吃了起来，连声说好吃。宋大群一时觉得自己像那被埋没的千里马，而范蓉——自己未来的弟媳就是伯乐，高兴之情溢在脸上，满面春光了。宋二群也不甘落后，赶过来围在旁边。厨房聚集了宋家全部的女人，大家说说笑笑着，笑声和着这饭菜的香气弥漫着，发酵着，随风扩散开来，传播得老远老远。

吃饭时，王村支书看宋家没人主动邀请自己留下吃饭，又不好意思直接说，心里寻思着既要能留下来吃饭，又不失颜面。他站在那里，大声嚷嚷着，敲锣打鼓般响，说："我要走了。"期望宋家有人来挽留自己，那时候自己当然虚情假意地客套一番，然后再留下。

宋老牛正要来挽留，没想到大宝送来一个穷凶极恶的眼神，吓得不敢说了。王支书只好快快地走了。

大宝本来打算请李菊花过来吃饭，但考虑到她不一定高兴，还有一点，大宝担心范蓉知道自己和三丫的事，所以放弃了这个打算。

开饭了，大家依次坐下，唯独少了娘。范蓉心细，赶忙出来寻，寻到厨房里，把正在灶下坐着的娘死拽活拉地拖到席上。娘身子坐下了，可嘴里依然还在反抗，一个劲地说："你们吃，你们吃，我哪要坐啊？"范蓉说："大婶，您平时最辛苦，您坐在这里吃是天经地义的事，今天您不坐，我也不坐。"这也许是娘第一次听到这么欣慰的话，感激得要痛哭流涕了。而大宝却真的流泪了。今天也许是自己的老娘第一次体面地坐在席上吃饭，以前自己怎么没想到这些？惭愧之余，对范蓉的感激又上升了一大截，刚才似热水，现在可就是热油了。

喝酒时，范蓉依次敬了大家酒，这是排场，宋家没有经历过如此排场，连宋老牛也忘了自己一家之主尊贵的身份，站了起来陪范蓉喝了酒。

吃过饭，范蓉要大宝带她到田野里逛逛。宋老牛骨子里想要大宝带范蓉去祖坟，好让列祖列宗认识一下她，如果有可能，还要她给祖宗磕几个头，以表对列祖列宗的敬畏，但考虑到范蓉不一定愿意，这也是封建迷信，当官的是反对的，到底没敢说出来。

田野里，水稻秧苗已长高两三寸，绿油油的，不久就可移栽了。范蓉看了欣喜，说以前她老家生产队刚来的下放知青，看了这些秧苗还认为是韭菜呢，只叹道：怎么有这么多的韭菜啊！要拿刀割回去吃。大宝嘿嘿地笑，说自己第一次进城看到高楼，心里叹道：那要多长的木头做成梯子才能上得去。范蓉呵呵地笑，许是呛了风，咳嗽个没完，好不容易止住，又啊啊欲吐。大宝忙过去帮她捶背。

接着，范蓉谈起小时候插秧的情景来，说那时候自己插秧是很快的，连自己的母亲也比不上，没想到一晃十几年过去了，就像做梦一样，人真是奇怪，那时候家里真是一个穷啊，没吃的没穿的，但每天还是高高兴兴、快快乐乐的。现在一切都好了起来，吃喝不用愁，但反而更想念过去了，真想回到那个时代。

"唉，我非常想念我的母亲。"范蓉哽咽着说。想来此时此景触动了她内心深处的情感。这是即将做新娘子和母亲的女人之情怀吗？大宝第一次感受到她内心的柔弱，心里暗暗发誓：以后一定要待她好些，让她幸福快乐。

刚才的谈话让大宝轻松了许多，拉近了彼此之间的距离，以前总觉得他和她之间有着某种隔阂，这种隔阂让大宝对范蓉只有敬没有爱。大宝有时候想，假如范蓉和三丫一样的地位，自己能不能接受她？

二人来到一块麦地边，范蓉随手拔了一根麦穗拿在手里，慢慢揉搓着。麦子已经灌浆，白白的，宛如牛奶。一阵风吹来，把前面水塘里的腥气带来，范蓉啊啊作呕着。大宝问怎么了。她只说没什么，可能中午酒喝多了，也可能受了凉。嘴上这么说，心里却一震，该不会是……心里计算着日子，可是没有这么快呀。虽然天数不对，但此时宛如做了噩梦醒来，梦里的恐惧还警醒着。大宝听了，猜测也许是昨天晚上折腾时受了凉，心里一阵好笑，忙说："回去吃点药。"

二人往回走着，有几个农人正在收割油菜，大宝有意要躲开他们，但范蓉却把他们当作了风景，兴致勃勃地看着。她之所以这么做是有着自己的打算，那就是了解一下"民意"，探探婆家在本地的口碑。

二人来到一处，大宝一看，没想到却是自己的死对头——王三瘸子。

王三瘸子看到二人，停下手里的活，满脸堆笑打着招呼。大宝鼻子里答应了一声。范蓉笑盈盈地问今年收成如何。王三瘸子回答说收成再好也比不上你们铁饭碗啊。三瘸子老婆刘翠娥凑了过来，望着范蓉大呼小叫着说："哎呀呀，这位是弟妹吧？人长得可真是漂亮，七仙女似的，唉，城里人就是不一样，啧啧，看看你这张脸，

245

白得像猪油。"范蓉虽然是人民的公仆，知道民为贵的思想，但也被恭维得眉开眼笑。刘翠娥又对着大宝媚笑着道："老弟啊，你真是有福气，娶了个七仙女回来，七仙女配董永——天合一对，地合一双，到时候可一定请我们喝酒。"说完哈哈大笑，震得硕大的胸脯颤悠悠着。大宝呆板着的脸像一块钢板，嗓子眼里拖泥带水地出了一个"嗯"字，然后带着范蓉快速离开了。只听后面传来刘翠娥的声音："老弟啊，没事带着弟妹到家里坐去。"大宝没有回答，心里却恨恨地说："现在你倒客气起来了，以前怎么不这样？哼!"

见大宝二人离得远了，三瘸子噗的一声，吐了一口浓痰，骂道："狗×的，猪鼻孔里插根葱——装大象，看他傲的。"刘翠娥斜睨着丈夫，说："人家装大象，你装什么？大尾巴狼。你以前是怎么对待人家的？看人家好欺负，拿人不当人，现在好了，人家再也不怕你了，我看啊，人家不和你计较就算烧高香了。"三瘸子瞪着眼，对着远处二人的背影，吼道："我一个老百姓怕他什么？开除了我地球的球籍？"

太阳慢慢西落，田地里的农人纷纷加快了速度，却有一个女人停下了手里的活，不时向大宝范蓉张望着，这个女人就是李菊花。此时，她心里五味杂陈。今天中午，宋家没有请她去吃饭，心里愤愤不平。现在看到大宝这个白眼狼，真的恨不得过去扇他几个耳光。她不时打量着范蓉，又想到三丫，心里一阵难过。

大宝今天过于兴奋，没有注意到李菊花的存在，带着范蓉来到一座草堆旁，像学生考试交了试卷，心里惦记着分数，于是问范蓉对王洼庄的印象如何。范蓉笑而不答。大宝心虚起来，解释说王洼庄王姓人多，宋姓只几户。言下之意，印象不好是理所当然的。接着又问对自己家的印象怎样。范蓉对自己将来所管辖的领地倒毫不隐讳，说有点脏，有点乱。大宝心里本来是有准备的，因为自己家就是那平时成绩不太好的学生，只是在临近考试之时才努力了一下，但没料到范蓉说得这样直白，心里只恨大姐、二姐她们准备得不够充分细致。

回到家，上午的那辆车已等候多时了。大姐手里拎着四只鸡正要往车上送，范蓉坚决不要。大姐急了，吼道："我们农村没有什么好东西，鸡是家养的，又不要钱买。"范蓉这才收下。

临上车，娘悄悄塞给范蓉一个红包。范蓉知道这是当地的风俗，于是收下了。范蓉不知，刚才众人在家像开会一样，就如此大的问题分析研究了几个小时。少了拿不出手，多了又拿不出，真是愁杀人了。半天，二群的丈夫铁柱灵机一动，说给一千六百六十块钱，六六大顺，大吉大利。大家纷纷赞成。铁柱见自己的提议通过，得意地望着二群。这恐怕是他体力劳动之外，唯一成功的脑力杰作了。

车子发动后，大家纷纷挥手示意。只有一人没有来送，这就是二群。此时，她抱着女儿躲在远处，眼睛里噙满了泪水。她的心思谁知晓啊。

原来，孙健牵挂着二群，偷跑了出来。当得知二群已经结婚并且还有了孩子，心里那个恨啊，恨她说话不算话，恨她不等他。但他并没有去斥责二群，而是把自己的头去撞墙，以此来报复自己心爱之人。

孙健哭了三天三夜，在一个如墨的夜晚，绕着王洼庄走了三圈，和二群做最后的告别，然后离开了这个伤心之地。那时他发誓再也不会回来了。

也许是基地负责人孙大头良心发现，也许是他喝醉酒说漏了嘴，也许他认为事情也无法挽回了，他告诉了孙健事情的真相，并且还告诉他那个孩子是孙健的。

得知这个消息后，孙健又哭了三天三夜。一边哭，一边号叫："二群，我对不起你，我对不起啊。孙健，你这个蠢猪，你的二群是个好姑娘，明知她是不会变心的，可是你偏偏怀疑她，一走了之，你该死，你该死。"啪啪抽打着自己的脸。

"我一定要挽回我的二群，让她娘俩幸福。"孙健咬破手指，发誓说。想到自己的女儿，孙健的泪水喷泉似的。她有一岁多了，应该能叫爸爸了。可是自己没看过她一眼，没抱她一次，没亲过她一

247

次，这是什么爸爸啊？

孙健一刻都没有耽误地向王洼庄赶，第三天上午到了二群的家。让他大吃一惊的是二群见到他脸上毫无表情，只是翻了翻死鱼一般的眼睛。

孙健上前一步，欲拥抱二群。二群没有退却，只是轻轻地摇了摇头。孙健不敢违背她的意愿，站在那里一动不动。

二群怀里的孩子本来在哭，看到孙健却立即停住了哭，大眼睛好奇地望着他，嘴里咿咿呀呀着。

"我的二群，我的女儿啊。"孙健大叫着，扑通一声跪在娘俩面前。

二群还是坐在那里，可是眼泪扑簌簌而下。这也是最近两年多以来第一流泪。

孩子被吓着了，哇哇哭了起来。孙健站起，欲抱她过来。这次二群没有拒绝，松开了手。

女儿很乖巧，两只小手紧紧地搂着孙健的脖子。孙健第一次感受了女儿的肌肤和体温，一种父亲的自豪感、责任感油然而生。

"二群，跟我走。"

二群依然是轻轻地摇了摇头。

"二群，你是我的女人。"

"不，我是铁柱的女人。"这是那天二群说的第一句话。

"不，你是我的，谁也不能把你从我身边夺走。"

二群不再吭声，依然坐在那里一动不动，木头人一般。

"二群，我求求你跟我走吧，我孙健发誓，一定要让你们娘俩幸福。"

沉默。

"你还记得我们发过的誓吗？你说过，我们要永远在一起。"

沉默。

"你这是不肯原谅我吗？你这是在报复我吗？"

沉默。

248

"我知道你遭受了巨大的屈辱，我知道一切都是我的错，我现在请求你原谅。"孙健说着又跪在二群面前。

二群把头扭到了一边。

"二群，你要怎样才肯原谅我？就是你现在要我死，我都愿意。"

二群的头并没有转过来。

"我没有回来，那也是没有办法啊。"孙健说，接下来把自己的遭遇详细地说了一遍。最后，他说起自己被关起来后的感受，那时的他分分秒秒都在思念着远方的爱人，为了寄托这种思念，他不停地写日记，写诗——用自己的心做笔，蘸着自己的泪来写。

二群听着听着，脸上两道泪柱滚滚地流淌着。

"我来这里之前已经给家里去了电话，我要永远和你在一起，谁也阻挡不了，除非我死。"

"我们没那个缘分的。"

这是二群那天说的第二句话，孙健觉得比金子还珍贵，也觉得二群好像松口了，一时间感受到了希望，猛地站了起来，说："有的，有的，只要你愿意，我们现在就走。"

二群苦笑着摇了摇头。

孩子好像饿了，小手向妈妈招摇着。二群接她过来，撩开衣服喂她奶。有人说哺乳的女人最美丽。那时的孙健觉得他的二群是天底下最最美丽的女人。

一会儿，铁柱从地里回来，看到孙健，一下愣住了。这是他的梦魇，没想到今天真的来临了。

见到铁柱，孙健死的心都有。二群肯嫁给这样丑陋的男人，一定是被逼到绝路上了，而这一切都是因为他造成的。

那天中午，铁柱以二群丈夫的身份非要孙健这个客人留下来吃饭不可。孙健抵抗地说不干。最后，二群说："吃点再走吧。"就这么一句话，孙健再也没勇气抵抗了。

当天下午，孙健走了。临走之时告诉二群，不达目的誓不罢休，三天以后他就回来和铁柱摊牌，然后带她娘俩走。而现在已经过去了两天，明天孙健就要来了，二群不知道将会发生什么事。

现在的二群心里充满了矛盾。一方面，听了孙健的叙述，知晓了事情的真相，她不再恨他了。他们之间还有爱吗？二群无数次这样问自己。她不敢看孙健送给自己的那两本日记，怕招架不住。另一方面，她放不下铁柱。铁柱虽然人长得丑，可是为人忠厚、心地善良，对她对女儿非常好。平时脏活累活抢着干，根本不让她插手。二群知道自己在铁柱的心目中就是女王，女儿就是公主——虽然女儿并不是他的。

二群自己也承认她和铁柱之间没有爱情。和孙健呢，过去，爱情之火熊熊燃烧着，几乎把自己烧成了灰烬，好不容易才熄灭，现在要死灰复燃？那将会是什么样？

爱情是什么？二群陷入迷惑。爱情是亚当夏娃偷吃的那个苹果吗？爱情是白素贞许仙断桥上的那匆匆一瞥吗？爱情是崔莺莺和张生西厢之短暂的相会吗？可是他们都没有好的下场。没有爱情，人可以活下去。可是没有爱情的人又是什么？行尸走肉？空空皮囊？可是看看周围，王洼庄有多少夫妻之间是有爱情的？他们不是照样生活得很好？从这一点来说，爱情就是人们吃饱喝足后嘴上的闲聊，就如这夏季人们仰望着星空，谈论牛郎和织女的故事。这么说要真正放弃孙健了？

二群本不信神，可是现在也开始信了起来。夜晚，银河横斜，繁星点点。她祈望着，请求上帝给她一个答案。

今天，二群看到大宝和范蓉的快乐幸福，不由得对照了自己，她再也忍受不了。而大宝如一个婴儿，躺在快乐幸福的摇篮里，哪里会注意到二姐的异样？

春光做伴好回家。车子奔驰着，范蓉躺靠着，显得很是疲倦。大宝心疼她，要把她送回去。范蓉点了点头。自从下午想到那事之后，她再也不想他离开了。

到了县城，范蓉让司机把二人送到妇联宿舍。进了屋，一下躺在床上，用被子盖住头一动不动。大宝端着水杯过来，问她好点了吗。范蓉突然坐起，紧紧搂住大宝，眼神迷离地望着他说："宋大宝，我们结婚吧？"

"结婚？好啊，好啊。"大宝说着给了她一个热烈的吻。即使这样也不能宣泄自己的兴奋，放下范蓉，跳到屋子中央，像自由体操运动员那样来了个三百六十度大旋转，可是落脚不稳，几欲摔倒。

"你看放到什么时候？"

"我一会儿去哥嫂那里，和他们商量一下。"范蓉回答说。

第 八 章

　　当范蓉把自己的想法告诉哥嫂后，嫂子张云的眼睛给了小姑子的肚子一个大大的超声波。范彬注意到了老婆的眼神，慌忙说："这是好事，你也老大不小了。哎，婚姻是大事，你考虑好了吗？"

　　范蓉深深地点了点头。

　　"那我和你嫂子商量商量吧。"

　　范蓉走后，张云嬉笑着说："怎么这么急？莫非是等不及了？"

　　范彬注意到了老婆话里有话，说："你不是早就想把她嫁出去吗？现在要结婚了，你倒要说三道四的了。"

　　"我说什么了？你们范家的人我敢说吗？听说教育局那个小妖精最近三年连升了三级，也不知道是哪个王八羔子的功劳。"

　　范彬吧唧着嘴不敢接住话题，半天，说："本来打算在没有结婚前把姓宋的那小子挪挪位子，免得人家说闲话。"

　　"你想喜酒、喜蛋一起吃？"

　　"瞎说什么？这事你调查没有？没有调查就没有发言权。"

　　"那好，我明天就去调查一下。"

　　范彬本以为老婆在赌气，或者在开玩笑，没想到第二天，张云还真的来调查了。可是她并没有直接说，而是告诉小姑子，说结婚前最好体检一下，免得以后有什么问题，别到时候后悔都来不及。

　　长嫂如母，范蓉一直都是听张云话的，跟着嫂子来到医院，一通检查后，医生告诉张云说一切正常。张云问什么意思。医生说范蓉健康得很，什么问题都没有。张云这才知道小姑子并没有怀孕。

哥哥范彬得知这一消息后，告诉了妹妹自己的想法，解释说还有两个月就要放暑假了，那时正是教育局人事调整的时候，如果一耽搁就只好等到下一年了。范蓉把哥哥的话不增不减地告诉了大宝。大宝听了，老母鸡下蛋似的告诉了校长大张土，于是大宝的地位又高了一大截。同时，校长张大土按照金书记的指示，要大宝写了入党申请书，把他培养成积极分子，以便能够火线入党。

大宝以前是抬轿子的，现在成坐轿子的了，不免有些扬扬得意，如时下的暴发户。张街的人虽然有点看不惯，但考虑到以后也许要求着人家，所以变本加厉地讨好他。一时间，大宝的饭局不断。而此时，娘和宋老牛的地位也水涨船高。以前，王洼庄的人遇到娘和宋老牛，要不爱理不理，要不调侃、讽刺。现在好了，他们总是先满脸堆笑，然后主动打着招呼。这种超乎寻常的热情还让娘和宋老牛一时适应不了呢。

范蓉的到来耽搁了一天的农活，中午吃过饭，娘和宋老牛准备及早去田地里收割油菜，突然一辆灰色小轿车飞驰而来。

王洼庄的人真是大饱了眼福，以前哪能这样近距离看过小轿车？人们驻足观看着，猜想是到谁家去的。而那些小孩子叫着嚷着，尾随着小轿车跑着。

小轿车在宋老牛家门口停了下来。人们纷纷惊叹：乖乖，又是宋老牛家，狗×的，走天大运了。

车门打开，下来一人。大家一看不由得大吃一惊，这不是孙健吗？来人正是孙健，他把大包小包的礼物拎起，走进了宋家。

娘和宋老牛见到孙健，惊骇地站在那里，特别是娘，好像见到鬼似的。

孙健把礼物放在桌子上，恭恭敬敬地喊道："娘、父亲。"

这次，娘、宋老牛真以为大白天遇到鬼了，吓得心都逃到半空，半天才回归原位。宋老牛结结巴巴地问："你是……你是孙健？"

"我是。"

"你个王八蛋。"宋老牛骂着，抄起门后的木棍抢起，被娘拦住。

253

"孙健，你回来干什么？二群被你害惨了。"娘说。

"我知道。"孙健说，接下来，把事情的经过简要地叙述了一遍，最后说，"我这次来就是要把她们娘俩接走，二群是你们的女儿，所以先来告知一声，但是，无论你们答应不答应，我都是要带她们娘俩走的。"

"不行。"宋老牛吼道。

"孩子啊，我知道你是真心对二群好，可是二群没有那个命，你也知道她已经和铁柱结婚了。"娘说。

"这个我知道，可是二群不爱他，她爱的是我，我也爱她，还有，我已经打听过了，他们并没有领结婚证，没领结婚证不算夫妻，也不合法的。"

"什么爱不爱的，什么合法不合法的，你给我滚。"宋老牛手指着门外说。

可是孙健执拗地坐在那里，屁股都没有挪一下。

"孩子啊，婚姻是大事，怎么能当儿戏呢？我求求你，你就走吧，这才安稳几天？二群再也经不起折腾了。"

"伯父、伯母。"孙健站起来恭恭敬敬地行了个礼，"我也知道婚姻是大事，这是我对二群的承诺，你们就行行好，成全我和二群吧。"

"不行，坚决不行。"夫妻俩异口同声地说。

"我会保证让二群幸福的，外面的那辆车是我的，还有，我们家已经给我们准备了一套别墅。"

"你们家就是有金山银山也不行。二群已经结婚了，婚姻是大事，怎么能随便改呢？你给我走，你给我走。"宋老牛说着，过来把孙健往门外推。

"孩子啊，你就走吧，走得越远越好，你这么好的条件，天下好姑娘有的是，就去再找一个吧。"娘哀求说。

"我说过，谁也阻挡不了我要娶二群。我也说过，无论你们答应不答应，今天我都要把她们娘俩带走。"孙健说着走了出去。

"你休想。"宋老牛吼道，拿起那些礼物向门外扔去，顿时，门外纷纷下起礼物雨。

三天已过，可是并没有见到孙健来，这让二群长舒了一口气，可是心里也有那么一点莫名的惆怅。今天下午，正准备背着孩子去帮铁柱收割油菜，不想门口人影一闪，孙健走了进来。二群脑子里嗡的一声，犹如飞机场上飞机起飞了。

"二群、闺女，我来啦。"孙健喊道，这与他温文尔雅的性格大相径庭，看样子真是豁出去了。

有道是仇人见面分外眼红，情敌见面呢？铁柱看到孙健进来，放下手里的镰刀，坐了下来，掏出一支烟来闷头猛吸着，看样子在积蓄力量。

"铁柱，我要带二群和闺女走。"孙健说。

"不行。"

"二群是我的，闺女也是我的。"

"是你的？哼哼。"铁柱鼻子里喷着冷气。

"铁柱，我们商量一下，只要你答应她们娘俩跟我走，我会给你补偿的。"孙健说着掏出一沓钞票来放在桌子上。

铁柱瞟了一眼那些钞票，吐出一口烟，把对孙健的鄙夷吐了出来，说："把你那些臭钱收起来吧，你把我铁柱当什么人看了？我铁柱虽然穷点，但是还有那么一点骨气，还有，你把她们娘俩当什么了？能用钱买吗？那你告诉我，她们娘俩值多少钱一斤？"

孙健无言以对，脸色通红地坐在那里。第一回合，铁柱胜。

"二群爱的是我。"孙健说。

"是吗？你说的不算，必须二群亲口说出来我才相信。"

"二群，你说。"孙健望着二群，乞求着。

二群抱着女儿坐在那里，低着头一言不发。

"二群，你怎么了？我是爱你的，也爱我们的闺女，你不爱我吗？"

"不要把你们城里所谓的爱放在嘴皮子上，喜欢一个人是要用心的。我问你，当二群受委屈时，你在哪里？当她腆着大肚子受尽了人家的白眼时，你在哪里？当她生孩子疼得嗷嗷叫的时候，你在哪里？去年，她得了一场大病，几乎没有挺过来，你在哪里？"铁柱说过这些话，自己都吃了一惊，感觉一辈子要说的话都让今天说了。

"我，我……"孙健回答不上来了。

第二回合，铁柱胜。

自从孙健进来，二群怀里的女儿一刻也没有老实过。现在，她的大眼睛扑闪扑闪地望着孙健，玉藕一般的胳膊不停地摇着，冲着他嘻嘻地笑。孙健见了一把夺她过来抱在怀里，勇气又从他那伤痕累累的心里升起。

"铁柱，我知道你是真心对二群好，把小群子（闺女的别名）当作自己的亲生女儿看待，就冲这一点，我孙健要叫你一声大哥。大哥，谢谢你了。大哥，你如果真正为二群着想，那你就应该让我带走她们娘俩，请你想想，你用什么喜欢她们？你能给她们什么？她们跟着你只能受穷受苦一辈子，还有，王洼庄这个环境她们能待下去吗？"

一番话，把铁柱说得低下头去，脸变成紫茄子。

第三回合，孙健胜。

接下来，三人都不说话，空气好像凝固住了，只有女儿咿咿呀呀着，这更加重了三人的心事。半天，铁柱扔掉手里的烟头，长叹一声，说："孙健，你看这样行不行，一切都由二群来决定。"

"好。"孙健答应着，把头转向二群，"二群，你来决定吧，是留还是走？"

二群一直低着头坐在那里，心里宛如刀割斧砍一般，可是依然坚持着。现在听了孙健的话，抬起头，牙一咬，说："孙健，你走吧。"说完站起，慢腾腾地向里屋走，身后传来孙健撕心裂肺的声音："二群，不能啊。"二群身了一颤，佯装没有听见，继续向里屋走，刚跨过门槛，腿一软，轰然倒下。

两个男人吓坏了，跳跃着过来。

"二群，二群，你怎么了？你怎么了？"铁柱抱着二群呼啸着喊。

孙健慌忙把孩子放在床上，拿起二群的手臂把着脉搏，恐惧都来不及，对着铁柱喊："一点心跳都没有了，快把她放下。"

铁柱乖乖地把二群放在地上。

孙健抡起拳头砸了二群胸脯几下，然后俯下身子准备做人工呼吸。

"你要干什么？"铁柱呵斥道，啪一声，给了孙健一个响亮的耳光。

孙健血红的眼睛瞪了铁柱一眼，怒吼道："如果二群今天有个三长两短，我饶不了你。"说完继续做起人工呼吸。

七八分钟后，二群醒来，发现自己躺在孙健怀里，凄悲地一笑，问："我怎么了？"

"二群，你刚才，你刚才，呜呜……"铁柱抹着眼泪呜咽不止。

"二群，你没事，你没事。"孙健抱着二群的身体说。

"我好累，我好伤心啊。"二群说，眼睛迷离地望着门外的远方。

"二群，我知道你累，我知道你伤心。"孙健说着泪如泉涌。

"孙健，我要死了吗？"

"你不会死，你不会死，你不是答应过我吗？你要陪着我去看大海，登黄山，你说过的话一定要算数啊。"

"我宋二群没有那个命，呵呵。孙健，假如我死了，你一定要把女儿拉扯大，让她幸福，给她快乐，不能像她妈妈一样，咳咳。"

"二群，求求你不要再说了，我带你去医院。"孙健说完抱起二群向车子奔去……

一番检查后，发现二群贫血得厉害，外加低血压，另外由于长期压抑，心脏也不太好。医生说要不是孙健及时抢救，二群肯定早没命了。

二群怕花钱，不愿意在医院住太久，于三天后出院。大宝听说了此事急忙赶回家来。

现在，家里分成两大派。娘、宋老牛还是坚持原来的观点，理

257

由是：婚姻不是儿戏，二群应该嫁鸡随鸡，嫁狗随狗。而大群、大宝则主张二群娘俩应该跟孙健走。理由是：他们之间才有爱情。双方势均力敌，谁也说服不了谁。正在争执不下时，没想到事情竟然有了结果。

第四天上午，二群把孙健单独叫进自己的屋子。一个多小时后，孙健一把鼻涕一把眼泪地说："二群，我答应你，我答应你，我现在就走。"

孙健要走了。临走，二群要孙健抱抱女儿。孙健抱着女儿，嘴唇动了一下，到底没有开口。他本要说自己要把女儿带走，可是他知道女儿就是二群的命根子，假如自己带走了女儿，她还怎么活？

"二群，天不老，地不荒，我永远等着你。"孙健撂下这话，上车走了。

说真的，大宝真的佩服二姐的嘴皮子。以前，正是她的一番话让余艳艳离开了他宋大宝。而现在，又是她的一番话让孙健离开了她自己。

那天二群对孙健到底说了些什么，谁也不知道。大宝尝试着问过二群，二群说没说什么，就是说她该说的。

从此，二群在王洼多了一个外号：二傻子。大家认为二群无论如何也应该跟着孙健走，别的不说，就冲着他那辆小轿车。

孙健走后，铁柱并没有表现出特别高兴来，现在，他更加沉默寡言了。对此，王洼庄的人很是不解。一次，王三瘸子开玩笑地说："铁柱，这下就可以放心地搂着你那漂亮的老婆睡觉了。"铁柱二话不说，抡起手里的铁锹拍过去。

日子在一天天过着，宋家门口那棵大枣树上的青果不知不觉中变黄。以前，王洼庄的人谁想吃枣就过来摘，连招呼都不打一个。可是今年不同了，到了暑假中途，那棵枣树上居然还有很多枣。傍晚，宋老牛望着那些枣，笑着说："今年不错，自己家人能吃上几颗。"旁边的二群翻了一下白眼，说："这就是所谓的一人得道鸡犬升天。"

大宝现在对枣子不感兴趣，他感兴趣的是范部长到底把自己的工作安排到哪里。问了范蓉几次，范蓉说到时候你就知道了，反正不会差。

虽然大宝知道自己调动工作是铁板钉钉的事情，可还是有点不放心，这就如一个穷人意外得了一个宝贝，一时不知藏在哪里好，生怕出现什么意外。

周四的早晨，太阳从云缝里露出了头，形成所谓的"猫眼"。老一辈说这是风雨的预兆。大宝望着那个猫眼，心里盘算着等会儿去县城要带把雨伞。

校长张大土来到宿舍，要大宝中午去乡政府一趟，现在，他什么事都要和大宝说一下。大宝正要答应，突然门口人影一闪，随即进来一人。大宝看了只吓得魂飞魄散。

杨丽萍。

"你、你，你怎么来了？"大宝望着杨丽萍，结结巴巴地问。

"我怎么不能来？"杨丽萍反问，白眼珠瞥了大宝一眼，不慌不忙地坐下，看样子摆好了战斗的架势。

山雨欲来风满楼，张大土一看情势不对，借口说还有事，赶快溜之大吉。

"来有事？"

"当然有事。"

"什么事？"

"什么事你知道。"

"我不知道，你我不是都已经结束了？"

"结束了吗？未必。我问你，你不是说得了肝炎，不能教书了吗？"

大宝脑子里咔嚓一个响雷，响雷过后，语音嗡嗡，半天才恢复下来。心想，好端端地怎么问起这个事来？于是嘴硬地说："是啊，怎么了？"

"你骗人。"杨丽萍手利剑似的指着大宝说,"我都知道了,那都是你编造的。"

大宝无言以对。

杨丽萍见了,以为大宝软了下来,于是放缓了口气,说:"大宝,我们恢复关系吧,还像以前一样。"

"不行,绝对不行。"大宝斩钉截铁地说。

"为什么?"

"不为什么。"大宝回答,嫌自己的话太软弱,于是追加了一句,"我不喜欢你。"

"不喜欢我?早干什么去了?现在迟了。"

"我再说一遍,我们都结束了。你走吧。"

杨丽萍坐在那里纹丝不动,大有青松对风雨的态度。

"走走。"大宝手指着门外说。

"宋大宝,你怎么这么绝情?"

"我就是绝情,滚,滚。"

"好,好。"杨丽萍咬牙切齿地说,然后站了起来,边往外走边说,"你不要后悔。"

看着杨丽萍走出校园,大宝站在那里似在做梦。这都是怎么一回事啊?

是啊,这到底是怎么一回事啊?杨丽萍不是已经有程如峰了吗?干吗还要来找宋大宝恢复关系?

事情完全出乎人们的意料,原来杨丽萍和市场管理员程如峰已经吹了,而且吹得还很彻底。

杨丽萍和程如峰彻底结束了,可是男大当婚女大当嫁啊,杨家人自然又想到了宋大宝。杨丽萍在全家人的怂恿下这才前来张街小学找大宝。临走,弟弟杨金龙交代说:"口气放硬些,假如宋大宝那小子不答应,看我怎么修理他。"

杨丽萍本来觉得自己此行定会马到成功,因为她觉得宋大宝根本没有什么资本和她谈判。哼,就他那穷家破庙的,自己肯下嫁就

260

算他祖上积德了。大宝的列祖列宗有没有积德无处查证，反正大宝不同意和她恢复关系。现在，杨丽萍一边走，一边生着气。不一会儿，肚子就如吃饱蚊子的大蜘蛛。

此时，大宝愣愣地坐在宿舍，感觉天塌了，地陷了。

怎么办？怎么办？

正在六神无主的时候，一向好奇的校长张大土在门口探头探脑着，见只有大宝一个人，于是走了进来，问怎么回事。

大宝是病急乱投医，顾不上别的，把刚才的一幕如实地告诉了他。张大土听后倒吸了一口凉气，深表同情地咂着嘴，说怎么会有这样的事发生。

"张大哥，要不要告诉范蓉？"大宝哭着问。

"你傻啊？告诉她，有你好果子吃？"

"那怎么办？"

"我哪里知道？还是回家和家人商量商量吧。"张大土老狐狸似的说。

大宝赶忙回到家，可是并没有和父母说，因为他知道父母的榆木脑袋根本没有什么主意。他来到二姐宋二群家向她讨教。

二群首先把弟弟训斥了一通，说不该欺骗杨丽萍："你们男人就是自私，为了达到一己目的简直不择手段，岂不想想，难道女人就这么好欺骗的吗？"只说得大宝脸上一阵红，一阵白，低着头坐在那里犹如受伤的狗、失宠的猫。

二群见了，可怜起自己的弟弟来，叹了一口气，说："感情的事还是坦荡的好，不会留下什么后遗症，这事应该去向杨丽萍解释清楚，说自己并不是真正想欺骗他。然后再如实地告诉范蓉，以争取她的谅解和支持。"

"二姐，你怎么知道杨丽萍会听我解释？你怎么知道范蓉知道后会原谅我？"

"你不去争取，那就在这里坐以待毙好了。"

大宝终于听从二姐的话开始行动起来，可是他并没有去找杨丽萍和范蓉，而是买了很多礼物来到薛大一家找他的妈妈——自己和杨丽萍的媒人，企图让她从中斡旋。他再三强调，只要杨丽萍不再纠缠，他愿意给予一定的经济补偿。

杨兰芝看了看那些贵重的礼物，满心高兴，可是并没有为大宝说话，也是先教训了大宝一番，说大宝不知好歹，简直是不知天高地厚。自己的侄女有多少家来提亲都没有答应，只为等待大宝——等他的肝炎病好了，谁知道你大宝压根儿就没有病，这不是玩弄人吗？

旁边的薛大一插嘴进说了大宝和范蓉的事，最后特别强调范蓉的哥哥是组织部长范彬。杨兰芝一愣，吧嗒着嘴半天，最后两手一摊，说这个媒人她不做了，天要下雨，娘要嫁人，随他去，免得自己到时候两头都不是人。

从薛大一家出来，大宝去了范蓉的宿舍。几夜没有睡好，大宝的脸苍黄得如要下雨的天空。范蓉见了问怎么了，大宝赶忙回答说没事。

"没事最好，现在，县里和教育局正在研究人事调动的事，这个节骨眼上千万不要出事。"范蓉交代说。

大宝听了，简直想拿刀去把杨丽萍宰了。

拿刀杀人那是不可能的，大宝只好一个人躲在张街小学的宿舍里，此时的他宛如受到惊吓的鸵鸟，把头藏起来，其他都不管了。可是躲是躲不掉的。

周日下午，天气异常闷热，窗外柳树上的知了吱吱地叫个不停，这更加重了他的烦躁。想出去透透气，刚刚打开门，突然闯进来三个年轻小伙子，一看就不是好人。

"你是宋大宝？"其中的一个刀疤眼问。

"我是。"

"你敢欺负我姐姐？"手臂上文着青龙的人问。

"你姐姐是谁？"

"我姐姐就是杨丽萍，装什么蒜？""青龙"话到手到，咚一拳，正中大宝的鼻梁。

大宝顿时感到头晕目眩，满世界金星乱飞。

三个小痞子围住大宝轮番上阵。不知为什么，这伙人专门打大宝的头部。只一支烟的工夫，大宝已经是鼻青脸肿了。

学校同事闻讯赶来，知道这伙人惹不起，都不敢上前，只是远远地站在那里。校长张大土正要过来劝架，被刀疤眼拦住，说"老头没你的事，不要自找麻烦"。说着亮出了江湖中所谓的招子——一把光亮的小斧头。张大土也就知道了眼前这帮人的底细，于是不再吭声。

大宝如羔羊落入群狼之中，任他们宰割。又是一番拳脚相加后，三人骂骂咧咧扬长而去。众人赶忙过来，只见大宝五官好像移了位。大家纷纷咂嘴表示着同情，义愤填膺地说那时大家就应该一起上去，保证能把那三个家伙打个落花流水。唉，幕后的英雄真好当啊。

同事仇大姐端来水给大宝清洗，问怎么回事。于是大家又把话题转入到对大宝的埋怨上来，说他不该得罪那帮人，那帮人能得罪吗？大宝坐在那里一句话也不说。他哪里敢说是杨丽萍弟弟派来的打手？校长张大土在旁边眨着眼，好像已经把大宝看穿看透。

众人走后，大宝躺在床上，一动，浑身疼痛不止。过去，他对杨丽萍没有感觉，现在感觉来了，这个感觉就是恨，恨，恨！

"杨丽萍，你这个毒蛇猛兽一样的女人，你这样我就会和你恢复关系了吗？去死吧。"大宝心里咒骂着。

其实，大宝是冤枉杨丽萍了，这一切都是其弟弟杨金龙所为。女人对自己的男朋友能干出这样的事，除非已经被逼上了绝路，只要有一丝希望是绝对不会的。而杨丽萍就是这其中的一员，因为听说教师又涨工资了。

杨丽萍幻想着大宝能回心转意，可是杨妈对这门婚姻已经感到绝望，因为她从杨兰芝嘴里知道了大宝和范蓉的事，只不过可怜着自己的女儿瞒着她罢了。

这件事太大，杨妈心里装不下，于是告诉了自己的三个儿子。

大家当然都愤慨不已。老大是补鞋匠，最老实也最无用，但那天也骂了大宝是陈世美；老二是说大鼓书的，平时靠嘴皮子吃饭，说下次碰到大宝非羞辱他一番不可；老三说他要干三件事，让宋大宝尝尝他的厉害。大家问哪三件事。杨金龙说以后就会知道的。

杨金龙的第一件事就是派人去修理大宝。他特意嘱咐手下小喽啰不要下重手，让大宝出出洋相即可，之所以这么做是因为杨金龙自信得很，以为靠自己的本事能让大宝乖乖屈服，那样以后还是亲戚。现在，他正在准备去做第二件事——赶往组织部的路上。

组织部长在一般人眼里那是非常了得，可是在杨金龙眼里却算不上什么，因为俗话还说强龙敌不过地头蛇呢。虽然有这么一条规则，可是组织部长也不是好惹的。对此，杨金龙早已谋划好了。

范彬对杨金龙并不陌生，二人还在一起吃过几次饭呢。听说杨金龙来了，亲自接待了他。二人闲扯了两句后，范部长问杨金龙有什么事。杨金龙说自己无事不登三宝殿，今天来是有事请求部长帮忙。范部长说如果合乎组织规则一定帮忙。杨金龙说不是组织的事，而是家事。"唉，都烦死了。"杨金龙说着的时候，一脸的无奈。范部长当然要问到底什么事。杨金龙说是自己妹妹的事，其实也不是妹妹的事，是未来妹夫的事。自己的妹妹叫杨丽萍，谈了个男朋友叫宋大宝，在张街乡张街小学当老师，那个地方太偏僻了，简直是狗都不拉屎的地方。现在想请范部长帮忙，把他调到县城里来。

范部长听着脸上毫无表情，只是嘴里嗯嗯着，最后说这事自己会注意的，让杨金龙回去等消息。

杨金龙走后，范部长脸都气青了，坐在那里半天没动。稍一沉思，关上门，立即给教育局阮局长去了电话，告诉他关于宋大宝人事调动的事暂时缓一缓。

与此同时，杨妈也到了妇联，一个门一个门地望。有人当然要问找谁，她甩开嗓子喊："我在找那个臭婊子。"

这一声喊把妇联所有人的注意力都吸引了过去。有的伸头看，有的倾耳听。

"不要脸，勾引人家的男人，嫁不出去了？也是，又丑又老的姑娘谁会要？"杨妈骂着。

范蓉坐在办公室饶有兴趣地听着，听着听着就觉得不对劲了，怎么感觉那个女人说的是自己啊？再仔细地听，外面传来："天下男人多的是，你怎么不去勾引？不就是一个穷教师吗？有什么好抢的？还妇联干部呢，就是这么管理妇女工作的？哼哼，披着人皮的狼。"

外面的人虽然没有指名道姓，但是范蓉已经确定说的就是自己。她就不明白了，自己什么时候和别人抢男人了，于是脑子扩散开去想，不由得大吃一惊，宋大宝以前不是说他在县城有个女朋友吗？于是立即给张街小学打了电话，要大宝火速赶往县城见她。

宋大宝接到电话后心里叫苦不迭，自己现在这个模样怎么去见范蓉？他拿着镜子端详着自己，额头上一个包硕大而红润，宛如老公鹅头部的肉瘤。嘴唇肥而厚，如两片放了几天的红烧肉。有心不去，可是范蓉已经下了死命令，只好硬着头皮向县城赶。

下午一点半左右来到妇联宿舍，范蓉刚从哥嫂那里回来，当然听说了上午组织部的一幕，现在，嫂子的怒言恶语还在耳边萦绕。"我就知道那个宋大宝不是什么好货，为了能攀上我们这个亲家不择手段，这样的人啊，简直……"后面的话张云不说了，只是手指点着，意思是天下没有合适的语言能表述出这种人的卑鄙。哥哥也在旁边说："让他擦干了屁股再来找我。"

现在，范蓉见到大宝，上午在单位受的气外加在哥嫂家受的气叠加起来，对大宝的伤势视而不见，质问到底是怎么一回事，杨家人为什么在闹。大宝只好如实回答，最后说："我也没有想到事情会这样。"

"没想到？哈哈哈，你没想到的多着呢。你给我滚。你给我滚。"范蓉手指着门外说。

"我、我……"大宝可怜巴巴地望着范蓉，无言以对。

"滚，滚！"范蓉甩下这两句冲进里屋，砰一声关上门，掀起的冷风让大宝的心都凉透了，虽然这是夏天。

大宝一个人呆站在那里，脑子里一片空白，半天，转过身，机械地往外走……

虽然已是下午三点多了，可是太阳依然嚣张如故，白花花地挂在天空，于是整个世界白花花的一片，就如死人的脸，或如绝望的心。

在通往老家王洼的小道上，大宝慢慢地走着，步履是那么艰难。刚才太过于麻木，现在醒悟过来，如锋利的刀猛地划破肌肤，一点感觉都没有，可是现在遇到了风，才感受到疼痛——身上的和内心的。

"完了，全完了。"这个意识充斥了大宝每一根神经。

一切都是一场梦，也是一场戏，一场充满了讽刺意味的悲剧。现在，梦醒来，戏结束，一切又回归到原位，留下的只是话柄、嘲弄、讥笑、鄙夷……

大宝就这么慢慢地走着，如空壳的人。这条路再熟悉不过，小时候走过，上师范时更是经常走。可以说这条路上的每一处拐弯、每一处宽窄他都清楚，可是今天却如此陌生，就如第一次走，可能也是最后一次走。想到这儿，大宝鼻子一呛，泪水夺眶而出。

西天不知不觉中变暗，晚霞登上了舞台，灿烂而辉煌。可是这灿烂和辉煌没有延续很久。一会儿，黑暗慢慢压来，世界一片朦胧与混沌。这时，宋大宝身心疲惫地走进村子。

而此时，宋二群抱着女儿站在村外，望着远方，那是孙健离去的方向。

晚霞散尽，星星闪现，一颗、两颗……二群就这么站在那里，站在那里。

2017 年 5 月完稿

2017 年 6 月第一稿

2017 年 10 月第三稿

图书在版编目（CIP）数据

婚姻大事／秋文著. — 北京：中国文史出版社，2018.1
（跨度长篇小说文库）
ISBN 978 - 7 - 5034 - 9614 - 1

Ⅰ. ①婚… Ⅱ. ①秋… Ⅲ. ①长篇小说 - 中国 - 当代
Ⅳ. ①I247.5

中国版本图书馆 CIP 数据核字（2017）第 246731 号

责任编辑：卢祥秋

出版发行：**中国文史出版社**
网　　址：http://www.chinawenshi.net
社　　址：北京市西城区太平桥大街 23 号　邮编：100811
电　　话：010 - 66173572　66168268　66192736（发行部）
传　　真：010 - 66192703
印　　装：廊坊市海涛印刷有限公司
经　　销：全国新华书店
开　　本：720×1020　1/16
印　　张：17　　　　字数：237 千字
版　　次：2018 年 1 月第 1 版
印　　次：2018 年 1 月第 1 次印刷
定　　价：48.00 元